Oktober

Jedes Mal, wenn die New England Patriots einen Platz in der Tabelle aufrückten, gönnte Kevin Kowalski sich einen One-Night-Stand.

Ein Sieg für sein Team bedeutete einen Sieg für ihn. Es war zwar nicht so, dass er sonntags unbedingt Gesellschaft brauchte, aber es gab immer eine Menge Angebote. Kevin schob ein Glas Bier über den Holztresen der besten Sportsbar der Hauptstadt von New Hampshire – seiner Bar. Dann hob er den Kopf und bemerkte, dass eine Blondine ihn beobachtete. Die Patriots gingen gerade in Stellung, aber statt gebannt auf den Bildschirm zu schauen, sah sie ihn an. Ein sicheres Zeichen, dass heute nicht nur der Quarterback seiner Mannschaft zum Schuss kommen würde.

Seltsamerweise ließ die Blondine mit den aufgespritzten Lippen, Silikonbrüsten und anzüglichen Blicken ihn aber völlig kalt.

Das lag an der Dunkelhaarigen am Ende der Bar. Nicht unbedingt, weil sie hübsch war und eine tolle Figur hatte. Gut, zugegeben, beides schadete auch nicht gerade.

Trotzdem gab es einen anderen Grund, weswegen Kevin sie im Auge behielt. Der Typ, mit dem sie da war, hatte mehr als genug, trank aber lustig weiter. Er mochte spießig aussehen in seinem gebügelten Hemd und den Stoffhosen, benahm sich im Moment aber wie jeder betrunkene Mistkerl. Entweder hatte er schon ein paar Cocktails gekippt, bevor er in die Bar gekommen war, oder er konnte nichts ab. Die paar Scotchs, die er hier getrunken hatte, durften einen Mann eigentlich nicht umhauen.

Jedenfalls wurde er aufdringlich, und der Dunkelhaarigen war deutlich anzumerken, dass sie am liebsten abgehauen wäre. Das war ihrem Begleiter aber offensichtlich egal, denn er versuchte schon wieder, sie zu betatschen. Sie wehrte ihn ab, und sofort ging das Spiel wieder von vorn los.

In *Jasper's Bar & Grille* gab es nur drei Regeln: keine Kippen, keine Handgreiflichkeiten, keine sexuelle Belästigung. Wenn eine Frau Nein sagte, dann meinte sie auch Nein. Und damit basta.

Die Patriots machten den nächsten Punkt, und alles johlte vor Begeisterung, sodass die Gläser hinter der Bar klirrten. Die Blondine hüpfte auf ihrem Barhocker auf und ab, und ihre Brüste hüpften mit. Der betrunkene Spießer hob das Glas und schwenkte es in Kevins Richtung, weil er mehr wollte.

Kevin ging zu ihm rüber, allerdings ohne Nachschub zu liefern. „Hör mal, Alkohol gibt es für dich nicht mehr, aber ich mache dir gern einen Kaffee oder bringe dir eine Cola."

Der Spießer wurde knallrot, und Kevin seufzte. Es war also einer von *der* Sorte. Als der Typ den Hintern vom Barhocker schwang, nickte Kevin Paulie zu. Die verdrehte die Augen und griff zum Telefon.

„Ich bin nicht blau, gib mir noch einen Scotch!", rief der Spießer.

Die Dunkelhaarige legte ihm eine Hand auf den Arm, damit er sich wieder hinsetzte. „Komm, Derek, lass uns einfach ..."

„Für wen hältst du dich eigentlich, dass du mir Vorschriften machen willst?", pöbelte er Kevin an.

„Mir gehört der Laden, und deshalb bestimme ich hier die Regeln."

„Beth, sag diesem Arsch, dass ich jetzt sofort einen Whisky will!"

Kevin schüttelte den Kopf. „Kein Stück."

Und dann ging alles sehr schnell. Der Spießer wollte ihm wohl eine verpassen, schwankte aber und stieß seine Begleitung mit dem Ellbogen fast vom Barhocker. Sie landete in den Armen des Gastes neben ihr, der offensichtlich erfreut über seinen Fang war. Kevin war dadurch kurz abgelenkt, der Spießer holte aus und traf ihn leicht am Kinn.

Dann starrte er Kevin erschrocken an. Offenbar fiel ihm erst jetzt auf, was er da gerade getan hatte. Bevor er Reißaus nehmen konnte, hatte Kevin ihn am Kragen gepackt. Als ehemaliger Polizist hatte er Erfahrung mit solchen Situationen.

Derek zappelte wie ein Fisch am Haken. Tatsächlich hätte er es fast geschafft, sich zu befreien. Kevin reichte es nun langsam, und er riss einmal kräftig den Arm nach unten, woraufhin Dereks Nase unsanft Bekanntschaft mit dem Tresen machte.

Er heulte auf wie ein Kleinkind ... und die anderen Gäste flippten aus. Das Stammpublikum war zwar eher harmlos, aber die Männer hatten natürlich absolut nichts gegen eine gepflegte Prügelei.

Okay, okay, Prügelei war in diesem Fall stark übertrieben. Derek hielt sich die Hand unter die Nase, versuchte, die Blutung zu stoppen, und schrie wie am Spieß. Die Gäste zuckten zusammen, als wäre eine Sirene losgegangen.

„Ruhe jetzt, Mann, oder ich geb dir eins auf die Zwölf", schrie Kevin ihn an, was seine Gäste natürlich weiter anstachelte.

„Ja, los, zeig's ihm!"

„Oh Gott, seine Nase!" Beth befreite sich aus der Umarmung des Gastes neben sich und schnappte sich ein paar Servietten von der Bar. Die wollte sie unter Dereks Nase halten, aber der stieß sie weg.

Als in dem Moment zwei Polizisten hereinkamen, wurde

es endlich still in der Bar, und das Gejohle erstarb. Derek hörte auf zu kreischen und begann stattdessen, verzweifelt zu stöhnen.

„Hey, Kowalski!“, rief der ältere der beiden Gesetzeshüter.

„Hey, Jonesy. Hat dein Vater sich über die Karten für das Spiel gefreut?“

„Machst du Witze? Zehnte Reihe, genau an der Fünfzig-Yard-Linie! Er war begeistert! Ich soll dich herzlich von ihm grüßen.“

„Hab ich gern gemacht“, sagte Kevin, ohne Dereks Kragen loszulassen. Er nutzte jede Gelegenheit, um seine guten Beziehungen zum örtlichen Polizeirevier zu pflegen. Nicht nur, weil er früher in Boston selbst für die Truppe gearbeitet hatte, sondern weil jeder kluge Barbesitzer das tat. „Ich hab hier einen Kandidaten für dich.“

„Was ist dem denn passiert?“

„Ist mit dem Gesicht auf den Tresen geknallt. Passiert immer wieder mal, du weißt ja, wie das ist.“

Kevin ließ Derek los, und bevor Jonesy dessen Handgelenke packen konnte, versuchte der Idiot, aus der Bar zu fliehen.

Jonesys junger Kollege wollte ihn stoppen, stolperte aber über Beths ausgestrecktes Bein. Ob das Zufall gewesen war, durfte bezweifelt werden, aber zumindest sah es nicht zu offensichtlich nach Absicht aus. Der Polizist landete auf dem Boden. Jonesy sprang über seinen Partner hinweg und sprintete, so schnell es in seinem Alter noch ging, hinter Derek her.

Beth hyperventilierte beinahe.

Entschlossen warf Jonesy sich schließlich mit der vollen Wucht seiner einhundert Kilo auf Derek und brachte ihn zur Strecke, während sein Partner sich gerade wieder aufrappelte. Der zückte die Handschellen, und Applaus brandete in der Bar auf. Allerdings waren die Handschellen wohl überflüssig – es sah nicht so aus, als würde Derek noch weiter Widerstand leisten wollen.

„Warum tun Sie ihm das an?"

Kevin musterte die Dunkelhaarige, die genauso wütend zu sein schien wie ihr am Boden liegender Begleiter. „Ich tu ihm doch gar nichts! Und Sie scheinen vergessen zu haben, dass er Sie geschlagen hat!"

„Hat er doch überhaupt nicht! Er ist nur aus dem Gleichgewicht gekommen, als er *Sie* schlagen wollte!"

Klar, das machte die Sache natürlich besser! „Aber betatscht hat er Sie, oder habe ich mir das etwa auch eingebildet?"

Jetzt verdrehte diese Frau doch tatsächlich die Augen! „Das hatte ich voll unter Kontrolle."

„Nein, unter Kontrolle ist der Kerl jetzt."

„Hören Sie mal, es ist nicht so, wie Sie … Ach, vergessen Sie's! Jedenfalls müssen Sie ihm jetzt helfen."

Kevin schaute zu Derek hinüber. Der schwergewichtige Jonesy saß auf ihm drauf, und der junge Polizist ließ gerade die Handschellen zuschnappen. Im Moment hätte Kevin nichts für den Kerl tun können, selbst wenn er gewollt hätte – was nicht der Fall war.

„Ich werde Sie verklagen und Ihnen den letzten Cent abknöpfen!", brüllte Derek über die Schulter hinweg. „Und du bist entlassen, du blöde Kuh!"

Oops. Kevin schaute Beth an. „Ich dachte, Sie hätten einfach nur ein mieses Date."

Sie kletterte wieder auf den Barhocker und schüttelte genervt den Kopf. „Sie haben mich gerade meinen Job gekostet!"

Dank jahrelanger Erfahrung schaffte er es gerade noch,

ihr nicht zu sagen, dass sie damit Riesenglück hatte. „Wie wäre es mit einem Bier?“, fragte er stattdessen.

Ein Bier? Glaubte dieser Rambo wirklich, dass ihr ein Bier jetzt noch helfen würde? Beth Hansen ballte die Fäuste, um ihn nicht an den Schultern zu packen und zu schütteln wie einen trockenen Martini.

Natürlich war Derek, so betrunken wie er war, ein echter Idiot. Das wusste sie auch. Aber damit kam sie klar. Sie hatte gelernt, ohne größere Probleme mit ihm fertigzuwerden. In den drei Monaten, die sie für ihn gearbeitet hatte, war er regelmäßig einmal die Woche in irgendeiner Bar abgestürzt.

Nachdem er die ersten drei Scotchs gekippt hatte, rief er sie an und behauptete, er hätte vergessen, irgendwas Wichtiges zu unterschreiben, und sie müsste sofort mit den Unterlagen in die Bar kommen. Als pflichtschuldige Sekretärin wies sie ihn natürlich nicht darauf hin, wie fadenscheinig seine Ausreden waren, sondern setzte sich in Bewegung und brachte den Vertrag vorbei. Auch sonntags. Anschließend versuchte Derek jedes Mal erfolglos, sie abzuschleppen, irgendwann bugsierte sie ihn ins Taxi, und am nächsten Tag taten sie beide so, als wäre nichts gewesen.

Das mochten vielleicht keine idealen Arbeitsbedingungen sein, aber sie hatte definitiv schon schlimmere Chefs gehabt.

Bedauerlicherweise war Dereks Lieblingsbar heute wegen Renovierung geschlossen gewesen, und so war er in *Jasper's Bar & Grille* gelandet. Mit dem Effekt, dass er nun eine gebrochene Nase hatte und sie ihren Job los war.

Da half ein Bier weiß Gott auch nichts mehr.

Sie hob den Kopf und stützte das Kinn in die Hände. „Mussten Sie unbedingt gleich die Polizei rufen?“

„Ja."

„Warum?"

Kevin lehnte sich an den Tresen und schaute sie an. Der Mann war wirklich beeindruckend groß. Und dann hatte er auch noch breite Schultern, blaue Augen, süße Grübchen und dunkle, leicht zerzauste Haare.

Sie schätzte ihn auf Mitte dreißig.

„Schon vergessen? Er hat mich ins Gesicht geschlagen!"

„Das konnte man wohl kaum einen Schlag nennen", widersprach sie kleinlaut, weil er ja eigentlich recht hatte. „Außerdem hatte ich Derek schon fast im Taxi! Aber Sie mussten ja gleich ausflippen!"

„Hey, Kevin!", rief ein junger Gast. „Machst du mir eine Kalte Ente?"

„Du bist hier in einer Sportsbar und nicht beim Sonntagsbrunch!" Kopfschüttelnd drehte er sich wieder zu ihr um. „Ich habe ihm nur gesagt, dass er hier nichts mehr bekommt. Das ist als Eigentümer dieser Bar nicht nur mein gutes Recht, sondern sogar meine Pflicht, wenn jemand so offensichtlich betrunken ist. Außerdem halte ich nicht gern auch noch die andere Wange hin, wenn mir jemand eine verpasst."

Okay, das sah sie ja ein. Es war wirklich nicht seine Schuld, dass ihr Chef ein Idiot war. Ihm jetzt Vorwürfe zu machen war ungerecht. Trotzdem liefen Dereks Besäufnisse sonst immer glimpflich ab. „Und da müssen Sie ihm die Nase brechen?"

„Das war keine Absicht. Er ist mir weggerutscht … gewissermaßen." Sein Lächeln war so unwiderstehlich, dass Beth kurz vergaß, wie verzweifelt und wütend sie war.

Sie wollte gerade etwas erwidern, als er sich zum oberen Fach des Regals hinterm Tresen hinaufstreckte und ein Geschirrhandtuch herunterholte. Dabei rutschte sein T-Shirt hoch und gab den Blick auf sein Sixpack frei. Beth machte den Mund wieder zu, weil ihr plötzlich entfallen war, was sie sagen wollte.

Kevin ging um den Tresen herum zu ihr, um Dereks Blut aufzuwischen. Sie verzog das Gesicht und rutschte einen Barhocker weiter. Nicht weil sie zimperlich gewesen wäre, sondern weil Kevin genauso gut roch, wie er aussah.

Dann wurde ihr der Blick auf ihn plötzlich von einer vollbusigen Blondine in einem aufreizend knappen Outfit versperrt. Die Blonde hielt Kevin eine Serviette hin, auf die sie etwas mit ihrem Lippenstift notiert hatte.

„Hi, Kevin", hauchte sie wie Marilyn Monroe in ihren besten Zeiten. „Ich hab dir mal meine Nummer aufgeschrieben. Nur falls du mich vielleicht anrufen willst ... oder so."

Er nahm die Serviette und zwinkerte ihr zu. „Danke, Püppi. Könnte durchaus passieren."

Beth schaffte es gerade noch, sich zu beherrschen, bis Barbie davonstöckelte, dann verdrehte sie die Augen. „Püppi? Wie abgeschmackt!"

„Hey, die weiblichen Gäste bei Laune zu halten gehört zu meinem Job."

„Das kann ich mir lebhaft vorstellen. Und die war bestimmt genau Ihr Typ!"

Sein Lächeln erstarb.

„Woher wollen Sie bitte wissen, wer mein Typ ist?"

Betont gleichgültig zuckte sie mit den Schultern. „Passen Sie nur gut auf, dass Sie ihre Nummer nicht verlieren. Ich muss jetzt nach Hause und die Stellenanzeigen studieren."

„Das tut mir wirklich leid, obwohl ich eigentlich gar nichts dafür kann."

„Ich werd's überleben." Sie stieg vom Barhocker und ging zur Tür. „Schönes Leben dann noch, *Püppi.*"

Kevin lächelte in die Kamera. Und dann noch einmal. Und noch mal und noch mal und noch mal.

„Okay!“, rief die herrische Fotografin. „Jetzt ein paar von der Braut und ihren Mädels. Danach der Bräutigam und seine Brüder.“

Mit einem Seufzer der Erleichterung traten Kevin, seine Brüder Joe und Mike und sein Schwager Evan ein paar Schritte zur Seite. Diese Foto-Folter dauerte bereits geschlagene zwanzig Minuten, und obwohl es schon Anfang Oktober war, schwitzten sie alle in ihren Smokings.

Joes Hochzeitsempfang fand in einem auf solche Feiern spezialisierten Hotel statt, dessen Garten zahlreiche Motive für weitere Fotos bot. Vor dem verdammten Brunnen. Unter dem verdammten Rosenbogen. Neben dem Teich. Kevins Wangenmuskeln taten vom vielen Lächeln langsam weh.

Mike zupfte an seinem engen Hemdkragen, wagte es aber nicht, ihn aufzuknöpfen, weil sonst die Tyrannin mit der Kamera sofort Stress gemacht hätte. „Gott, ich brauch einen Drink.“

Kevin nickte nur, verkniff sich aber lautstarke Unmutsäußerungen, weil seine Mutter ihm gerade einen strengen Blick zuwarf. „Wenn das hier nicht ein bisschen fixer geht, Joe, ziehen wir uns aus, und du musst später erklären, was die Chippendales auf deiner Hochzeit gemacht haben.“

„Wenn ich gewusst hätte, dass ihr beide so empfindlich seid, hätte ich euch zu Brautjungfern gemacht und mir andere Trauzeugen gesucht. Rosa steht euch bestimmt super.“

Kevin stieß einen verächtlichen Laut aus. „Willst du an deinem Hochzeitstag unbedingt Prügel kassieren?“

„Terry sieht umwerfend aus in dem Kleid“, stellte Evan fest. „Am liebsten würde ich sie sofort …“

„Klappe!“, riefen die drei Brüder im Chor.

Ihr Schwager machte ein beleidigtes Gesicht. „Nie darf ich mal so einen Spruch bringen."

Mike lachte. „Joey und Danny sind alt genug, um nachher auf die Kleinen aufzupassen. Lisa und ich haben also ein Zimmer für uns allein. Da werde ich mich richtig mit ihr amüsieren."

Ja, das würden sie nach der Hochzeit alle machen. Joe und seine Braut Keri. Mike und Lisa. Evan und Terry.

Kevin hingegen konnte sich nur darauf freuen, den steifen Kragen und die unbequemen Schuhe loszuwerden.

Es war jetzt ungefähr zwei Jahre her, dass seine Ehe gescheitert war. Nach der Trennung war es ihm so mies gegangen, dass er dann auch noch seinen Job vermasselt hatte. Seitdem hielt er sich mit One-Night-Stands über Wasser, die sich meistens aus den weiblichen Gästen seiner Bar rekrutierten. Das war zwar nicht so befriedigend wie eine echte Beziehung, aber auch nicht so gefährlich. Man wurde auch von Fertiggerichten satt, es musste nicht immer ein Fünf-Sterne-Restaurant sein. Außerdem taten solche Affären eben nicht weh.

Und von denen hatte er seit seiner Scheidung so einige gehabt. In letzter Zeit ging er allerdings immer öfter allein hoch in seine Wohnung über dem *Jasper's*. Mit Frauen, die die Nacht mit einem Fremden verbrachten, nur weil er halbwegs gut aussah, saß er ungern morgens am Frühstückstisch.

Und er hätte eine solche Frau auch niemals zur Hochzeit seines Bruders mitgebracht.

Erneut musste er an die hübsche Dunkelhaarige von neulich Abend denken. Wenn sie wirklich glaubte, dass dieser blonde Barbie-Verschnitt sein Typ war, hatte sie sich schwer geirrt! Mann, dass er ihrem Chef die Nase gebrochen hatte, war jetzt schon zwei Tage her! Wieso spukte sie ihm noch immer im Kopf herum, verdammt? Und was ihn noch mehr ärgerte: Die Frau hielt ihn für einen oberflächlichen Aufreißer …

Wenn er gewusst hätte, wie sie mit Nachnamen hieß oder wo sie wohnte, hätte er ihr gern bewiesen, dass er in Wahrheit auf einen ganz anderen Frauentyp stand. Okay, vielleicht interessierte sie das auch gar nicht. Trotzdem. Er fand es einfach unfair, dass sie eine so schlechte Meinung von ihm hatte. Sowas war er nicht gewöhnt.

„Gleich kommen wir wieder an die Reihe", riss Joe ihn plötzlich aus seinen Gedanken. „Und danach sind wir hoffentlich mit den Fotos fertig und können reingehen. Um noch mehr Hochzeitskram über uns ergehen zu lassen. Und alles nur, weil Frauen darauf stehen. Egal. Keri ist so glücklich, also ist es das wert."

„Das bist du doch auch", stellte Mike fest. „Ich weiß immer noch nicht, wie ihr das alles so schnell organisiert habt."

Joe stieß einen verächtlichen Laut aus. „Ganz einfach – mit einem Blankoscheck. Keri wollte gern während des Indian Summer heiraten. Und weil ich kein volles Jahr mehr abwarten konnte, bis sie endlich meine Frau wird, habe ich es mit der geheimen Zauberformel versucht – *Geld spielt keine Rolle*."

Joe gab normalerweise nicht mit dem Vermögen an, das er mit seinen kranken Horrorromanen verdiente, aber wenn *er* jemandem freie Verfügungsgewalt über seine Barschaft einräumte, waren gigantische Summen im Spiel.

Plötzlich brüllte die Foto-Terroristin: „Okay, jetzt die Brüder und der Schwager links und rechts neben dem Bräutigam aufstellen, immer zehn Zentimeter Abstand dazwischen und leicht schräg zur Kamera. Sie – ja, der Große –, Sie gehen nach hinten."

Die konnte ihn mal! Kevin legte den Arm um Joes Schultern, zog ihn zu sich heran und gab ihm eine Kopfnuss. Joe versuchte, sich aus seinem Griff zu winden, lief dabei aber genau Mike in die Arme, der ihm freundschaftlich mit den Fingerknöcheln gegen die Stirn klopfte, während Evan ihm Hasenohren machte.

Die Fotografin hätte beinahe die große teure Kamera fallen lassen, aber die Mütter des Brautpaars konnten den Moment gar nicht oft genug für die digitale Ewigkeit festhalten.

„Das Bild kommt gerahmt ins Wohnzimmer! Das Kowalski-Hochzeitsfoto des Todes!", rief die Braut fröhlich. Mikes vier Söhne und Terrys Tochter Stephanie hätten sich am liebsten ebenfalls auf ihren Onkel Joe gestürzt, wurden jedoch von ihren Eltern davon abgehalten. Schließlich erschien der Hochzeitsplaner im Garten und holte die noch immer lachende Familie ins Hotel, damit es endlich weiterging.

Doch bevor die Party richtig steigen konnte, wurden noch mehr Bilder gemacht, dann kamen die Reden und schließlich der offizielle Hochzeitstanz. Stöhnend fragte Kevin sich, wie er das alles ohne Alkohol überstehen sollte. Er brauchte ein Bier, und zwar schnell. Lächelnd machte er einen Abstecher an die Bar ... und stand plötzlich Beth gegenüber.

2. KAPITEL

Es gab so viele Hochzeiten auf dieser Welt – warum musste sie, Beth, ausgerechnet auf dieser arbeiten? Kevin im Smoking – na, danke, die Schicht würde ihr vorkommen wie eine Ewigkeit in der Hölle!

Dass er einen Smoking trug, bedeutete, dass er zur Familie des Brautpaars gehörte. Da musste sie auch noch besonders freundlich zu ihm sein, damit keine Beschwerden kamen. Und das ausgerechnet bei diesem Möchtegernrambo, der überhaupt schuld daran war, dass sie hier die Bar schmiss. Ohne ihn hätte sie jetzt gerade nach einem lockeren Tag in Dereks Büro die Füße hochgelegt. Aber stattdessen schenkte sie nun von achtzehn Uhr abends bis ein Uhr morgens Drinks aus.

Als sie in Kevins blaue Augen sah, wurde ihr plötzlich heiß. An dem Abend in der Bar war sie nicht gerade freundlich zu ihm gewesen, was ihr nun leidtat. Dass ihr heiß wurde, lag allerdings nicht am schlechten Gewissen, sondern an dem erotischen Traum, den sie in der Nacht zuvor von ihm gehabt hatte.

Bis eben hatte sie sich eingeredet, dass der Grund dafür wahrscheinlich die Tiefkühllasagne vor dem Schlafengehen gewesen war. Das Zeug war eben ungesund und lag schwer im Magen. Aber wenn sie sich Kevin jetzt so anschaute, musste sie doch zugeben, dass sie ihn wirklich scharf fand. Ein bisschen zumindest. Aber selbst wenn sie gerade auf der Suche nach einem Mann gewesen wäre, dann bestimmt nicht nach einem, der Telefonnummern von lebenden Barbie-Puppen sammelte. Nein, nein, lieber die Schuld an diesem Traum auf fettige Fertiggerichte schieben …

„Was darf es sein, Sir?“, fragte sie und hoffte, dass er sich nicht mehr an sie erinnerte.

Sein Grinsen machte diese vage Hoffnung jedoch sofort zunichte. „Ein Bier."

Beth schnappte sich eine Bierflasche und öffnete sie. „Glas?"

„Flasche reicht." Statt zu warten, bis sie die Flasche vor ihn hinstellte, nahm er sie Beth aus der Hand. Dabei berührten sich ihre Finger, und Beth überlief ein Schauer. „Freut mich, dass du einen neuen Job hast."

Sie zuckte mit den Schultern und zog möglichst unauffällig die Hand weg. „Ist nur Teilzeit und befristet, aber besser als gar nichts."

„Gib mir mal eben dein Handy."

„Hab keins." Andernfalls hätte sie es ihm allerdings auch nicht gegeben. Er musste ihr erst gar nicht seine Nummer einspeichern, weil sie ihn sowieso niemals anrufen würde.

„Du hast kein …"

„Onkel Kevin!" Ein Teenager im Smoking kam angerannt und packte Kevin am Ellbogen. „Grandma hat gesagt, dass sie dich an den Ohren zu deinem Platz zerrt, wenn du dich nicht sofort an den Tisch setzt."

Kevin lachte und blinzelte Beth zu. „Bis später."

Oh Gott, hier konnte sie ihm nicht entgehen. Bedauerlicherweise war im Moment an der Bar nicht viel zu tun, was auch so bleiben würde, bis die Reden vorbei waren und alle wieder aufstehen konnten. Also blieb ihr nichts anderes übrig, als die Hochzeitsfeierlichkeiten zu beobachten.

Der DJ verkündete, dass die Trauzeugen nun ihre Rede halten würden. Kevin lachte, und der Bräutigam bekam es offensichtlich mit der Angst zu tun. Gespannt stellte sich Beth auf die Zehenspitzen, um an den ganzen Gästen vorbeizusehen, die mit ihren Videokameras in Stellung gingen. Kevin nahm sich das Mikrofon, und auch einer seiner Brüder bekam eines in die Hand gedrückt. Dass die beiden Geschwister waren, verriet die mehr als offensichtliche Familienähnlichkeit.

„Habe ich dir eigentlich jemals gesagt, dass du mein Held bist?“, fragte Kevin nun den Bräutigam und kniete sich vor ihn hin. Hinter ihm versammelte sich sein anderer Bruder samt seiner vier Söhne.

Dann begannen sie zu singen, und die Gäste brachen in Gelächter aus. Wie es aussah, hatten die Kowalskis nicht nur die Grübchen und blauen Augen gemeinsam, nein, sie waren auch allesamt schrecklich unmusikalisch. Während Kevin und der Familienchor nun ‚Wind beneath my Wings‘ von sich gaben, wurde Beth auf einmal ganz warm ums Herz. Und das, obwohl es die wohl miserabelste Version des Songs war, die sie je gehört hatte.

Ihre plötzliche Gefühlsaufwallung wurde auch nicht besser, als Kevin dann erst mit seiner Mutter und anschließend mit seiner jungen Nichte tanzte. Man merkte, wie sehr die Kowalskis aneinander hingen. Sie waren eine laute, fröhliche und liebevolle Familie. Ihr Lachen wurde gleichsam zum Soundtrack des Abends.

Nachdem die Pflichttänze absolviert waren, bekam Beth alle Hände voll damit zu tun, Sekt-Cocktails an die Frauen zu verteilen und Bier an die Männer. Sobald die Senioren und die Kinder im Bett waren, würde verstärkt Hochprozentiges nachgefragt werden, das kannte sie schon.

„Und du hast wirklich kein Handy?“

Oh Gott, da war er wieder. „Nein, ganz ehrlich nicht. Noch ein Bier?“

Kevin hielt seine halb volle Flasche hoch. „Ich hab noch. Mike hat mir vorhin eines mitgebracht.“

Was willst du dann an der Bar? „Okay.“

„Sogar meine Mutter hat ein Handy, und die kann nicht mal ihre E-Mails abrufen.“

„Warum hängst du dich eigentlich so daran auf, dass ich kein Handy besitze?“

„Okay, hast du denn wenigstens einen Festnetzanschluss?“

„Ja.“ Sie drehte sich um und mixte der strahlenden Mutter der Braut eine Kalte Ente.

Als sie fertig war, schob Kevin ihr eine Papierserviette hin. „Kugelschreiber?“

Sie nahm den neben der Kasse und hielt ihn Kevin hin. Der rührte sich aber nicht. Er grinste sie nur an und zeigte die ach so süßen Grübchen.

„Oh nein“, sagte sie. „Ich geb dir meine Nummer ganz sicher nicht. Du hast doch bestimmt auch so schon eine hübsche Sammlung.“

„Hab ich nicht. Aber deine Nummer hätte ich wirklich gern.“

Bevor sie etwas erwidern konnte, kam wieder einer der Neffen angerannt und zupfte an seinem Ärmel. „Onkel Kevin, die Torte wird jetzt angeschnitten!“

Beth griff nach der Papierserviette und wischte damit den Tresen ab. Dann warf sie sie weg. Sie war zum Arbeiten hier und nicht um Männer mit unwiderstehlichen Grübchen abzuwimmeln, die sie zu bezirzen versuchten.

Grübchen allein reichten dafür nicht, aber der Rest … die Figur, das Gesicht, der Humor, wie liebevoll Kevin mit seiner Familie umging und natürlich die heißen Blicke, die er ihr zuwarf … das war schon etwas anderes. Trotzdem hatte sie nicht vor, irgendjemandem ihre Nummer auf einer Serviette zuzustecken.

Es war schon fast zwei Uhr morgens, als die Servicekräfte endlich gehen durften. Erleichtert seufzend zog Beth das Gummiband aus ihrem Pferdeschwanz und schüttelte sich das Haar auf. Die Schicht war verdammt anstrengend gewesen.

Dieser Kevin Kowalski ließ sich nicht so leicht entmutigen, das musste man ihm lassen. Sie hatte ihm so lange die kalte Schulter gezeigt, bis er es endlich kapiert zu haben schien. Trotzdem, jedes Mal, wenn sie – natürlich ganz aus Versehen – zu ihm rüberschaute, beobachtete er sie gerade. Als sie das Licht gedimmt hatten, damit auch die letzten Unermüdlichen begriffen, dass die Party vorbei war, hatte er ihr noch einmal einen auffordernden Blick zugeworfen. Sie hatte ihm daraufhin den Rücken zugedreht und schwer beschäftigt getan. Kurz darauf war er verschwunden.

Eigentlich war sie total erledigt und wollte sich nur noch ein Taxi rufen und nach Hause fahren. Aber der Garten des Hotels mit dem kleinen Teich war so wunderschön, dass sie erst noch einmal hinausging. Der Mond spiegelte sich auf der glatten Wasseroberfläche, alles war still, und Beth konnte sich endlich entspannen.

„Du siehst wunderschön aus im Mondlicht."

Kevin saß auf einer kleinen Steinmauer neben dem Teich, eine halb leere Flasche Bier in der Hand, hatte seine langen Beine ausgestreckt und das offene Hemd aus der Hose gezogen. Jacke und Fliege hatte er wohl drinnen schon abgelegt. Beth musste sich sehr zusammenreißen, um nicht fasziniert auf seine entblößte Brust und das Sixpack darunter zu starren. Nur eine Blinde wäre nicht scharf darauf gewesen, die harten Muskeln zu streicheln.

Kevin beugte sich nach unten und griff nach einer noch geschlossenen Bierflasche. Dann drehte er den Verschluss auf und hielt sie Beth hin.

Das sollte sie besser bleiben lassen. Ihre Schicht war zwar schon zu Ende, aber sie arbeitete hier, und er war ein Gast. Andererseits ... Drinnen hatte er gerade noch die halbe

Gesellschaft unterhalten, jetzt aber wirkte er auf einmal schrecklich einsam. Beth brachte es nicht übers Herz, ihn einfach abzuweisen und allein zu lassen.

„Danke." Ein ganzes Stück entfernt von ihm setzte sie sich ebenfalls auf die Mauer und trank einen Schluck eiskaltes Bier. Worüber sollte sie nun mit ihm reden? Ihr fiel nichts ein.

Er grinste sie an, und im Mondschein konnte sie seine Grübchen erkennen. „Hat deine Chefin dir erzählt, dass wir versucht haben, dich mit ihrer Erlaubnis für einen Tanz von der Bar loszueisen?"

„Oh Gott, was hast du zu ihr gesagt?" Wenn sie jetzt noch mal seinetwegen gefeuert wurde, zog sie am besten schnell weg. Sonst würde sie wohl nie wieder lange im selben Job arbeiten.

„Joe – der Bräutigam und mein ältester Bruder – hat deine Chefin gefragt, ob du vielleicht einen Song lang Pause machen darfst. Aber sie war nicht damit einverstanden. Also hat er einen Zuschlag auf die Rechnung angeboten. Sie hat sich unheimlich darüber aufgeregt und meinte, sie würde ihre weiblichen Angestellten nicht vermieten."

Er ahmte die leicht arrogante Stimme ihrer Chefin nach, und Beth musste lachen, obwohl sie kaum fassen konnte, was er da schon wieder angestellt hatte. „Und wie ist Joe auf so eine Schnapsidee gekommen?"

„Weil ich mit dir tanzen wollte."

Beth erschauerte und fühlte Begehren in sich aufsteigen. „Heute Abend waren mindestens ein Dutzend Frauen da, die liebend gern vollkommen umsonst mit dir getanzt hätten."

Ernst schaute er sie an. „So ein Typ bin ich nicht."

„Was denn für einer?"

„Der Typ, für den du mich hältst."

Beth bemühte sich sehr, ihn nicht so ungeheuer attraktiv zu finden, scheiterte damit aber kläglich. „Ich hab gar keine bestimmte Meinung von dir. Ich kenne dich doch kaum."

„Komm, lass uns den Tanz nachholen."

Sie lachte, was in der Stille der Nacht sehr laut klang. „Ich habe seit Jahren nicht mehr getanzt."

Er stellte das Bier weg, nahm ihre Hand und zog Beth in die Arme.

Sie verschränkte die Finger hinter seinem Hals.

„Tanzt du nicht manchmal in der Küche? Wenn du allein bist und dich niemand sieht?", fragte er.

„Nein, nicht mal, wenn mich niemand sieht."

„Solltest du aber. Ist gut für die Seele."

Im Mondlicht eng umschlungen mit ihm zu tanzen war bestimmt nicht gut für ihre Seele, aber auf jeden Fall für ihren Körper.

„Flippst du aus, wenn ich jetzt versuche, dich zu küssen?"

Sie schaute ihn an. „Kommt darauf an, wie gut du küsst."

Kevins Miene hellte sich auf. Zärtlich ließ er die Finger in ihr Haar gleiten. Beth schloss die Augen, seufzte, und dann spürte sie seine Lippen auf ihren.

Der Mann konnte küssen! Sofort waren alle Erinnerungen an ihren Traum von ihm wieder da, und Beth zitterte vor Verlangen.

„Bleib heute Nacht bei mir", flüsterte er ihr ins Ohr.

Die Stimme der Vernunft riet Beth dringend davon ab, aber sie hörte einfach nicht hin. „Ja."

Er nahm ihre Hand, sie sammelten die Bierflaschen ein und liefen dann über den Rasen zurück zum Hotel. In der Lobby blieben sie stehen. Hoffentlich sieht uns niemand vom Personal, betete Beth im Stillen. Sie entsorgten die

Flaschen und gaben dann ihr Bestes, um sich im Aufzug zu beherrschen.

Kevin schaffte es tatsächlich, seine Zimmertür mit einer Hand aufzuschließen, ohne Beths loszulassen. Als sie im Zimmer waren, schloss er die Tür und drückte Beth dagegen.

„Dich den ganzen Abend nur beobachten zu können, hat mich halb umgebracht", sagte er und küsste sie dann wieder.

Sie schlang ihm die Arme um den Hals und verlor sich ganz in diesem Kuss. Als er ihr die Bluse aufknöpfte, wehrte sie sich nicht. Ihr letzter Kuss war viel zu lange her, ganz zu schweigen davon, wann ein Mann sie zum letzten Mal so berührt hatte. Atemlos half sie ihm dabei, ihre Bluse zu öffnen, damit es schneller ging. Dann ließ sie die Hand über seinen Bauch gleiten. Die harten Muskeln spannten sich an.

Ungeduldig schob er ihr die Bluse von den Schultern. Beth zog den BH aus und ließ ihn ebenfalls zu Boden fallen. Die Art, in der Kevin sie anschaute, war genauso verlangend wie sein Kuss.

Kurz darauf gesellte sein Hemd sich zu den anderen Kleidungsstücken auf dem Boden. Beth kam nicht dazu, seinen nackten Oberkörper zu bewundern, weil Kevin sie erneut küsste und überall streichelte. Dann hob er sie hoch, und sie schlang ihm die Beine um die Hüften.

Sein Kuss wurde immer fordernder. Kevin drückte sie wieder gegen die Tür, und Beth stöhnte auf.

Er nahm sich zurück und hauchte sanfte Küsse auf ihre Brüste, liebkoste abwechselnd ihre harten Brustwarzen. „Du bist ... so ... verdammt heiß ..."

Beth wollte jetzt nicht reden, wollte ihn nur noch spüren, fühlen, wie seine Hüften sich so rhythmisch bewegten wie eben bei ihrem Tanz im Mondlicht. Aber es war noch zu viel Stoff im Weg.

Als ob er ihre Gedanken gelesen hätte, trug er sie zum Bett. Lachend landete Beth auf der Matratze, verstummte aber sofort, als Kevin sich Hose und Boxershorts auszog.

Ja, es war *definitiv* die richtige Entscheidung gewesen, die Nacht mit ihm zu verbringen.

Zehn Minuten später hatte Kevin auch sie vom Rest ihrer Kleidung befreit und so heiß gemacht, dass sie frustriert aufstöhnte, weil es ihr nicht mehr schnell genug gehen konnte. Er lachte leise und machte weiter mit dieser wunderbaren Folter – streichelte, küsste und leckte sie, ohne ihr das zu geben, wonach sie sich am meisten sehnte. Als Beth schon dachte, sie würde gleich wahnsinnig werden, hörte sie, wie er die Verpackung eines Kondoms aufriss.

Kevin glitt zwischen ihre Beine und stützte sich auf die Ellbogen, sodass er sie ansehen konnte. Liebevoll lächelte er sie an, aber sein Blick verriet, wie erregt er war. Beth strich ihm übers Haar, dann schob er die Hand zwischen ihre Oberschenkel und gab ihr endlich das, was sie brauchte.

Als er in sie eindrang, stöhnten sie beide auf. Seine Stöße waren kurz und sanft, und Beth hob ihm verlangend die Hüften entgegen. Immer wieder flüsterte Kevin ihr ins Ohr, wie scharf sie sei, wie unglaublich es mit ihr sei und dass er wünsche, es würde nie enden.

Schließlich wurde er schneller. Beth streichelte ihm den Rücken, spürte seine weiche Haut und das Spiel seiner harten Muskeln unter ihren Fingern. Sie versank im Blick seiner blauen Augen, fühlte, wie ihre Erregung sich weiter steigerte, vergaß alles um sich herum und erreichte einen unglaublichen Höhepunkt. Stöhnend beschleunigte Kevin das Tempo weiter, stieß schneller und schneller zu, bevor auch er Erlösung fand.

Zitternd legte er sich auf sie, und Beth schlang die Arme um ihn. Er war schwer, aber das machte ihr gar nichts aus. Zärtlich küsste er ihren Hals, während Beth ihn lächelnd streichelte. So blieben sie noch ein paar Minuten liegen, bis sie beide wieder zu Atem kamen, Kevin sich neben sie legte und sie eng an sich zog.

„Ich bin so froh, dass du bei mir geblieben bist", sagte er leise.

„Ich auch." Und wie froh sie darüber war!

Da sie die Nacht erst mit Arbeiten und dann mit Kevin im Bett verbracht hatte, ohne zwischendurch etwas zu essen, wachte Beth am nächsten Morgen zu einer höchst unchristlichen Zeit auf. Ihr knurrte der Magen. Donuts, dachte sie. Okay, darauf gab es nur eine Antwort. Sie würde sich jetzt runter in den Frühstücksraum schleichen, Donuts und Kaffee holen und damit zurückkommen, bevor Kevin aufwachte.

Es dauerte, bis sie all ihre Kleidungsstücke wiedergefunden hatte, dann suchte sie in Kevins Hosen nach dem Zimmerschlüssel.

Was sie fand, waren Servietten. Genau die Servietten, die sie an der Bar mit den Cocktails ausgegeben hatte. Da hatten allerdings noch keine Frauennamen mit dazugehöriger Telefonnummer darauf gestanden. Und so lustige Sprüche. *Ich mache Yoga und kann die Füße hinterm Kopf verschränken. Ruf mich an!*

Als sie einen verächtlichen Laut ausstieß, drehte Kevin sich um und öffnete die Augen. „Mach bitte die Tür richtig zu, wenn du gehst."

Beth erstarrte. War sie etwa eben wirklich noch glücklich gewesen? Ach, er war also nicht *so* ein Typ? Ja, klar!

Augenblicklich hörte sie auf, nach dem Schlüssel zu suchen. Leise schlich sie sich hinaus und passte auf, dass die Tür wirklich zu war, wie Kevin sie eben gebeten hatte. Den Kerl würde sie in ihrem ganzen Leben nicht mehr wiedersehen.

Und das war ihr verdammter Ernst!

3. KAPITEL

Drei Wochen später drückte Beth sich in der Apotheke herum. Volle zehn Minuten analysierte sie erst die Inhaltsstoffe der Hustenbonbons und wandte sich dann den neuen Erkältungsmitteln zu. Vielleicht ein paar Salbeidragees für ihre Mutter? Die hatte bald Geburtstag und liebte Salbei.

Und dann entdeckte sie in einer Ecke den Grund für ihr Kommen. Nur nicht hinsehen. Oh Gott! Da standen die Schwangerschaftstests.

Eigentlich war es ja ganz unmöglich, immerhin hatten sie ein Kondom benutzt! Und sie war auch erst eine Woche überfällig. Am besten kaufte sie jetzt die Salbeidragees und ging dann gemeinsam mit ihrer Paranoia wieder nach Hause.

Andererseits setzte ihre Periode sonst immer pünktlich ein. Ihr Zyklus war so genau wie ein Schweizer Uhrwerk. Und Kondome hatten eben eine Versagensquote von zwei Prozent. Beth beschlich das ungute Gefühl, dass sie möglicherweise gerade als Negativbeispiel in diese Statistik einging.

Okay, sie konnte sich die Tests ja mal ansehen. Nach kurzem Suchen entdeckte sie einen, der schon am ersten Tag nach Ausbleiben der Regel ein zuverlässiges Ergebnis versprach. Nur um ganz sicherzugehen, kaufte sie noch fünf andere dazu und schleppte sie dann nach Hause.

Im ersten Stock, in dem sich ihre Wohnung befand, roch es nach Katzenurin und Verwahrlosung. Eigentlich hätte sie sich inzwischen an den Geruch gewöhnt haben müssen, schließlich lebte sie hier schon seit drei Monaten. Aber gegen Katzenurin wurde man nicht so leicht immun. Andererseits war das auch nicht so schlimm, weil sie ohnehin noch vor dem nächsten Sommer in eine andere Stadt ziehen wollte.

Allerdings konnten sich diese Pläne ganz schnell ändern, wenn sie gleich eine blaue Linie im Kontrollfeld des Schwangerschaftstests entdeckte.

Noch auf der Treppe zückte sie den Schlüssel, damit sie möglichst wenig Zeit im stinkenden Hausflur verbringen musste. In der Wohnung angekommen, knallte sie sofort die Tür zu. Hier war es nicht viel wärmer, weil ihr Vermieter wenig von modernen Heizungsanlagen und vernünftiger Gebäudedämmung hielt. Aber es roch zumindest sehr viel besser. Das hatte sie einer kräftezehrenden Putzaktion zu verdanken – und nicht ihrem Vermieter.

Sie warf die Tüte von der Apotheke auf den Tisch im Wohnzimmer und ging dann zu dem alten Schaukelstuhl, den sie vom Sperrmüll gerettet hatte. Seufzend setzte sie sich darauf und zog sich die Schuhe aus. Abgesehen von dem Klappstuhl am Tisch befand sich sonst nur ein weiteres Möbelstück – ihr Bett – in der gesamten Wohnung. Das hatte sie im Secondhandladen der Heilsarmee erstanden. Und genau dahin würde sie es auch wieder zurückbringen, wenn sie in ein paar Monaten hier wegzog. Wann immer ihr eben danach war.

Nein, sie konnte unmöglich ein Kind bekommen. Dafür brauchte man ein richtiges Zuhause. Keine spartanische Wohnung oder gar nur ein Zimmer im Motel. Und einen Minivan. Alle Mütter fuhren Minivan.

Beth hingegen besaß nicht mal einen Kleinwagen. Sie fuhr lieber mit dem Greyhound-Bus, weil es sie an die Zeit der Tramps und Hobos erinnerte. Auch wenn die illegal mit dem Zug durchs Land vagabundiert waren. Sie liebte es, immer wieder eine neue kleine Stadt für sich zu entdecken. Dort suchte sie sich dann einen Job, bis sie genug Geld verdient hatte, um weiterzuziehen.

Ihr Vagabundenleben machte aus jeder Steuerklärung eine wahre Horrorshow, weil sie ständig den Bundesstaat wechselte, aber sie liebte es nun einmal. Nur mit einem Rucksack und einem Koffer in einer neuen Wohnung zu stehen war wie ein Neuanfang – und das meistens zweimal im Jahr. So war sie niemandem verpflichtet, insbesondere ihren Eltern nicht. Ihre Umzüge sorgten dafür, dass die beiden nicht zu sehr klammerten.

Beth trödelte so lange herum, wie es nur ging, um den Moment der Wahrheit hinauszuzögern. Die Wohnung war blitzsauber, aber immerhin fand sie in der Spüle noch einen Becher und einen Löffel, die sie abwaschen konnte. Sie sortierte die Wäsche und schaute dabei in alle Hosentaschen. Das machte sie neuerdings besonders gründlich, seit sie vor Kurzem ihr Handy mit in die Maschine gestopft hatte. Das war erst kein großes Problem gewesen, weil Saufkopf Derek ihr als Ersatz dafür ein Blackberry gegeben hatte. Aber nach der Kündigung hatte er es zurückhaben wollen. Den Festnetzanschluss hatte Beth vor allem wegen ihres Vaters. Der regte sich sonst auf. Er hatte sie auch dazu überredet, ihre Kreditkarte zu behalten. Die bot allerdings keinen großen finanziellen Spielraum, und Beth nutzte sie ungefähr so häufig wie das Telefon. Ihre Eltern hofften immer noch, dass sie irgendwann mal erwachsen werden und sich eine richtige Wohnung mieten oder – noch besser – kaufen würde. Sie begriffen nicht, dass sie mit ihrem Auszug bei ihnen tatsächlich erwachsen geworden war. Sie hatte weit wegziehen müssen, um sich von ihnen zu lösen. Anders hätte das nie geklappt.

Als es schließlich wirklich absolut nichts mehr in der Wohnung zu tun gab, nahm Beth sich die Schachtel mit dem Schwangerschaftstest und las die Gebrauchsanweisung. Und dann … klingelte das Telefon. Dieses verdammte

Ding! Obwohl die Nummer des Anrufers nicht angezeigt wurde, wusste sie auch so, dass es nur ihr Vater oder ihre Chefin sein konnten. „Hallo?“

„Willst du eigentlich über die Feiertage nach Hause kommen?“

Ihre Mutter hielt sich nie mit Begrüßungsfloskeln auf, sondern plapperte immer sofort drauflos.

„Weiß ich noch nicht.“

Bis zum Testergebnis konnte sie überhaupt keine Pläne machen. Normalerweise fuhr sie zweimal im Jahr mit dem Bus nach Florida, um ihre Eltern zu besuchen. Weihnachten verbrachte sie üblicherweise bei ihnen.

„Adelle und Bob haben uns gefragt, ob wir mit ihnen die Kreuzfahrt machen wollen, weil die Donaldsons kurzfristig abgesagt haben. Die Schiffspassagen könnten sie auf uns übertragen, aber es geht schon in sechs Wochen los. *Sechs!* Kannst du das glauben? Hat man so was schon gehört?“

„Und wer übernimmt dann deine Tanzkurse? Und deinen Strickunterricht? Und die hundert anderen Kurse, die du gibst?“

Shelly Hansen seufzte. Das tat sie oft und gern. „Dein Vater ist der Meinung, ich sollte mal etwas kürzertreten. Vielleicht hat er recht, wir werden schließlich auch nicht jünger.“

„Du bist erst zweiundfünfzig, Mom.“ Und genau in dem Moment traf Beth die Erkenntnis – sie war sechsundzwanzig Jahre alt. Genauso alt wie ihre Mutter bei ihrer Geburt. Beth war das einzige noch lebende Kind ihrer Eltern. „Scheiße.“

„Was ist denn? Stimmt was nicht?“

„Nein. Ich … hab mir nur den Zeh gestoßen.“ Am liebsten hätte sie sich jetzt sofort bei ihrer Mutter ausgeweint.

Aber sie kannte das Testergebnis ja noch gar nicht, also

war es verfrüht, ihrer Mom irgendwelche Hoffnungen zu machen. Obwohl ihre Eltern enttäuscht gewesen waren, als sie ihr Wirtschaftsstudium abgebrochen hatte, um durch halb Amerika zu ziehen, liebten sie sie doch bedingungslos. Und bei der Aussicht auf ein Enkelkind wären sie vor Freude bestimmt durchgedreht. Außerdem wäre das etwas gewesen, was Beth in ihren Augen gezwungen hätte, nun endlich sesshaft zu werden.

Ansonsten wollte Beth natürlich auch unbedingt verhindern, dass die beiden sofort ins Flugzeug stiegen und bei ihr auftauchten. Ihre Mutter hatte fünf Fehlgeburten gehabt, und Beth war ihr einziges Kind. Deshalb hatten ihre Eltern sie mit ihrer Liebe fast erstickt und schrecklich geklammert. So oft wie Beth als Kind umarmt und gedrückt worden war, grenzte es an ein Wunder, dass sie nicht an Sauerstoffmangel gestorben war.

Und später, als sie dann schon ein Teenager war, hatten ihre Eltern sie auf Schritt und Tritt bewacht. „Wo gehst du hin? Wann kommst du nach Hause?“, waren typische Fragen gewesen. Sie hatte sich stets kontrolliert gefühlt. Während des Studiums war es sogar noch schlimmer geworden. Deshalb hatte sie eines Tages ihre Tasche gepackt und war abgehauen. Nicht um den Kontakt zu ihren dominanten Eltern abzubrechen, sondern weil sie verhindern wollte, dass es überhaupt so weit kam.

„Also, wegen dieser Kreuzfahrt …“

„Die solltet ihr auf jeden Fall machen, Mom. Ich muss Weihnachten bestimmt arbeiten, da findet ja eine große Feier nach der anderen statt.“

„Bist du sicher? Dein Vater und ich können das auch auf später verschieben.“

„Dann wird das eh nie was. Nein, nein, macht das jetzt zusammen mit Bob und Adelle, wo sich die Gelegenheit bietet. Sonst langweilt ihr beide euch nur allein über die Feiertage. Und vergesst ja nicht, mir Postkarten zu schicken."

„Aber bitte zieh nicht um, während wir unterwegs sind, okay?"

Beth musste lachen, woraufhin ihre Mutter wieder leidend seufzte. „Nein, Mom, ich verspreche dir, dass ich mich nicht vom Fleck bewege. Mach dir also darüber keine Sorgen, ja?"

Beths Vater war als Geschäftsmann sehr erfolgreich gewesen, hatte genug Geld verdient und musste nicht mehr arbeiten. So genossen ihre Eltern ein vorgezogenes Rentnerdasein in Florida, während sie selbst durchs Land vagabundierte.

„Dein Vater will jetzt mit mir essen gehen, Liebes, er wird schon ungeduldig."

Nachdem ihre Mutter noch diverse Male versichert hatte, dass sie auch auf dem Schiff per Handy erreichbar sein würden, verabschiedeten sie sich. Damit blieb Beth endgültig nichts anderes mehr übrig, als den Schwangerschaftstest zu machen.

Drei Minuten später leuchtete im Testfenster ein deutlicher blauer Streifen auf.

Entsetzt keuchte Beth auf und sah ihr zukünftiges Leben vor ihrem geistigen Auge ablaufen, inklusive Windeln, Minivan – und Kevin Kowalski.

Ich kann einen Golfball durch einen Gartenschlauch saugen. Ruf mich an!

Ganz Gentleman zwinkerte Kevin der Frau zu und winkte, als sie ging. Dass er allein die Vorstellung in Verbindung mit seinen Nüssen eher erschreckend fand, behielt er freundlicherweise für sich. Sexy war jedenfalls anders. Sobald sie draußen auf der Straße war, warf er Paulie die Serviette zu.

Es dauerte ein paar Minuten, bis sie ihren Lachanfall überwunden hatte. „Da kannst du ihn auch gleich in den Staubsauger stecken."

Kevin schüttelte sich. Paulie gab ihm die Serviette zurück, und er beförderte sie in den kleinen Papierkorb, den seine Mitarbeiterin extra zu diesem Zweck neben der Kasse aufgestellt hatte. Der Spruch würde den Jungs gefallen.

„Hey, nicht so schnell. Die rufen wir an, wenn der Abfluss mal wieder verstopft ist!", rief Paulie.

Lachend ging sie mit einem vollen Tablett an ihm vorbei, und er gab ihr einen Klaps auf den Hintern.

Paulie Reed schmiss mit ihm das Büro, arbeitete als Kellnerin und ließ im *Jasper's* die Kasse klingeln. Mit ihrer flammend roten Mähne, der schmalen Taille, dem beeindruckenden Ausschnitt und ihren enzyklopädischen Kenntnissen der amerikanischen Baseballgeschichte war sie der feuchte Traum jedes männlichen Besuchers einer Sportsbar. Ihre ewig langen Beine trugen ein Übriges dazu bei. Wehrhaft war sie außerdem – wer sie antatschte, konnte davon ausgehen, dass es eine Weile dauern würde, bis er wieder in der Lage war, sein Steak klein zu schneiden.

Kevin hatte Paulie sozusagen zusammen mit dem Inventar übernommen und schnell gemerkt, dass sie jeden Cent wert war, den sein Vorgänger ihr bezahlt hatte. Und noch ein paar Tage und einen für sie beide enttäuschenden Kuss später wusste er auch, dass die sexuelle Chemie zwischen ihnen nicht stimmte. Oder genauer gesagt: Sie fehlte völlig.

Apropos sexuelle Chemie ... Als Kevin jetzt hochsah, betrat Beth gerade die Bar. Die Erinnerung an ihre gemeinsame Nacht zeigte sofort körperliche Wirkung. Nein, auf die Frau war er schon mal hereingefallen. Als er am Morgen nach Joes Hochzeit aufgewacht war, hatte er sich schon darauf gefreut, mit ihr zu frühstücken. Stattdessen hatte er dann feststellen müssen, dass sie einfach verschwunden war. Ohne ihm auch nur eine Nachricht oder wenigstens ihre Telefonnummer dazulassen. Ihre Chefin hatte sich strikt geweigert, ihm irgendeine verdammte Auskunft über Beth zu geben. Er hatte schon überlegt, ob er nicht Officer Jonesy anrufen sollte. Falls im Verhaftungsprotokoll des lieben Dereks Beths voller Name oder ihre Adresse auftauchte, wäre Jonesy bestimmt bereit gewesen, die Informationen gegen Tickets für die Boston Celtics zu tauschen.

Aber dann hatte sein Stolz ihn doch davon abgehalten. Wenn die Frau ihn hätte wiedersehen wollen, wäre sie nicht einfach so verschwunden. Schon seltsam, dass sie nun, fast einen vollen Monat später, plötzlich wieder auftauchte.

„Hallo, Fremde“, begrüßte er sie ein wenig spitz, als sie sich auf einen der Barhocker schwang.

„Hi. Tut mir leid, dass ich dir keinen Liebesbrief auf dem Kopfkissen hinterlassen habe, aber weil aus der Sache ja offensichtlich nicht mehr werden sollte, hielt ich das für überflüssig.“

Aus der Sache wäre vielleicht wirklich mehr geworden, wenn sie ihn nicht behandelt hätte wie einen unwichtigen One-Night-Stand. „Ich hätte schon ganz gern wenigstens noch mit dir gefrühstückt.“

Sie lachte grell. „Dann hättest du mir nicht sagen sollen, dass ich beim Gehen doch bitte die Tür richtig zumachen soll.“

Was hatte er gesagt? „Daran kann ich mich nicht erinnern.“

„Kein Wunder, du hast ja nicht mal richtig die Augen aufgemacht, um dich von mir zu verabschieden, und hast danach sofort wieder angefangen zu schnarchen.“

Beinahe hätte Kevin sich mit der Hand auf die Stirn geschlagen. „Oh Mann, da muss ich noch halb geträumt haben. Ich wollte wirklich gern mit dir frühstücken gehen … und fragen, ob wir uns wiedersehen können."

Sie glaubte ihm kein Wort, das konnte er ihr am Gesicht ansehen. „Aber klar, Kevin, am liebsten hättest du mich gleich geheiratet."

„Glaub mir bitte, ich wollte wirklich, dass du bleibst", widersprach er.

„Ist bestimmt besser so. Wer war schon gern mit einem Mann im Bett, der so viele Frauen vor dem Frühstück wieder rausgeworfen hat, dass er seinen Standardsatz dafür sogar im Schlaf beherrscht."

„Komm schon, Beth. Ich bin Single und habe eine Bar, über der ich auch noch wohne. Tu nicht so, als hättest du nicht gewusst, dass ich nicht gerade wie ein Mönch lebe."

„Nein, aber ich habe nicht gewusst, dass du ein …" Sie unterbrach sich und zog eine Augenbraue hoch. „Egal."

Dass er ein … *was genau* war? Das wollte er jetzt sofort wissen! Womit hatte er es eigentlich verdient, dass sie so eine miese Meinung von ihm hatte? Bedauerlicherweise tauchte in diesem Moment Paulie neben ihm auf und erwartete offensichtlich, dass er sie Beth vorstellte. Warum hatte er Paulie bloß von der Nacht nach Joes Hochzeit erzählt? Er war wirklich ein Idiot.

„Das ist Paulie", erklärte er brav. „Meine rechte Hand. Paulie – Beth. Sie … na ja, du erinnerst dich ja bestimmt noch an sie. Ich habe ihrem Chef vor ein paar Wochen die Nase gebrochen."

Was hätte er auch sonst sagen sollen? *Das ist die Frau, von der ich dir erzählt habe. Die Frau, die ich wirklich interessant fand, leider kann sie mich nicht ab. Nein, sie hat mir nicht das Herz gebrochen, aber weh tut es schon.*

Die beiden Frauen schüttelten einander die Hand und beäugten sich prüfend. Zu Kevins Erleichterung verschwand Paulie dann wieder.

„Das habe ich wohl verdient“, murmelte Beth.

„Was habe ich denn jetzt schon wieder gemacht?“

„Konntest du mich nicht einfach als irgendeine Bekannte von dir vorstellen?“

Paulie musste nicht unbedingt wissen, dass Beth die Frau war, für die er sich interessiert hatte. „Ich wollte nicht, dass dir irgendwas peinlich ist. Scheint nicht geklappt zu haben.“

„Nein, ich … tut mir leid. Ich bin ziemlich durch den Wind. Können wir miteinander reden? Allein, meine ich. Oder soll ich lieber ein andermal wiederkommen?“

Kevin konnte sich zwar nicht vorstellen, was sie so Geheimnisvolles zu besprechen hatten, aber bitte sehr. In seinem Büro lag allerdings abgesehen von seinem Stuhl alles voller Papiere und Unterlagen. „Paulie schmeißt den Laden auch locker allein. Komm mit, wir gehen nach oben, da haben wir unsere Ruhe.“

Er schaute Beth an. Ihre finstere Miene ließ Böses ahnen. Machte ihr ehemaliger Chef nun etwa doch ernst und wollte klagen?

Kevin gab Paulie einen Wink, damit sie das Kommando übernahm. Dann verließ er gemeinsam mit Beth die Bar. Diesmal würde er sie nicht ohne ihre verdammte Telefonnummer wieder gehen lassen …

Kevin und Beth stiegen in einen uralten Aufzug. Auf dem Weg nach oben schwieg Kevin, was Beth nervös machte. Andererseits gab ihr das die Gelegenheit, sich noch einmal zurechtzulegen, wie sie ihm die Neuigkeiten beibringen wollte. Natürlich tat sie das nun schon seit zwei Tagen, hatte aber immer noch keine Ahnung, was sie gleich von sich geben würde. Sie hatte es sich selbst immer wieder vorgesagt, es vor dem Spiegel geübt und ihren Vortrag nachts zur Zimmerdecke hinaufgemurmelt. Im Moment allerdings fiel ihr nicht mehr viel davon ein. Kein Wunder, wenn sie neben dem Mann stand, dessen Leben sie gleich vollkommen auf den Kopf stellen würde.

Als er die Tür aufschloss und sie hereinwinkte, begannen ihr die Hände zu zittern. Er zeigte auf die Couch, aber Beth setzte sich lieber in den Sessel. Wenn Kevin nämlich neben ihr gesessen hätte – und sie vielleicht auch noch berührt hätte –, wäre sie möglicherweise geflohen.

„Du machst so ein ernstes Gesicht", stellte er fest, ließ sich auf die Couch fallen und stützte die Ellbogen auf die Knie. „Es wird wohl nicht darum gehen, dass ich mich einfach nicht mehr bei dir gemeldet habe, weil du mir deine Telefonnummer ja gar nicht dagelassen hast. Einen Glaspantoffel habe ich auch nirgends entdeckt."

„Tut mir leid, dass ich einfach so abgehauen bin." Er sah so aus, als wollte er noch etwas sagen, aber Beth kam ihm zuvor. „Ich bin schwanger", brach es aus ihr heraus.

Verwirrt sah er sie an.

„Ich weiß, wir haben ein Kondom benutzt", redete sie weiter, als er sie nur wortlos anstarrte. „Aber ... na ja, ich hatte männermäßig eine kleine Durststrecke, und da war niemand anderes. Also kann es nur von dir sein."

„Ein Kind."

„Ja."

„Mein Kind."

„Ja."

„Wow." Er lehnte sich zurück und rieb sich mit den Händen über die Oberschenkel. „Bist du sicher?"

„Beim Arzt war ich noch nicht ... aber ich habe zu Hause

einen Test gemacht. Ja, ich bin ganz sicher." Beth bereitete sich innerlich auf das Schlimmste vor. Dass Kevin alles abstritt, ihr Vorwürfe machte oder sie gar rausschmiss. Egal, dann hatte sie es ihm jedenfalls gesagt und konnte danach ruhigen Gewissens in den Bus nach New Mexico steigen. Oder vielleicht nach Florida. Da wäre sie dann näher bei ihren Eltern.

„Wie geht es dir denn?", fragte er stattdessen zu ihrer großen Überraschung. „Alles okay?"

Sie nickte. „Für morgendliche Übelkeit ist es wohl noch zu früh. Ich habe mir gestern ein Buch über Schwangerschaften aus der Bibliothek ausgeliehen. Mit dem Unwohlsein geht es wohl erst nach vier bis sechs Wochen los. Manche Frauen leiden auch gar nicht darunter. Hoffentlich gehöre ich dazu."

Noch immer sah er ziemlich geschockt aus. „Dann wirst du das Kind behalten?"

Beth wollte das schon bestätigen, als ihr plötzlich noch eine andere Möglichkeit in den Sinn kam. Sie hatte die Kowalskis bei der Hochzeit von Kevins Bruder erlebt. Das enge und liebevolle Verhältnis, das sie alle zueinander hatten. Was, wenn sie nun die neun Monate hinter sich brachte, das Baby dann Kevin überließ und in den nächsten Bus stieg?

Unwillkürlich legte sie sich die Hand auf den Bauch. Sie hatte keine Ahnung, was in den nächsten neun Minuten passieren würde, geschweige denn in den nächsten neun Monaten. Aber sie würde ihr Kind niemals im Stich lassen – das wusste sie genau.

Plötzlich verfinsterte sich Kevins Miene. „Nein", sagte er laut.

„Was?"

„Tu das nicht", bat er sie flehend.

Beth begriff nicht, worauf er hinauswollte. „Was soll ich nicht tun?“

„Bitte treib das Kind nicht ab. Bitte nicht.“

Ah, natürlich, sie hatte ja eben nicht auf seine Frage geantwortet, also vermutete er, dass sie das Baby nicht wollte. „Das habe ich keine Sekunde in Betracht gezogen, Kevin.“

Erleichtert atmete er auf und fuhr sich durch die Haare. „Ich verstehe nicht ganz, was du nun von mir erwartest.“

„Ich erwarte gar nichts. Aber du hast natürlich das Recht, es zu erfahren. Mehr wollte ich hier gar nicht. Jetzt weißt du Bescheid, und das war’s auch schon.“

„Ich meinte das nicht so, wie es klang. Was ich damit sagen wollte … also, ich weiß nicht, was ich jetzt tun soll.“

Sie lachte, um nicht zu weinen. „Willkommen im Club.“

„Brauchst du Geld?“

„Nein, ich schaffe das schon allein.“ Hatte sie ja bisher auch immer.

„Aber du bist doch bestimmt nicht krankenversichert. Als Aushilfskraft in Teilzeit?“

Beth hatte überhaupt keine Lust, diese Sachen mit ihm zu diskutieren. „Stimmt, ich bin nicht versichert. Meine Mutter hatte fünf Fehlgeburten, bevor ich zur Welt kam. Und deshalb habe ich jetzt auch Angst, dass ich das Kind verlieren könnte. Seit Jahren liegen mir meine Eltern nun schon damit in den Ohren, dass mein Vagabundenleben unverantwortlich ist, und jetzt muss ich sie um Geld bitten. Das ist nicht schön.“

Mist. Das hatte sie ihm gar nicht alles erzählen wollen, aber sie hatte wegen der Fehlgeburten ihrer Mutter und ihres chronischen Geldmangels eine solche Panik, dass es einfach so aus ihr herausgesprudelt war. Bestimmt war Kevin, dessen Familie sich offensichtlich eine Luxushochzeit leisten konnte, nun total geschockt.

Oh Gott, jetzt begann sie auch noch zu heulen. Beth war wütend, weil das Ganze so demütigend für sie war.

„Du musst deine Eltern nicht um Geld bitten." Kevin gab ihr ein Taschentuch, und Beth wischte sich damit über die Augen. „Ist schließlich nicht ihr Kind. Es ist unseres, und wir werden das schon regeln."

Wir. Einerseits war Beth erleichtert, dass sie vielleicht doch nicht allein mit ihrer Angst und den Arztrechnungen fertigwerden musste. Andererseits hatte sie nicht vorgehabt, so etwas wie eine festere Bindung mit einem Mann einzugehen. Und schon gar nicht mit einem, der Telefonnummern von Frauen sammelte.

„Warte bitte kurz auf mich", sagte er. „Ich muss eben in mein Büro, aber ich bin gleich wieder da."

„Nein, ich geh jetzt besser." Sie war müde und emotional völlig erschöpft.

„Bitte ... es dauert auch nicht lange. Ich muss nur was nachsehen und komme dann sofort wieder."

Wie sollte sie dazu schon Nein sagen? Nicht nur, dass sie plötzlich wie das heulende Elend vor dem armen Kerl saß, nein, er hatte außerdem gerade erfahren, dass er Vater wurde. Dafür schlug er sich erstaunlich gut, wie sie zugeben musste. „Okay, ich warte."

Auf halbem Weg aus der Wohnung drehte er sich noch einmal um. „Versprich mir, dass du nicht abhaust."

„Ich verspreche es. Wenn du wiederkommst, bin ich auf jeden Fall noch hier."

Als er die Tür hinter sich schloss, stand Beth auf, ging zur Couch und ließ sich seufzend darauffallen. New Mexico konnte sie sich abschminken. Aus ihr und Kevin Kowalski war plötzlich ein *Wir* geworden, ob ihr das nun passte oder nicht. Jetzt war sie an New Hampshire gefesselt.

4. KAPITEL

Kevin zog die Tür zum Büro hinter sich zu und ließ sich auf seinen Stuhl sinken.

Alter Schwede – er wurde Vater! Dad. Daddy. Au weia!

Okay, er hatte in letzter Zeit wirklich öfter mal darüber nachgedacht, wieder zu heiraten. Am besten natürlich eine Frau, die ihn nicht so verarschte wie seine Ex. Und Kinder wollte er auch.

Allerdings hätte es damit nicht unbedingt sofort losgehen müssen.

Er lehnte sich zurück, verschränkte die Hände hinter dem Kopf und dachte nach. Kondome waren nicht hundertprozentig sicher. Das hatte ihm sein Vater bereits eingehämmert, als er sich zum ersten Mal das Familienauto für ein Date geliehen hatte. Und nun gehörte er offensichtlich zu den zwei Prozent Kondombenutzern, die unerwartet Nachwuchs bekamen. Nur noch neun Monate, dann wurde er Vater. Er atmete tief durch, was allerdings nicht gegen seine aufsteigende Panik half. Also versuchte er es noch einmal.

Beth war auch ganz fertig, da musste er sich unbedingt in den Griff kriegen. Sie durften nicht beide gleichzeitig ausflippen. Er würde das Kind schon schaukeln – im wahrsten Sinne des Wortes. Offenbar freute er sich insgeheim sogar darauf, Vater zu werden, weil ihm fast das Herz stehen geblieben war, als er gedacht hatte, dass Beth vielleicht eine Abtreibung in Betracht zog.

Ein Plan musste her. Er hatte ein gut gefülltes Sparkonto, und die Bar schrieb schwarze Zahlen. Also konnte er Beth problemlos unter die Arme greifen. Und falls es ganz schlimm kam, konnte er sich immer noch Geld bei Joe leihen. Dank seiner Horrorromane schwamm der in Dollarscheinen. Kevin kramte in seinem Aktenschrank herum, bis er gefunden hatte, wonach er suchte. Noch einmal atmete er tief durch, dann schnappte er sich das Telefon und wählte.

Das Gespräch dauerte länger als gedacht, und wieder oben in seiner Wohnung angekommen, befürchtete Kevin schon, Beth wäre inzwischen doch verschwunden. Die Sorge war allerdings unbegründet. Sie saß gemütlich auf seiner Couch, knabberte Tortilla-Chips und schaute dabei Country-und-Western-Videos.

„Ist doch okay, oder?“, fragte sie und hielt die Chipstüte hoch.

„Natürlich.“ Er setzte sich ihr gegenüber auf den Sessel und stützte die Ellbogen auf die Knie. „Ich habe eben kurz mit meiner Krankenversicherung telefoniert. Alles Idioten da. Selbst wenn wir jetzt auf der Stelle heiraten, wäre deine Schwangerschaft nicht abgedeckt, weil sie schon vor der Hochzeit bestanden hat. Das Kind allerdings wäre nach seiner Geburt über mich versichert.“

Mit einem Tortilla-Chip in der Hand war Beth erstarrt. „Heiraten? Nein, Kevin, ich …“

„Nur wegen der Versicherung“, unterbrach er sie. „Obwohl das vielleicht wirklich kein guter Grund ist.“

„Oh, ah, verstehe.“

Was sollte das bitte schön heißen? „Außer du bist der Meinung, wir sollten heiraten.“

Sie schaute ihn an, als hätte er ihr eben vorgeschlagen, unten in der vollen Bar einen Quickie auf dem Tresen hinzulegen. „Nein, absolut nicht.“

Warum war er dann jetzt enttäuscht? Schnell verdrängte er das Gefühl. Das war doch alles verrückt. Erst hatte er Angst gehabt, sie könnte Ja sagen, nun traf es ihn, dass sie ihn nicht wollte. Musste wohl der Schock sein. „Ist bestimmt besser. Mein Bruder hat seine Frau geheiratet, weil sie schwanger war, und jetzt denkt sie, er hätte es nur deshalb gemacht, und ist total verunsichert. Sie hatten eine richtige Ehekrise."

Beth nickte, steckte sich einen weiteren Chip in den Mund und schaute auf den Bildschirm. Irgendein Typ mit Cowboyhut lehnte an seinem alten Pick-up und erging sich in musikalischem Selbstmitleid. Hoffentlich gab sie diesen miserablen Geschmack nicht an das Kind weiter. Kevin hatte irgendwo gelesen, dass Babys im Bauch schon hören konnten und man ihnen deshalb Mozart oder so was vorspielen sollte. Er selbst hatte zwar nicht wahnsinnig viel für Klassik übrig, aber das war auf jeden Fall besser als dieser Country-Mist.

„Okay …" Er wusste nicht, was er sagen sollte.

„Mein Stichtag ist der achtundzwanzigste Juni."

Kevin öffnete den Mund, brachte aber keinen Ton heraus. Der achtundzwanzigste Juni. Nicht einmal mehr volle neun Monate, die ihm noch blieben, um sich vorzubereiten.

„Tut mir leid", flüsterte sie und schaute auf die leere Chipstüte in ihren Händen.

„Keine Sorge, ich hol einfach eine neue Tüte." Mit einem merkwürdigen Gesichtsausdruck schaute Beth ihn an, und Kevin begriff, dass sie nicht den Knabberkram gemeint hatte. Schnell stand er auf, ging zu ihr hinüber und legte ihr den Arm um die Schultern. „Hey, du trägst überhaupt keine Schuld an der Situation. Wir haben ja verhütet, aber da gibt es nun mal keine absolut zuverlässige Methode."

Sie rückte von ihm ab – und Kevin zog den Arm weg. „Du hast die Nachricht ziemlich gut aufgenommen", stellte sie fest.

„Glaub mir, ich bin total in Panik."

Sie lachte. „Geht mir genauso."

Kevin ertrug das Geknister der Chipstüte keine Sekunde länger, nahm sie Beth aus den Händen und warf sie in den Papierkorb. „Dann können wir ja jetzt zusammen durchdrehen und dabei weiter richtig schlechte Musik hören."

„Country ist doch super."

„Nee, Country klingt, als wär jemand einem armen Hund auf den Schwanz getreten."

Sie lachte und schob ihn weg. „Unsinn. Was hörst du denn so? Oh Gott, ich kenne nicht mal deinen Musikgeschmack und bekomme ein Kind von dir!"

„Und ich weiß nicht mal, wo du wohnst."

„Im zweiten Stock – genau wie du."

Also zwei Etagenwohnungen – verdammt, da musste man die Fenster mit Gittern sichern und die Feuertreppe absperren. Keiner von ihnen hatte einen Garten. Man konnte ein Kind nicht ohne Garten großziehen.

Ein Kind brauchte ein Haus. Einen Garten. Einen Zaun. Ein Fahrrad und einen Hund. Gesicherte Steckdosen und … den ganzen Kram eben. Und natürlich einen Kindersitz für die Toilette. Den mussten sie unbedingt kaufen.

„Alter Schwede."

„Flippst du jetzt offiziell aus?"

Kevin hatte gar nicht gemerkt, dass er es laut ausgesprochen hatte. „Ja, glaub schon."

„Du kannst das Leben einer Frau wirklich komplett auf den Kopf stellen, Kevin Kowalski."

„Keine Sorge, meins steht auch grad Kopf, Beth …" Verdammt, er kannte nicht mal ihren Nachnamen, wovon er jetzt auch leider nicht mehr ablenken konnte. Super!

Sie lachte ironisch. „Ich hätte dir meinen Namen wohl besser auf einer Serviette notiert."

Am Donnerstagabend war es immer relativ ruhig im *Jasper's*, aber das machte Paulie nichts aus. Sie hatten auf jeden Fall genug Gäste, um sich nicht zu langweilen. Meistens herrschte eher zu viel Betrieb, sodass die Leute schon unruhig auf ihre Bestellungen warteten.

Normalerweise nahm Kevin sich am Donnerstagabend frei, aber heute war er zur Arbeit erschienen. Anwesend war er allerdings nur physisch, mit den Gedanken war er ganz woanders. Glücklich wirkte er auch nicht gerade.

Paulie wischte sich die Hände am Geschirrtuch ab und ging zum anderen Ende des Tresens, wo ihr Chef saß und trübselig in seinen leeren Kaffeebecher starrte. „Soll ich dir einen frischen bringen?"

„Das Letzte, was ich brauche, ist noch mehr Koffein."

Ihr Chef – und bester Freund – war sonst nicht der Typ, der viel grübelte. Also stützte Paulie die Ellbogen auf den Tresen und schaute ihn fragend an. „Was ist los mit dir?"

„Ich werde Vater."

Okay, das kam jetzt wirklich überraschend. „Ernsthaft? Hat zufällig die Dunkelhaarige, mit der du gestern in deine Wohnung gegangen bist, was damit zu tun? Die, deren Chef du die Nase gebrochen hast?"

„Beth. Kannst du dich noch dran erinnern, dass ich dir von dieser Frau bei Joes Hochzeit erzählt habe? Das war sie."

„Oh … wow!"

„Ja." Immer wieder klopfte Kevin mit dem leeren Becher auf den Tresen, also nahm sie ihn ihm weg. „Die Warnung vor der zweiprozentigen Versagensquote auf der Kondompackung stand da doch nicht nur aus rein rechtlichen Gründen."

„Hast du es schon deinen Eltern gesagt?"

„Nein, du bist die Erste."

Am anderen Ende des Tresens winke ein Typ wild mit seinem Becher, aber Paulie beschloss, dass er warten konnte. „Ist das denn okay für dich?"

Er zuckte mit den Schultern. „Na ja, es kommt natürlich überraschend ... aber ja, doch, es ist okay."

„Und wie sieht sie das?"

„Schwer zu sagen." Er lachte. „Ich glaube, sie hätte lieber einen anderen Vater fürs Kind."

„Ich hab's kapiert!", rief Paulie dem Gast mit dem Becher zu. „Bin gleich da!"

„Los, los", sagte Kevin. „Ich bleib noch ein bisschen hier und schau mir das Spiel an."

„Kein Problem." Paulie lächelte ihm aufmunternd zu, dann kümmerte sie sich wieder um die Gäste.

Dem Idioten, der ständig mit seinem Becher gewunken hatte, schenkte sie nach und bedachte ihn dabei mit einem finsteren Blick. Kurz darauf kamen ein paar neue Leute herein und setzten sich an einen von Darcys Tischen. Ihnen folgten ein paar Stammgäste, die sich auf ihre üblichen Plätze gleich vorn am Tresen setzten.

„Tisch zehn, ein paar Anzugtypen aus Boston", sagte Darcy. Darcy war zierlich, klein und ruhig – also in jeder Beziehung das genaue Gegenteil von Paulie. Ihr völliges Desinteresse an Sport machte sie durch ihre hervorragende Arbeit und ihre fröhliche Art wieder wett.

Paulie nickte und schaute hinüber zu Tisch zehn. Wie bei allen Geschäftsleuten gab es bei denen genau zwei Möglichkeiten – entweder zahlten sie nur ein mickriges Trinkgeld, oder Darcy hatte heute ihren Glückstag. Das konnte man so noch nicht vorhersagen.

Andererseits waren sie mit Dick Beuchamp da. Der würde bestimmt dafür sorgen, dass die Bedienung seiner Lieblingsbar nicht leer ausging. Seltsam, dass er heute schon so früh kam, noch dazu im Anzug. Einer seiner Begleiter warf gerade den Kopf in den Nacken und lachte lauthals.

Paulie blieb das Herz stehen.

„Ach herrje!“ Schnell duckte sie sich hinter den Tresen.

„Paulie?“ Darcy kletterte auf einen Stuhl, damit sie über den Tresen schauen konnte. „Alles okay?“

„Nein“, stieß sie hervor und wedelte mit der Hand, damit Darcy verschwand.

Das durfte jetzt einfach nicht wahr sein! Wieso musste Samuel Thomas Logan der Viertelvorzwölfte ausgerechnet in dieser Bar auftauchen? Es gab doch wohl genügend andere in New Hampshire!

„Verschwinde!“, herrschte sie Kevins Kniescheiben an, als der herüberkam, um nachzusehen, was los war.

„Erzähl mir nicht, dass das FBI-Agenten sind, die gerade Jagd auf eine flüchtige Rothaarige machen.“

„Natürlich nicht, du Idiot!“ Nein, es war viel schlimmer – viel, viel schlimmer.

„Dick kommt gerade mit einem von ihnen an den Tresen“, unterrichtete Kevin sie. „Wahrscheinlich will er dich vorstellen und mit dir angeben.“

„Shit.“ Paulie wollte wegkriechen, aber da schaute Dick auch schon über den Tresen.

„Hey, Paulie, versteckst du dich gerade? Ich hab hier jemanden, der dich gern kennenlernen würde.“

Und bevor sie auch nur dazu kam, ein Stoßgebet zum Himmel zu schicken, erschien neben Dicks Kopf nun auch der von Sam Logan. Paulie erstarrte genauso wie er.

Er sah noch fast genauso aus wie früher. Weil er sich gern im Freien aufhielt, hatte er einen dunklen Teint, der einen interessanten Kontrast zu seinen grünen Augen bildete. Sein braunes Haar trug er sehr kurz. Sam hatte noch nie Lust oder Zeit gehabt, sich täglich lange mit seiner Frisur aufzuhalten oder dauernd zum Friseur zu rennen. Also bearbeitete er seine Haare regelmäßig selbst mit der Schneidemaschine.

Bei ihrem letzten Zusammentreffen hatte er im Smoking neben seinem besten Freund am Altar gestanden. Die ausgestreuten Rosenblüten hatten perfekt zu Paulies Brautstrauß gepasst. Und eben diesen Brautstrauß hatte sie dann fallen lassen und war geflohen, wobei sie über ihre Schleppe gestolpert war.

Sein momentaner Gesichtsausdruck entsprach ziemlich genau dem von damals, wie sie jetzt feststellte. „Paulette?", fragte er vollkommen verwirrt.

„Paulette?", wiederholte Dick. „Wir nennen sie einfach Paulie. Woher kennt ihr beide euch denn?"

„Bitte nicht", flüsterte sie Sam leise zu.

Als er die Augenbrauen hochzog, wusste sie, dass ihr Spiel jetzt aus war, und trauerte dem schönen Leben hinterher, das sie während der letzten Jahre geführt hatte. „Oh, wir kennen uns sogar sehr gut!"

Dick schien auf weitere Erklärungen von Sam zu warten, aber als der nichts mehr sagte, lachte Dick und schlug ihm auf die Schulter. „Die Welt ist klein, was?"

Dick wusste ja gar nicht, wie recht er hatte. Das *Jasper's* war jedenfalls der letzte Ort, an dem Paulie mit Sam gerechnet hatte. Und trotzdem war er nun hier und musterte sie, als wäre sie ein besonders exotisches Insekt.

Dick Beuchamp war mit dem Thema noch nicht durch. „Da du ja nun in der Gegend wohnst, habt ihr zwei noch viel Zeit, um euch mal wieder in Ruhe zu unterhalten", stellte er fest.

Wie jetzt? Sam wohnte in der Nähe? Paulie bekam Herzrasen und versuchte ganz langsam, sich wieder aufzurichten. Sie hatte nicht das geringste Interesse an irgendwelchen Unterhaltungen mit Sam. Er gehörte zu ihrem alten Leben – in ihrem neuen war kein Platz für ihn.

Als sie wieder allein waren, fragte Kevin: „Soll ich ihn rauswerfen?"

Das wäre ihr tatsächlich am liebsten gewesen. „Nein, er hat ja keinen Ärger gemacht."

Jedenfalls nicht mit den anderen Gästen. Aber Paulie war ganz sicher, dass Sam Logan *ihr* noch eine ganze Menge Ärger machen würde.

Mit dem nächsten Besuch bei seinen Eltern wartete Kevin absichtlich bis zum Sonntagabend.

Ansonsten drehte sich Leos und Marys Kowalskis Leben ausschließlich um ihre Kinder und Enkelkinder, der Sonntagabend allerdings war für sie beide reserviert. Kevin wusste also, dass er gegen diese goldene Regel verstieß, aber nur so konnte er sicher sein, allein mit seinen Eltern reden zu können.

Brav klingelte er und betrat nicht einfach so das Haus. Er wollte seine Eltern auf keinen Fall in flagranti überraschen – auf der ganzen Welt gab es nicht genug Bier, um so einen Anblick jemals wieder aus dem Kopf zu bekommen.

„Kevin!" Seine Mutter schien sich zu freuen, wirkte aber gleichzeitig besorgt. „Dein Vater und ich sitzen hinten auf der Terrasse. Bald wird es richtig kalt, und da wollten wir das schöne Wetter noch ausnutzen, wenn es abends auch schon ein bisschen frisch ist. Nimm dir was zu trinken, und komm zu uns raus."

Kevin holte sich eine Flasche Eistee aus dem Kühlschrank und ging dann zu seinen Eltern auf die Terrasse. Die beiden saßen auf Gartenstühlen, und er zog sich den alten Schaukelstuhl heran. „Könnt ihr euch noch an die Frau erinnern, die bei Joes Hochzeit hinter der Bar stand? Beth?"

„Wie sollten wir die wohl vergessen?“, fragte seine Mutter. „Wir sind fast aus dem Hotel geflogen, als Joe dafür bezahlen wollte, dass du mit ihr tanzen darfst.“

„Hübsches Mädchen“, stellte Leo fest.

„Ja.“ Kevin drehte die Flasche in seiner Hand hin und her und begann dann, langsam das Etikett abzuziehen. „Nach dem Empfang bin ich noch spazieren gegangen, und … sie ist schwanger.“

Seine Eltern schwiegen einen Moment und warfen sich einen Blick zu, den Kevin nicht deuten konnte. Herrgott, Beth und er waren schließlich beide erwachsen! Trotzdem machte es das nicht einfacher, seinen Eltern die Geschichte zu beichten.

„Man kann die Hosen auch anbehalten“, murmelte Leo schließlich.

Mary straffte die Schultern. „Ich wusste gar nicht, dass sie deine neue Freundin ist.“

„Ist sie nicht. Es war nur eine Nacht. Aber, na ja … sie hat einen Test gemacht, und das Kind kommt Ende Juni.“

„Bist du denn sicher, dass es von dir ist?“, erkundigte sich Kevins Vater.

„Ja, bin ich, Dad. Beth ist nicht gerade mein größter Fan. Wenn es nicht mein Kind wäre, hätte ich bestimmt nie wieder was von ihr gehört.“

Mary schüttelte den Kopf. „Bist du danach etwa einfach abgehauen?“

„Nein, Mom.“ Er schluckte. „Sie hat sich weggeschlichen und mir nicht mal eine Nachricht hinterlassen.“

„Und was willst du jetzt tun?“, fragten seine Eltern wie aus einem Mund.

Er zuckte mit den Schultern. „Meine Versicherung wird nicht für sie aufkommen, selbst wenn ich sie jetzt heirate. Aber das Baby wäre dann später versichert.“

„Heiraten?“ Energisch schüttelte Leo den Kopf. „Ich mag ja alt werden, aber selbst ich weiß, dass ein Kind allein der falsche Grund dafür ist.“

„Wir heiraten ja auch nicht. Das war nur kurz im Gespräch, weil ihre Mutter mehrere Fehlgeburten hatte und Beth deshalb einen guten Arzt braucht. Wenn meine Versicherung die Kosten dafür übernommen hätte, wäre es das wert gewesen.“

„Bestimmt gibt es für solche Fälle auch eine staatliche Unterstützung“, warf seine Mutter ein.

„Wahrscheinlich, aber dann kann sie sich keinen Arzt aussuchen. Außerdem braucht sie keine staatliche Hilfe, Mom, sie hat mich.“

Zärtlich lächelte Mary ihren Sohn an. „Geht es dir denn gut damit?“

„Ja.“ Das stimmte sogar, und Beth würde irgendwann auch einsehen, dass es so am besten war. „Um ehrlich zu sein, freue ich mich sogar. Auch wenn es nicht geplant war – und ja, Mom, wir haben verhütet, es hat nur nicht funktioniert.“

„Freut Beth sich denn auch?“

„Sie … Beth hatte eigentlich noch nicht vor, Mutter zu werden, und insofern ist das für sie nicht ganz einfach. Aber sie will das Baby auf jeden Fall haben. Wir kriegen das schon hin.“

Leo hob das Glas. „Dann meine herzlichsten Glückwünsche, mein Sohn.“

„Danke, Dad.“

Mary stand auf und umarmte Kevin. „Sag uns Bescheid, falls sie irgendwas braucht. Und ihr kommt demnächst zum Abendessen vorbei. Sobald sie so weit ist.“

„Ich liebe dich, Mom.“

„Ich liebe dich auch. Aber sag mal, wie lebt Beth? Ist

ihre Wohnung für ein Neugeborenes überhaupt geeignet?"

„Ich war noch nicht bei ihr. Ist bestimmt nicht besonders gemütlich. Beth mietet immer ganz billige Wohnungen, weil sie nicht gern lange an einem Ort bleibt. Also ist das vermutlich nicht die richtige Umgebung, um ein Kind großzuziehen. Außerdem hat sie nicht so viel Geld, da kann es keine tolle Wohnung sein."

Leo stieß einen verächtlichen Laut aus. „Das werden wir ändern, mein Sohn, da mach dir mal gar keine Sorgen."

„Morgen hat sie frei."

5. KAPITEL

Beth zog sich die Decke über den Kopf, aber das Klopfen wollte einfach nicht aufhören. Es war kalt, ihr geiziger Vermieter würde die Heizung erst im November hochdrehen, und wer auch immer gerade vor ihrer Tür stand, sollte später wiederkommen. Im Frühling vielleicht, wenn ihre Füße nicht schockgefroren wurden, sobald sie den Boden berührten.

Das Telefon klingelte. Sie streckte den Arm unter der Bettdecke hervor und packte den Hörer. „Hallo?"

„Hey, mach auf!"

„Nein."

Kevin lachte. „Komm schon. Bei dir im Hausflur ist es noch kälter als draußen. Meine Mutter beschwert sich schon."

Plötzlich saß Beth kerzengerade im Bett. „Deine Mutter ist hier?"

Na wunderbar. Hoffentlich sorgte die Kälte wenigstens dafür, dass man den Uringestank im Flur nicht so roch. Oh Gott, welch schlimmen Eindruck mussten die beiden Besucher von ihrer, Beths, Bleibe bekommen!

„Mein Dad ist auch mitgekommen. Mach jetzt die verdammte Tür auf." Er klopfte wieder, damit sie endlich aus dem Bett kam.

„Woher weißt du, wo ich wohne?"

„Ich habe deine Adresse gegen Karten für die Boston Celtics getauscht. Und ich sage dir nicht, mit wem."

„Dann wünsche ich dem Empfänger viel Spaß beim Spiel. Und du verschwindest jetzt wieder, okay?"

„Komm schon, Beth. Das waren richtig gute Plätze."

„Ganz blöder Einfall, Kevin", sagte sie und legte auf.

Es klopfte lauter. Verdammt, der Mann würde noch die

Nachbarn aufscheuchen! Und wenn die sich wegen des Lärms beschwerten, bekam sie vom Vermieter ihre Kaution beim Auszug nicht zurück.

Seufzend kletterte Beth aus dem Bett, zog hastig ihren alten Bademantel aus Frottee über und machte dann auf. Die Kette an der Tür ließ sie geschlossen und spähte durch einen kleinen Spalt hinaus. Kevin reckte den Kopf und musterte sie von Kopf bis Fuß. „Es ist schon elf Uhr, Beth."

„Oh." An ihrem freien Tag schlief sie immer aus – den Luxus gönnte sie sich. Allerdings war elf Uhr selbst für sie ziemlich spät.

Als er wieder gegen die Tür klopfte, machte sie einen Schritt rückwärts und löste die Kette. Gefolgt von seinen Eltern, kam Kevin herein. Sprachlos beobachtete Beth die drei dabei, wie sie sofort anfingen, mehrere Tüten auf dem alten Esstisch zu leeren. Diverse Einkäufe aus dem Heimwerker-Markt.

„Okay", begann Leo laut. „Wir haben hier einen Bleitester, einen Schimmeltester und einen Strahlentester."

„Und Rauchmelder für jedes Zimmer", fügte Kevin hinzu, während er mehrere Plastikschachteln aufeinanderstapelte.

„Wie geht es Ihnen?", erkundigte sich Mary Kowalski bei Beth.

Gerade ziemlich verwirrt, weil ich keine Ahnung habe, was hier abgeht, dachte Beth, sagte aber nur: „Gut, danke. Und Ihnen?"

„Ich bin so aufgeregt!", rief Mary und umarmte Beth stürmisch. „Ein neues Enkelkind!"

„Du hast es ihr gesagt?" Beth warf Kevin über die Schulter seiner Mutter hinweg einen vorwurfsvollen Blick zu. „Wenn man es so früh schon erzählt, bringt das Unglück."

Er zuckte mit den Schultern. „Es bringt noch mehr Unglück, so was vor meiner Mutter zu verheimlichen. Das kannst du mir glauben."

„Gibt es in der Küche keine Stromschutzschalter?" Leo inspizierte die gesamte Wohnung. „Ist das nicht gegen die Vorschriften? Herrgott, haben Sie nicht mal eine Couch? Wer hat denn bitte nicht mal eine Couch?"

„Kevin, kann ich mal eben eine Minute mit dir reden?" Er schaute sich in der winzigen Wohnung um. Beth folgte seinem Blick. Nein, hier gab es wirklich keinen Rückzugsort für ein privateres Gespräch.

„Nur ein Zimmer mit Pantry und dazu ein Bad?", fragte er.

„Ja, ein Bade*zimmer*. Also zwei Zimmer. Rein technisch gesehen. Lass uns eben raus in den Flur gehen."

„Was soll das?", wollte sie wissen, als sie vor ihrer Wohnung in der Kälte standen.

„In so einem alten Haus wie diesem können alle möglichen versteckten Gefahren lauern. Wir wollen nur überprüfen, ob deine Wohnung überhaupt sicher ist für ein Baby."

„Traust du mir nicht zu, für die Sicherheit eines Kindes zu sorgen?"

Kevin zog eine Augenbraue hoch, als er ihren vorwurfsvollen Tonfall registrierte. „Doch, natürlich. Aber diese ganzen Tests und dieser Kram – das ist eben Männersache."

„Männersache?"

„Ja."

„Und was wäre dann meine Aufgabe? Soll ich ihm ein Babydeckchen häkeln?"

„Ihm? Glaubst du, es wird ein Junge?"

Sie seufzte. „Du hast gerade nicht kapiert, worum es mir ging."

„Okay, Beth, hör mal. Deine Wohnung ist …"

„*Meine* Wohnung", unterbrach sie ihn. Ihr Zuhause machte nicht viel her, das wusste sie am allerbesten. Trotzdem würde sie nicht zulassen, dass die Kowalskis sie jetzt einfach überrollten wie eine Horde Bulldozer.

„Tut mir leid, das war wohl etwas eigenmächtig von mir. Ich weiß nur nicht, was genau ich jetzt alles tun sollte und was man von einem werdenden Vater alles erwartet. Muss ich wirklich tatenlos rumsitzen, bis das Baby da ist?"

Das war so süß und einfühlsam, dass Beth ganz warm ums Herz wurde. „Ich habe damit doch auch keine Erfahrung, Kevin, aber …"

„Hier kannst du nicht bleiben."

„Was?" Während sie die Tests machten? „Wo soll ich denn hin?"

„In die Wohnung gegenüber von meiner. Verdammt, ist das kalt hier."

„Gönn mir mal einen Moment zum Durchatmen, Mann. Ich bin gerade erst aufgewacht, und dein Vater hat mich schon angeschrien, weil ich keine Couch habe …"

„Warum hast du denn keine?"

Beth seufzte. „Weil ich nur Sachen habe, die ich allein zwei Stockwerke hochtragen konnte."

„Hat dir denn niemand beim Umzug geholfen?"

„Nein."

„Und genau deshalb kannst du nicht hierbleiben."

„Weil ich keine Couch habe?"

„Nein, weil du hier ganz allein bist und niemanden hast, der dir im Zweifelsfall helfen kann. Hier ist es so kalt … ich kann meinen Atem sehen."

Beth war kurz davor, ihm gegen das Schienbein zu treten. Und zwar kräftig. „Als ich hierhergezogen bin, kannte ich noch niemanden. Jetzt aber schon. Falls ich also irgendwann beschließe, mir eine völlig überflüssige Couch zu kaufen, kann ich einen Bekannten anrufen und sie mit ihm zusammen hier hochschleppen."

„Mir wäre es lieber, wenn du in die Wohnung gegenüber von meiner einziehst."

Ha! Was für ein hinterhältiger Überfall, und das auch noch vor dem ersten Kaffee! „Klar, und du bietest natürlich dauernd irgendwelchen Zufallsbekanntschaften leer stehende Wohnungen an."

„Du bist keine Zufallsbekanntschaft. Über meiner Bar befinden sich mehrere Wohnungen. Paulie wohnt in der großen im ersten und ich in einer im zweiten Stock. Die gegenüber von meiner ist frei und möbliert. Du musst also nur deine Sachen und was zu essen mitbringen."

„Das geht nicht", erwiderte Beth und strich sich die Haare aus dem Gesicht. „Ich kann nicht einfach in dein Haus ziehen, Kevin."

„Warum denn nicht?"

Einen Moment lang wusste sie nicht, was sie darauf entgegnen sollte. Also, das ging nicht, weil … es eben nicht ging. Zum einen, weil Kevin auf der anderen Flurseite wohnte. Ihre von der Schwangerschaft durcheinandergebrachten Hormone bescherten ihr auch so schon ein paar ziemlich heiße Träume. Und wenn sie Kevin dann auch noch jeden Tag sehen musste …

Im Moment konnte sie jedenfalls nicht einmal mehr klar denken. Ihre Ersparnisse waren für das nächste Busticket und einen Neuanfang in einer anderen Stadt bestimmt, nicht für Windeln und einen Minivan. Und jetzt auch noch eine vollständig eingerichtete Wohnung – das klang verdächtig nach einem richtigen *Zuhause*. Wenn sie an einem Ort bliebe, würden sich daraus auch zwangsläufig engere Bindungen zu Menschen ergeben, die dann wissen wollten, wo sie gerade steckte und was sie machte. Das war erdrückend!

Albuquerque. Die Stadt in New Mexico am anderen Ende des Landes ging ihr nicht aus dem Sinn.

Noch konnte sie einfach dorthin verschwinden. Vor dem Winter in New England fliehen und ein neues Leben anfangen, bevor man ihr die Schwangerschaft ansah. Natürlich war es für eine Schwangere nicht so leicht, einen Job zu finden, aber sie würde das schon hinkriegen.

Und obwohl ein Teil von ihr in Gedanken schon in Albuquerque wohnte, wusste der andere doch genau, dass die Chance verpasst war. Und der Mann, der gerade vor ihr stand, war einer der Hauptgründe dafür. Nur wenn sie ihm nichts von der Schwangerschaft gesagt hätte, wäre eine überstürzte Flucht noch möglich gewesen. Aber so etwas ließ ihr Gewissen nicht zu. Und deshalb saß sie hier fest.

Als Leo die Tür öffnete und mit einem Wattebausch herumwedelte, zuckte Beth zusammen. „Bleifarbe!"

Wie bitte? Beth wurde übel. Gab es denn kein Gesetz, dass die Verwendung von Bleifarbe in Wohnungen verbot?

Doch selbst wenn, die Leute, die hier lebten, konnten sich nichts anderes leisten und waren froh, überhaupt eine Behausung zu haben. Insofern würde das auch keiner von ihnen anzeigen. Aber Bleifarbe … die war wirklich gefährlich für das Baby.

„Herrgott, ist das kalt hier draußen", sagte Leo. „Und wem gehört bitte die Katze, die hier in den Flur pinkelt? Die ganze Bude sollte abgerissen werden." Damit knallte er die Tür wieder zu.

Wenn Beth sich nicht so geschämt hätte, wäre sie nach diesem Auftritt in Lachen ausgebrochen. Die Kowalskis waren wie eine dieser perfekten Familien im Fernsehen und begriffen mit Sicherheit nicht, dass sie sich ihren Lebensstil freiwillig ausgesucht hatte und nicht aus der Not heraus hier wohnte.

Natürlich war die Bude ein Drecksloch, aber es war *ihr* Drecksloch.

„Tut mir leid, was Dad da eben gesagt hat", versicherte Kevin schnell. „Er wollte nicht gemein zu dir sein. Er ist nur … ehrlich. Hier kannst du nicht bleiben, Beth. Pass auf, ich leihe den Pick-up von meinem Bruder, und dann kannst du heute noch umziehen."

Tränen schimmerten in Beths Augen, und sie blinzelte sie schnell fort. Das ging alles viel zu schnell. Sie fühlte sich völlig überrumpelt von Kevin. Aber sollte sie deshalb wissentlich auch nur noch eine Nacht in einer Umgebung verbringen, die gefährlich für ihr Baby war? „Wie hoch ist die Miete?"

„Darüber können wir uns später noch Gedanken machen."

„Nein, können wir nicht."

„Schön." Kevin nannte einen Betrag, der noch unter dem lag, was sie momentan zahlte, und sie schüttelte den Kopf. „Komm schon, Beth. Das ist der übliche Rabatt für die Mutter meines ersten Kindes. Ich will keinen Cent von dir, aber ich weiß natürlich, dass du dich dann weigerst, in die Wohnung einzuziehen."

„Ich unterschreibe Mietverträge immer nur für einen Monat und verlängere sie dann."

„Das ist okay."

„Gut, aber nur wegen der Bleifarbe."

Kevin grinste, und Beth wurde trotz der Kälte ganz warm. „Dann solltest du dich besser gleich anziehen. Ich lasse jetzt nämlich meine Mutter von der Kette, und die wird in Windeseile alle deine Sachen gepackt haben, damit wir dich abtransportieren können."

Kevin hatte nicht zu viel versprochen. Als er mit Mikes Pick-up angefahren kam, war bis auf ein paar Kleinigkeiten alles in großen Müllsäcken verpackt. Für stilvollere Umzugskartons blieb keine Zeit mehr, Beth musste so schnell wie möglich aus dem Haus raus.

Die Kowalskis erledigten das alles so schnell und effizient, dass Mary und Leo am Abend schon wieder weg waren. Den Pick-up wollte Kevin später wieder gegen seinen Wagen tauschen. Beth musste noch ein bisschen Kleinkram einräumen, aber im Großen und Ganzen war sie vollständig eingezogen. Glücklich seufzend ließ sie sich gegen die Kissen auf der Couch sinken, die ihr offenbar gut gefiel.

„Ich muss noch Strom, Wasser und Telefon ummelden. Aber das mach ich erst in den nächsten Tagen."

„Ach ja, apropos Telefon, hier gibt es eins. Die Nummer ist nicht gelistet. Wenn du willst, kannst du sie deiner Chefin und deinen Freunden geben, dann musst du dein Telefon nicht erst mühsam umstellen lassen."

Beth wollte wohl widersprechen, aber er hob sofort die Hand. „Ich bringe dir dann einmal im Monat die Rechnung rüber, damit du sie bezahlen kannst."

„Versprochen?"

„Ja, versprochen."

„Okay. Klingt wirklich unkomplizierter. Was weniger einfach wird, ist, meine hinterlegte Kaution von meinem Vermieter zurückzubekommen. Schließlich bin ich jetzt einfach ausgezogen, ohne die Kündigungsfrist einzuhalten."

„Ach so, ja, dein Vermieter. Den haben wir zufällig auf der Treppe getroffen, als wir deine Sachen runtergeschleppt haben. Zuerst hat er ein ziemlich saures Gesicht gemacht, aber Dad hat ihm dann ein bisschen was über verbotene Bleifarbe erzählt. Jedenfalls überweist er dir die Kaution nächste Woche. Sobald sich das Geld auf deinem Konto befindet, finden wir mal raus, wer beim Amt für die Sache zuständig ist, und zeigen ihn an."

„Danke."

Seltsam, Kevin hatte etwas mehr Begeisterung erwartet, aber Beth wirkte nicht sonderlich erfreut. „Gern geschehen. Okay, was hältst du davon, wenn wir was essen gehen? Vielleicht unten im *Jasper's*, aber ich habe auch nichts dagegen, falls du lieber woanders hinmöchtest. Was meinst du?"

„Nein, eher nicht. Ich bin dir wirklich dankbar für alles – sehr sogar –, aber ich würde lieber zu Hause bleiben."

„Du hast nicht mal Brot im Haus. Nach einem Umzug kann man nicht hungrig ins Bett gehen. Anschließend könnten wir noch ins Kino oder uns einen Film ausleihen."

Nach ihrem Gesichtsausdruck zu urteilen, war sie kurz davor, ihn zu erschießen.

„Ich glaube, es wäre besser, wenn wir uns nicht mehr sehen, Kevin."

Wie bitte? Da musste er sich wohl verhört haben! „Wir werden uns von nun an andauernd sehen. Ich wohne auf der anderen Flurseite, schon vergessen? Und dann ist da ja auch noch der nicht ganz unwichtige Umstand, dass du von mir schwanger bist."

Sie verschränkte die Arme vor der Brust und holte tief Luft. „Ich meinte, wir sollten nicht zusammen weggehen, als ob … wir zusammen wären."

„Du meinst damit, wir sollten keinen Sex haben, stimmt's?" Wie ätzend. Hoffentlich lag das nur an irgendwelchen Hormonschwankungen. Dann überlegte sie es sich vielleicht noch mal. Ein Mann hatte eben auch seine geheimen Träume.

„Nein." Beth wurde rot und schüttelte den Kopf. „Oder, na ja, natürlich auch keinen Sex. Aber auch keine Verabredungen und so was. Von jetzt an sind wir Nachbarn, die zufälligerweise gemeinsam Eltern werden."

Überrascht stellte Kevin fest, wie enttäuscht er war. Den

meisten Kerlen wäre ein Stein vom Herzen gefallen, wenn sie eine Frau geschwängert hätten, die sie so billig davonkommen ließ. „Irgendwie kapier ich das nicht richtig. Es war doch schön mit uns. Und damit meine ich nicht nur den Sex."

„Fand ich auch, aber … ach, verdammt, ich kann es dir nicht erklären."

„Wär schon nett, wenn du es wenigstens versuchen würdest, weil ich ehrlich nicht weiß, was ich falsch gemacht habe."

„Du hast nichts falsch gemacht. Du überrumpelst mich nur ein bisschen. Natürlich ist mir vollkommen klar, dass du nur versuchst, mir zu helfen, trotzdem …" Sie schüttelte den Kopf, weil sie offenbar nicht wusste, wie sie es ausdrücken sollte.

„Hör mal, Beth, du bekommst ein Kind von mir. Du hast doch wohl nicht geglaubt, dass ich dich in einem Haus voller Bleifarbe und Katzenurin sitzen lasse und mich nicht weiter darum kümmere, was aus dir wird? Dann kennst du mich nämlich schlecht."

„Ich kenne dich gar nicht. Das ist ja das Problem."

„Tut mir leid, ich checke das trotzdem nicht. Um ehrlich zu sein, finde ich, dass ich mich doch ganz gut geschlagen habe bisher."

„Absolut. Hast du wirklich. Und jetzt willst du dich um mich kümmern und mit allem versorgen, was ich brauche, aber das kriege ich auch allein hin. Beziehungen sind nicht so wirklich meine Sache, und du bist etwas … besitzergreifend."

„Besitzergreifend?" Wovon, zum Teufel, redete sie da eigentlich? „Inwiefern macht es mich zu einem Mistkerl, wenn ich dafür sorgen will, dass es dir und dem Baby auch wirklich gut geht?"

„Du bist kein Mistkerl. Ganz im Gegenteil. Du bist richtig nett." Beth liefen Tränen über die Wangen. „Es ist nur ... du bist so toll zu mir, und du scheinst dich so auf das Kind zu freuen, und dann hast du auch noch immer alles im Griff, während ich eine schreckliche Chaotin bin."

„Das stimmt ... ich freue mich auf unser Baby. Aber ich bin nicht schwanger, sondern du. Außerdem ist es vielleicht so, dass mein Leben in etwas geordneteren Bahnen verläuft als deins und ich deshalb entspannter bin bei dem Gedanken an ein Kind." Er lehnte sich gegen die Couch. „Tut mir leid, dass ich das alles an mich gerissen habe. Aber so bin ich eben – was sein muss, muss sein, und ich erledige solche Dinge dann gern gründlich und sofort. Aber ich werde mich bemühen, mich von jetzt an zurückzunehmen ... ein wenig jedenfalls."

„Ich glaube, für das Baby ist es vor allem wichtig, dass wir Freunde sind."

„Das sind wir. Und nach einem Umzug lädt man seinen Freund zum Essen ein. Sozusagen als Willkommensgruß. Komm, wir bestellen uns jetzt was."

„Chinesisch?", fragte sie kleinlaut.

Er hasste chinesisches Essen. „Klar. Falls meine Mutter hier nicht kürzlich aufgeräumt hat, liegen die Flyer in der zweiten Schublade von oben in der Küche."

Beth ging in die Küche und kam dann mit den Flyern wieder.

„Kevin?" Er schaute hoch und überlegte, wie doch gleich das einzige Gericht beim Chinesen hieß, das er mochte. „Danke."

Beth hatte rot geweinte Augen, trug eine einfache Jeans und einen alten Pullover, aber Kevin fand sie trotzdem wunderschön. Er hatte überhaupt keine Lust, nur ihr netter Nachbar zu sein, von dem sie rein zufällig auch ein Kind bekam. Viel lieber hätte er sie auf der Stelle an sich gezogen und geküsst, bis sie beide keine Luft mehr bekamen.

Doch er hielt sich zurück … im Augenblick zumindest. „Gern geschehen."

Der große Ansturm zum Abendessen im *Jasper's* hatte sich gelegt, und Paulie lief deshalb schnell die Hintertreppe hinauf zu ihrer Wohnung, um sich ungestört einen Joghurt zu genehmigen. Wenn man den lieben langen Tag Burger und Fritten servierte, konnte einem die Lust auf Fast Food irgendwann vergehen. Paulie jedenfalls war an diesem Tag nicht nach fettigen Kalorienbomben. Aber kaum hatte sie den Deckel vom Joghurt abgezogen, klopfte es auch schon an ihrer Tür.

Sie stellte den Becher auf die Arbeitsplatte, machte auf und hätte fast einen Schlag bekommen. Im Flur stand Sam Logan.

„Wie kommst du denn hierher?"

„Na ja, die Treppe rauf – genau wie du vermutlich."

„Hast du das Schild übersehen? Privat – Zutritt nur fürs Personal?"

„Ich hab's ignoriert."

„Scheint so."

Er zuckte mit den Schultern. „Bittest du mich nicht rein?"

„Nein."

„Schade. Dann muss ich wohl wieder runter ins *Jasper's*. Auch gut, da kann ich mich ein bisschen mit der kleinen Kellnerin unterhalten. Oder dem Barmann. Wie heißt der doch gleich? Kevin? Ist schon seltsam, aber hier sind alle der Meinung, dein Nachname sei Reed. Wie kommen die nur darauf?"

Paulie hatte ganz vergessen, was für ein Mistkerl ihr Exverlobter sein konnte, wenn er etwas wollte. „Vielleicht habe ich ja inzwischen geheiratet?"

„Oder du hast einfach deinen Namen geändert."

Was er zweifellos bereits wusste. Bestimmt hatte er seine Leute das sofort recherchieren lassen, nachdem er zum ersten Mal im *Jasper's* gewesen war. Vielleicht auch schon vorher und war deshalb überhaupt da gewesen. „Was willst du, Sam?"

„Nur kurz reinkommen."

„Das halte ich für keine gute Idee."

„Was meinst du wohl, wie deine netten Normalo-Freunde reagieren, wenn sie herausfinden, wer du wirklich bist?"

Es war ja nicht so, als würde die Polizei nach ihr suchen, weil sie etwas ausgefressen hatte. Insofern durften die anderen ruhig erfahren, dass sie eigentlich Atherton hieß. Trotzdem wollte sie das nicht. Weil sie nicht mehr Paulette Atherton war. „Na gut, komm rein und sprich dich aus. Aber möglichst schnell. Ich muss gleich wieder runter."

Als Sam in ihrer Wohnung stand, konnte Paulie einfach nicht fassen, wie irreal die ganze Situation war. Sam Logan war bei ihr zu Hause!

„Warum stalkst du mich?", wollte sie wissen. „Hast du jetzt vor, es mir heimzuzahlen, weil ich die Hochzeit abgeblasen habe?"

„Abgeblasen? Das wäre weiß Gott schon demütigend genug gewesen! Aber nein, du hast damit gewartet, bis du schon halb beim Altar warst, um den maximalen Effekt zu erzielen. Du bist aus der Kirche gerannt, als würdest du im Hundertmeterlauf bei den Olympischen Spielen mitmachen! Verdammt, Paulette!"

Paulie versuchte das Reizwort zu ignorieren, aber bei ihr brannten sofort alle Sicherungen durch. *Paulette, zap-*

pel nicht so rum, das ist ja peinlich! „Tja, und wenn es dir wirklich wehgetan hätte, wäre ich gar nicht abgehauen. Aber dir ging es doch nur darum, dass dein männlicher Stolz verletzt war."

„Ach, jetzt ist es also meine Schuld."

„Du hast mich nicht geliebt, Sam."

„Ich wollte dich heiraten." Es war unverkennbar, wie zornig er war. „Was glaubst du wohl, warum?"

„Weil unsere Familien es von uns erwarteten? Weil ich dem Anforderungsprofil für eine Mrs Sam Logan entsprach?"

Sam presste die Lippen aufeinander. Natürlich wusste Paulie, dass von Sam kein Wutausbruch zu befürchten war. Ihm hatte man ebenso wie ihr von Kindesbeinen an beigebracht, dass er stets den Schein zu wahren hatte. „Glaubst du das wirklich? Denkst du tatsächlich, ich wäre ein Weichling, der sich von seinen Eltern vorschreiben lässt, mit welcher Frau er sein Leben zu verbringen hat?"

Paulie hätte es gern abgestritten, aber es war die Wahrheit. Ja, genau davon ging sie aus. Als sie nicht widersprach, ging Sam zur Tür. Eigentlich hätte sie jetzt erleichtert sein müssen. Er verschwand wieder, und das wahrscheinlich für immer. Und genau das wollte sie doch. Trotzdem konnte sie ihn nicht einfach so gehen lassen, ohne die Sache jetzt ein für alle Mal aufzuklären.

„Sam, warte …"

Er blieb so abrupt stehen, dass sie fast gegen ihn geprallt wäre. „Wieso hast du meinen Antrag dann überhaupt angenommen?", fragte er.

„Weil ich dich heiraten wollte."

„Ja, das hat man gemerkt, so schnell, wie du aus der Kirche gesprintet bist."

„Aber ich wollte nicht Mrs Sam Logan werden."

Wieder presste er die Lippen zusammen. „Ich habe keine Ahnung, was du damit meinst."

„Sam Logan ist ein wichtiger Mann."

„Na und? Wenn du mit mir zusammen sein willst, wie kannst du da alles ausklammern, was mein Leben ausmacht?"

Eben, das brachte es ziemlich genau auf den Punkt. „Das ist alles ziemlich kompliziert."

„Dann versuch es zu erklären."

„Ich weiß nicht, wie."

„Warum gehen wir nicht demnächst mal abends zusammen weg? Dann können wir in Ruhe reden. Hier weiß niemand, wer wir beide wirklich sind. Mich halten sie für einen einfachen Geschäftsmann aus Boston und dich für die heiße Kellnerin, auf die ich scharf bin."

„Heiße Kellnerin?" Paulie lachte.

„Okay, Abendessen. In einem richtig guten Restaurant."

Das schien er wirklich ernst zu meinen. Nach der geplatzten Hochzeit und der darauffolgenden fünf Jahre langen Funkstille bat er sie um ein Date? „Sam … das ist … einfach keine gute Idee."

Er verschränkte die Arme und bedachte sie mit einem Blick, der gestandene Männer erstarren ließ. Auf Paulie verfehlte er allerdings seine Wirkung. Das hatte ihr Vater schon bei ihr versucht und damit genauso wenig Erfolg gehabt wie Sam jetzt.

„Nun erzähl mir bitte nicht auch noch, dass du dich seit fünf Jahren nach mir verzehrst." Mit versteinerter Miene sah er sie weiterhin durchdringend an. Hatte sie ihn damit etwa verletzt? „Hör mal, ich …"

„Entweder nimmst du meine Einladung an, oder deine Freunde erfahren, wer du wirklich bist."

„Erpressung, Sam? Ist das nicht unter deiner Würde?"

„Wenn ich etwas wirklich will, ist mir jedes Mittel recht."

„Wann?"

„So schnell wie möglich. An deinem nächsten freien Abend."

Eigentlich hätte sie ihm ihren Schichtplan lieber vorenthalten. Aber was sollte sie schon tun? Falls sie ihm nicht sagte, wann sie Zeit hatte, würden ihre Freunde erfahren, wer sie wirklich war. „Vielleicht."

Sam lächelte – nein, er *grinste*, der Mistkerl – und spazierte dann aus der Wohnung. Allein, verwirrt und auch ein bisschen aufgeregt blieb Paulie zurück.

6. KAPITEL

Den folgenden Abend verbrachte Kevin mit Belegen und Rechnungen in seinem Büro. Als er der Buchhaltungshölle endlich entfliehen konnte, ging er runter ins *Jasper's*. Und wer saß da ganz hinten am ansonsten leeren Ende der Theke? Beth. Vor ihr stand ein Teller mit Fritten.

„Hallo!" Kevin gefiel gar nicht, wie erschöpft sie wirkte.

„Hey! Sag mal, worin besteht eigentlich das Geheimnis eurer Cheeseburger?"

„Wie du schon richtig bemerkt hast – es ist ein Geheimnis."

Sie lächelte. „Ich hätte auch bei der Arbeit im Restaurant essen können, aber die Cheeseburger, die ich da serviere, sehen lange nicht so gut aus wie die im *Jasper's* … also … deshalb bin ich hier. Siehst du diesen großen leeren Platz auf meinem Teller? Da lag ungefähr fünf Sekunden lang der Burger."

„Und wie war's bei der Arbeit?"

„Nicht viel los." Sie zuckte mit den Schultern. „Angeblich wird es vor Weihnachten dann stressiger. Sagen meine Kollegen jedenfalls. Na ja, abwarten."

„Willst du noch eine Cola?"

„Nein, danke. Ich bin kaputt. Ich zahl jetzt, und dann geh ich rauf."

„Wie – zahlen?"

„Für den Cheeseburger natürlich."

Kevin stützte die Ellbogen auf den Tresen und schüttelte den Kopf. „Ich nehme kein Geld von dir."

Beths Lippen wurden schmal, und ihre Wangen röteten sich. „Ich bin durchaus in der Lage, mein Abendessen zu bezahlen, Kevin."

„Das weiß ich, aber du ernährst gerade mein Kind. Und dem werde ich bestimmt keinen Cent abknöpfen. Ich bin doch kein Rabenvater!" Er bedachte Beth mit seinem strahlendsten Kowalski-Lächeln, was seine Grübchen äußerst vorteilhaft zur Geltung brachte. „Du kannst hier jeden Abend einen unserer berühmten einmaligen Burger verspeisen. Und das alles geht aufs Haus."

Beth wollte offensichtlich weiterstreiten, aber in dem Moment kam Randy vorbei und warf eine Serviette neben Kevin auf den Tresen. Obwohl es schummrig war, hob sich der fuchsiafarbene Lippenstift darauf grell ab. Verdammt.

Bevor Kevin die Serviette entsorgen konnte, hatte Beth sie sich schon geschnappt und las vor: „*Ich habe Sprühsahne für meine Kirschen zu Hause ... wie wär's?*"

Obwohl Beth das nicht geschrieben hatte, reagierte Kevins Körper doch deutlich darauf, die Worte aus ihrem Mund zu hören, und war froh, dass er auf der anderen Seite des Tresens stand.

„Ich ruf die Frauen nie an", versicherte er.

„Du scheinst trotzdem viele Angebote zu bekommen."

Kevin zuckte mit den Schultern. „Ich habe dafür extra einen Abfallkorb neben der Kasse. Kommt immer mal wieder vor."

Angewidert warf sie die Serviette nach ihm. „Von wegen Abfall. Natürlich bewahrst du sie auf."

„Paulie und die anderen lesen sie mit Begeisterung. Ich habe noch nie eine dieser Servietten-Frauen angerufen, und du darfst gern mein Büro und meine Wohnung durchsuchen. Da wirst du keine einzige dieser Servietten finden."

Sie wirkte nicht gerade überzeugt, was er ihr nicht vorwerfen konnte. „Wann warst du denn zum letzten Mal richtig mit jemandem zusammen?", fragte sie.

Das war sein wunder Punkt, über den er wirklich nicht reden wollte. Aber jetzt hatte er keine Chance mehr, dem Thema auszuweichen. Eine etwas privatere Umgebung für dieses wohl unvermeidliche Gespräch wäre ihm lieber gewesen, aber zumindest saß niemand nah genug, um zu lauschen. „Meine letzte ernsthafte Beziehung war meine Exfrau."

„Du warst verheiratet, Kevin?"

„Ja, und seit zwei Jahren bin ich geschieden."

„Was ist denn schiefgegangen? Oh ... entschuldige, das geht mich natürlich nichts an."

Das tat weh. Sie wurden Eltern eines gemeinsamen Kindes, da hatte er doch gehofft, sie würde ihn etwas besser kennen. „Bevor ich die Bar gekauft habe, war ich Polizist in Boston."

„Echt? Polizist?"

„Ja."

Beth stützte das Kinn auf die Hände. „Ich kann mir dich gar nicht mit Pistole und Uniform vorstellen."

„Ich habe noch Fotos, kann ich dir zeigen."

„Die würde ich gern sehen, aber ich glaube, was du jetzt machst, passt besser zu dir."

„Ich mag mein neues Leben auch – in jeder Beziehung", antwortete er lächelnd.

„Aha." Sie verdrehte die Augen. „Okay, und was ist dann passiert?"

Verdammt, die Frau war wirklich eine harte Nuss. „Na ja, ich hatte dauernd die ganz fiesen Schichten in der schlimmsten Gegend der Stadt. Mir hat das nichts ausgemacht, und ich habe mir auch nichts dabei gedacht. Aber dann bin ich eines Abends noch mal nach Hause gefahren, weil ich ein paar Akten vergessen hatte. Bei der Gelegenheit habe ich meinen Captain mit meiner Frau Vicky im Bett überrascht. Ging wohl schon eine ganze Weile so mit den beiden."

„Tut mir leid."

„Ich habe ihn nach Strich und Faden verprügelt. Glücklicherweise ist er mit der Tochter irgendeines superwichtigen Kerls verheiratet und konnte sich deshalb keine schlechte Presse leisten. Also hat er mich nicht angezeigt. Ich habe meine Frau und die Polizeitruppe verlassen und bin zurück nach New Hampshire gezogen. Kurz darauf habe ich das *Jasper's* übernommen, und das ist meine Lebensgeschichte."

So wie sie ihn ansah, war es ihm wohl nicht gelungen, das Ganze möglichst undramatisch klingen zu lassen. Kein Wunder – seine Ehe und sein Job hatten ihm alles bedeutet, und es war ein *riesiges* Drama gewesen. Die gebrochene Nase seines Captains hatte es nicht erträglicher gemacht, dass er diesen Penner in flagranti mit seiner Frau erwischt hatte.

„Habt ihr Kinder?"

„Nein, das ist das einzig Gute daran." Er trank einen Schluck Cola. „Das nach Cheeseburgern lechzende kleine Wesen in dir ist mein erstes."

Beth lächelte. „Wenn es damit weitermacht, wiege ich bis zur Geburt so viel wie ein Wal."

„Und wärst dann immer noch die schärfste Frau in der ganzen Bar."

„Nur werde ich niemals meine geschminkten Lippen für dich auf eine Serviette drücken", sagte sie schnell und wurde rot.

„Schade, die Serviette würde ich nämlich behalten, rahmen und über die Bar hängen."

„Ja, sehr schade. Wird trotzdem nicht passieren."

„Entschuldigung, aber ich hatte den gut durch bestellt." Beth musterte den Burger auf dem Teller, mit dem der Gast herumwedelte. Er wirkte eher wie ein Hockey-Puck und nicht wie eine Frikadelle. „Sehen Sie, wie rosa der noch ist?"

Nein, sah sie nicht. „Tut mir leid, ich bringe Ihnen gern einen neuen."

„Nein, schon gut, ich esse ihn."

Wieso beschwerte er sich dann? Oder sollte das eine Ausrede dafür sein, dass er ihr ein mieses Trinkgeld geben würde? Beth lächelte freundlich, um die Situation zu entschärfen, und ging dann zum nächsten Gast.

Ihre Tische waren fast vollständig besetzt. Normalerweise wäre sie froh darüber gewesen, weil das eine Menge Trinkgeld versprach, heute allerdings war sie müde und niedergeschlagen.

Lag das nun an der Schwangerschaft … oder am Vater ihres Kindes?

„Miss, kann ich noch einen Kaffee bekommen?"

Beth wetzte hin und her, schenkte ein und servierte, bis es eine Stunde später Zeit für ihre Pause war. Seufzend füllte sie einen Becher mit entkoffeiniertem Kaffee fürs Baby und gab für sich selbst einen Schuss echten hinzu. Dann setzte sie sich damit an einen kleinen Tisch in einer Ecke der lauten Küche.

Sie hatte noch einen Müsliriegel in der Schürze, damit würde sie bis zum Ende ihrer Schicht durchhalten. Wenn sie ihn ganz langsam aß, konnte sie sich vielleicht einreden, dass er satt machte. Sie wohnte erst seit ein paar Tagen über dem *Jasper's*, und trotzdem schienen die Cheeseburger bereits anzusetzen.

Als sie sich gerade den letzten Bissen des Riegels in den Mund schob, nahm Julia neben ihr Platz. Gerüchte besagten, dass Julia schon als Kellnerin in diesem Restaurant gearbeitet hatte, als es 1976 eröffnet worden war. Beth wusste nicht, ob das stimmte, aber falls ja, war das schon erstaunlich – Julia war nämlich etwas zu streitlustig für diesen Beruf.

„Was ist diese Woche eigentlich los mit dir?", fragte Julia auf ihre direkte Art.

„Ich bin nur etwas schlapp, weil ich gerade umgezogen bin. Du weißt ja, dass es am Anfang schwer ist, gut in einer neuen Wohnung zu schlafen."

„Und wann kommt das Baby?"

Glücklicherweise hatte Beth inzwischen alles heruntergeschluckt, sonst wäre sie jetzt vielleicht an dem Müsliriegel erstickt.

Julia lachte. „Ich habe drei Schwestern und zwei Töchter, und die haben auch alle Kinder. Manchmal starrst du ins Leere und legst dabei die Hand auf deinen Bauch. Wär der verträumte Blick nicht, hätte ich auf Regelschmerzen getippt."

Beth hatte noch niemandem von ihrer Schwangerschaft erzählen wollen, insbesondere ihren Kollegen nicht. Oder ihrer Chefin. Das konnte sie erst riskieren, wenn sie sich einen Plan B zurechtgelegt hatte, falls sie deshalb gefeuert wurde.

Natürlich konnte man sie offiziell nicht wegen ihrer Schwangerschaft kündigen, aber es war leicht, sich irgendeinen Vorwand auszudenken. Es gab eine Menge Gäste, denen es unangenehm war, sich von einer Schwangeren bedienen zu lassen. Sie hatten ein schlechtes Gewissen dabei.

„Stichtag ist der achtundzwanzigste Juni", sagte sie schließlich. „Bitte, behalt das für dich, ja? Bringt so früh sonst Unglück."

„Keine Sorge, Süße, von mir erfährt niemand was. Sieh

zu, dass du dich vernünftig ernährst und deine Vitamine für Schwangere schluckst. Sonst klappst du nämlich zusammen."

„Mach ich."

„Und mit vernünftiger Ernährung meine ich mehr als nur einen Schokoriegel. So, und jetzt gehe ich nach draußen und genehmige mir eine Zigarette. Und falls du nicht willst, dass jemand was mitbekommt, kann ich dir nur raten, in Zukunft die Hände in die Taschen zu stecken."

Beth lächelte schwach, bis Julia draußen war.

Es belastete sie, dass sie nicht wusste, was sie machen sollte, falls sie den Job wegen der Schwangerschaft entweder nicht durchhielt oder deshalb entlassen wurde.

Allein bei dem Gedanken, dann ohne Einkommen dazustehen, wurde ihr spontan übel. Sie war es einfach nicht gewohnt, außer für sich selbst auch noch für einen anderen Menschen verantwortlich zu sein. Ihre eigenen Bedürfnisse waren leicht zu befriedigen, die eines Babys nicht.

Aber jetzt hast du ja Kevin, flüsterte ein winziger Teufel auf ihrer Schulter. Kevin würde sie nicht aus der Wohnung werfen oder verhungern lassen. Kevin würde für sie da sein, ganz gleich, was geschah.

Aber dann wirst du vollkommen abhängig von ihm, und er kann dein Leben bestimmen, flüsterte der Engel auf ihrer anderen Schulter.

Das stimmte natürlich. Und falls er sich dann doch aus dem Staub machte, war sie schlimmer dran als vorher. Hilflos, verloren und obendrein noch einsam.

Nein, sie durfte sich nicht allein auf Kevin verlassen. Es war auch so schon schwierig genug, ihn auf Abstand zu halten – eine Entscheidung, die ihrem Körper gar nicht passte. Jede Nacht wälzte sie sich im Bett hin und her und konnte an nichts anderes denken als an ihn.

„Sitzt du da noch immer?“, riss Julia Beth aus ihren Gedanken.

Beth schaute auf die Uhr. Auweia! „Ich trink nur noch kurz aus.“

Damit stürzte sie den restlichen Kaffee hinunter und warf die Verpackung des Müsliriegels weg. Dann ging sie noch schnell zur Toilette.

Okay, jetzt musste sie sich zusammenreißen, fröhlich lächeln und so viel Trinkgeld an Land ziehen, wie sie nur konnte – solange sie es noch konnte.

Ein Glas prallte klirrend auf den Boden und zersprang. Kevin musste sich nicht mal umdrehen. Er wusste auch so, dass Paulie es fallen gelassen hatte. Und wieso? Dieser Sam Logan saß an einem der vorderen Tische, verspeiste einen Burger, trank ein Bier und verfolgte die Sportberichterstattung auf einem der großen Bildschirme. Genauso wie bei seinem letzten Besuch zwei Wochen zuvor.

Kevin duckte sich, als Paulie mit dem Besen an ihm vorbeiging und etwas Unverständliches vor sich hin murmelte. „Brauchst du Hilfe?“

„Nein.“

Kevin wollte sich ja nicht in Sachen einmischen, die ihn nichts angingen, aber dieser Typ machte Paulie offensichtlich nervös. Außerdem waren die Gläser teuer. „Wie wär’s, wenn du mir erzählst, wer das ist?“

„Das weißt du doch.“ Sie fegte die Scherben zusammen. „Irgendein Geschäftsmann aus Boston, der hier ein Konferenzzentrum bauen will. Er wohnt die Straße runter in dieser Luxusherberge.“

„Ja, hab ich gehört. Was ich aber nicht weiß, ist, woher ihr zwei euch kennt und weshalb du Angst vor ihm hast.“

Paulie bohrte ihm den Finger in die Brust. „Ich habe

keine Angst vor ihm. Zwischen ihm und mir lief mal was, okay? Aber die Sache ist lange vorbei, und ich dachte, wir würden uns nie wiedersehen. Und jetzt sitzt er auf einmal bei uns in der Bar. Das ist schon alles."

Interessant. Warum hatte ein Kerl wie Logan was mit einer Frau wie Paulie gehabt? Es war schon rätselhaft, wie die beiden sich überhaupt kennengelernt hatten. „Mein Angebot steht noch. Wenn du aufhörst, meine Gläser zu zerschmeißen, werf ich ihn raus."

„Es gibt keinen Grund, ihn rauszuwerfen. Er hat keine Prügelei angefangen, und ein Yankee-Fan ist er auch nicht."

„Meine Bar, meine Regeln."

„Vergiss es." Paulie bedachte ihn mit einem besonders einschüchternden Blick. „Damit ist das Thema erledigt."

Kevin zuckte mit den Schultern und schaute hinüber zu Sam. Weil der statt des Bildschirms Paulie und ihn beobachtete, entging ihm der Blick nicht. Doch statt beschämt wegzusehen, lächelte er, hob das Glas und trank dann einen Schluck. Kevin überlegte, ob er sich vielleicht mal mit ihm unterhalten sollte, als die Tür aufging und Beth hereinkam.

Kevin wurde unerklärlich heiß. Bedauerlicherweise hatte Beth ihre Einstellung zum Thema Sex mit ihm nicht geändert, seit sie hier wohnte. Und ehrlich gesagt machte er sich diesbezüglich auch keine großen Hoffnungen mehr. Trotzdem lauschte er jedes Mal, wenn ihre Tür sich öffnete.

Beth kam rüber zu ihm an den ruhigen Teil des Tresens, setzte sich aber nicht. „Hey, Kevin, ich wollte nur kurz Bescheid sagen, dass ich eine Ärztin gefunden habe, die sehr gut sein soll. In ein paar Tagen habe ich einen Termin. Nichts Großartiges, nur noch mal ein endgültiger

Schwangerschaftstest und eine genaue Bestimmung meines Stichtags."

„Soll ich mitkommen?"

Ihr Gesichtsausdruck war eindeutig. „Nein, aber du musst natürlich wissen, dass ich hingehe, weil … na ja."

Weil er zahlte. „Am besten gehen wir schnell rüber zur Bank und richten ein gemeinsames Konto ein. Das ist doch viel einfacher als …"

„Nein", unterbrach sie ihn sofort. „Wir schmeißen auf keinen Fall zusammen."

„Du bist zu mir gekommen, damit wir die finanzielle Verantwortung teilen können, Beth. Damit du zu einem richtig guten Arzt gehen kannst."

„Das stimmt, und falls ich irgendwelche Rechnungen nicht zahlen kann, geb ich dir Bescheid. Ich wollte nie, dass du alles allein schulterst."

Statt mit ihr zu diskutieren, beugte er sich über den Tresen und lächelte. „Du wirst kratzbürstig."

Sie seufzte. „Okay, okay, vielleicht ist ein gemeinsames Konto nicht verkehrt. Allerdings nur für die Arztrechnungen, von denen ich dir jeweils eine Kopie gebe."

Na, war das denn so schwer? hätte er am liebsten gefragt, hielt sich aber zurück. „Gut, dann erledigen wir das, sobald du freihast."

„Schön, aber jetzt muss ich gleich zur Arbeit."

„Dann geh hoch, und zieh dich um."

„Ich stehe heute wieder bei einer Hochzeit hinter der Bar, vorher wollte ich noch eine Viertelstunde schlafen, duschen und essen."

„Musst du denn unbedingt so viel arbeiten?" Konnte es für eine Schwangere wirklich gut sein, stundenlang ununterbrochen auf den Beinen zu sein?

„Ich krieg das hin, kein Problem."

Gott sei Dank verschwand Beth, bevor er noch etwas richtig Blödes sagen konnte – zum Beispiel dass sie ihren Job kündigen sollte. Beth war genauso stolz wie stur und wäre dann nur wütend geworden.

„Wir sind schon so ein Paar“, stellte Paulie fest und griff nach einem Glas hinter Kevin.

„Zumindest zerdeppere ich unsere Gläser nicht.“ Noch nicht jedenfalls.

7. KAPITEL

Beth hatte warten wollen, bis die Ärztin ihr offiziell bestätigte, was sie dank ihrer eigenen Berechnungen und des Schwangerschaftstests aus der Apotheke bereits wusste. Nachdem das nun über die Bühne gegangen war, wurde es Zeit für einen Anruf bei ihren Eltern. Bewaffnet mit einer – sehr großen – Schüssel Schoko-Eis griff sie zum Hörer.

„Du bist schon wieder umgezogen, stimmt's?"

Wenn sie nicht so nervös gewesen wäre, hätte Beth über die Entrüstung ihrer Mutter gelacht. „Ja, bin ich tatsächlich."

„Ich habe die Wette gewonnen – du schuldest mir ein Paar neue Schuhe", rief ihre Mutter ihrem Vater zu. „Kannst du nicht *wenigstens* anrufen, bevor du umziehst? So weiß ich nicht mal, wo meine Tochter gerade steckt. Also, wo wohnst du jetzt?"

„Alte Stadt, neue Wohnung." Beth gönnte sich schnell einen Löffel Eis, um sich Mut zu machen. „Es gibt aber noch andere Neuigkeiten. Ich … na ja … ich bin schwanger."

Es folgte sekundenlanges Schweigen, dann kreischte ihre Mutter so laut los, dass Beth fast das Trommelfell platzte. „Oh mein Gott, ich werde *Großmutter*!"

Der Begeisterungssturm im Hintergrund entlockte Beth ein frustriertes Stöhnen. „Wo bist du gerade, Mom?"

„Beim großen Buffet. Hast du dir Tiefkühlsperma besorgt? Oder gibt es das in Dosen … oder wie auch immer das gemacht wird?"

Beth verschluckte sich fast am Eis. „Nein, ich … es gibt einen Vater dazu."

Sie hatte so lange darüber nachgedacht, wie sie ihren Eltern die frohe Botschaft beibringen sollte, aber vergessen, dass sie dabei ja auch von Kevin erzählen musste. Hoffentlich rechneten die beiden jetzt nicht gleich mit einer Hochzeit.

„Es gibt einen Vater, Artie!“ Beth leckte den Löffel ab, während ihre Eltern jubelten. „Wie heißt er, Beth? Raus damit, wir wollen alles ganz genau wissen!“

„Er heißt Kevin Kowalski und ... hat eine Bar und eine riesige Familie.“

„Wie lange bist du schon mit ihm zusammen?“

„So richtig zusammen sind wir eigentlich gar nicht.“

Erneut herrschte einen Moment lang Schweigen. „Hat er mit dir Schluss gemacht, weil du schwanger bist? Dem muss man mal erklären, dass eine Frau das nicht von allein wird und ...“

„Mom!“ Sie hätte doch gleich die ganze Packung Eis mit zum Telefon nehmen sollen. „Er hat nicht mit mir Schluss gemacht. Wir ... es ist kompliziert.“

Resigniert berichtete Beth ihrer Mutter die gesamte Geschichte und fragte sich, was daraus werden würde, wenn ihre Mutter sie ihrem Vater weitererzählte. Das wäre ungefähr so wie bei Stille Post.

Als Beth fertig war, seufzte ihre Mutter. „Warum kommst du nicht zurück nach Florida, Kind? Wir suchen dir eine hübsche Wohnung in der Nähe, dann können wir dir helfen.“

Das Angebot war verlockend. In ihrer derzeitigen Situation hatte Beth wirklich große Sehnsucht nach ihrer Mutter. Aber schwanger würde sie deren Liebe bestimmt nicht weniger erdrückend empfinden als zuvor. „Ich bleibe hier, Mom.“

Den Gesichtsausdruck von Kevin wollte sie sich gar nicht erst vorstellen, wenn sie jetzt in einen Bus Richtung Florida stieg. Es wäre einfach unfair gewesen, das Kind eintausendfünfhundert Meilen von ihm entfernt zur Welt zur bringen.

„Frag sie, ob sie Geld braucht“, hörte sie ihren Vater im Hintergrund.

„Ich brauche kein Geld. Und ihr sollt auch nicht im nächsten Hafen von Bord gehen und herfliegen.“

Ihre Mutter schluchzte. „Ich würde dich so gern in den Arm nehmen.“

Beth lächelte und leckte das letzte Eis vom Löffel. „Deine Stimme zu hören ist schon wie eine Umarmung, Mom.“

„Wir sollten zu Weihnachten wirklich nach Hause kommen.“

„Nein, Mom, euer Enkel ist dann ja noch gar nicht da. Genießt also eure Kreuzfahrt, und wenn ihr wieder da seid, sehen wir uns, okay?“

„Aber was, wenn du mich brauchst? Dann sitze ich irgendwo mitten auf dem Ozean fest und kann nicht zu dir.“

Beth hätte fast gelacht, weil ihre Mutter schon wieder zu klammern begann, aber dann musste sie erneut an deren fünf Fehlgeburten denken. „Mir geht es gut, Mom. Und Kevin wohnt auf der anderen Seite des Flurs. Ach ja, und Paulie, seine rechte Hand, genau unter mir. Ich bin also nicht allein. Falls es doch Probleme geben sollte, rufe ich dich an. Versprochen.“

Sie plauderten noch ein paar Minuten, die hauptsächlich darin bestanden, dass Beths Mutter die lange Liste der Leute herunterratterte, denen sie unbedingt die frohe Nachricht mitteilen musste. *Endlich* wurde sie Großmutter! Dann legte Beth auf und ließ sich gegen die Lehne der Couch sinken.

Seufzend schloss sie die Augen. Jetzt war es offiziell. Ende Juni wurde sie Mutter. Die Ärztin hatte es bestätigt, und nun wusste auch ihre Mutter Bescheid. Offizieller wurde es nicht mehr.

Sie würde nie wieder nur mit ihrem kleinen Koffer irgendwo aus dem Bus steigen, wann immer ihr danach war. Oder einen Kerl in den Wind schießen, der Telefonnummern sammelte und nur Ärger machte – wenn er auch verdammt gut aussah und charmant war.

Sie musste sich dringend einen Gefrierschrank anschaffen. In Zukunft brauchte sie bestimmt sehr viel Schoko-Eis.

Paulie versuchte das Piepen ihres Handys zu ignorieren und hielt ganze zwei Minuten durch, bevor sie fluchend die SMS checkte.

„*Heute Abend um sechs vor der Bar.*"

Eingebildeter Affe.

„*Warum?*"

„*Weil ich dich dann zum Essen einlade. Zieh dich entsprechend an.*"

„*Vergiss es.*"

„*Punkt sechs. Oder …*"

Paulie machte sich nicht Mühe, auf die letzte Nachricht zu antworten. Sam würde um sechs Uhr schon rausfinden, ob sie kam oder nicht. Bis dahin durfte er sich darüber in Ruhe den Kopf zerbrechen.

Um vier machte sie im *Jasper's* Schluss und ging nach oben. Schnell duschen – und dann musste sie sich entscheiden. Hingehen oder nicht – das war hier die Frage.

Natürlich gab es nur eine Möglichkeit – zu Hause bleiben. Damit er begriff, dass sie sich von niemandem herumkommandieren ließ. Und schon gar nicht von einem Mann. Oder besser gesagt, von einem Mann, der sie erpresste! Wo sollte das enden, wenn sie jetzt nachgab?

Doch ein Teil von ihr, der sich einsam fühlte und genau

diesen Erpresser vermisste, war da ganz anderer Ansicht. Dieser Teil konnte sich gerade nichts Schöneres vorstellen, als mit Sam im Restaurant zu sitzen, Wein zu trinken und ihm tief in die Augen zu sehen.

Und falls Wein und Stimmung gut waren ... würde sie Sam auch mit nach Hause nehmen. Samuel Thomas Logan war nämlich nicht nur im Konferenzraum ein Meister seines Fachs, sondern auch im Schlafzimmer. Wenn er schon sein Spielchen mit ihr spielen wollte, hatte sie dafür wenigstens einen Orgasmus verdient – oder auch zwei oder drei.

Ach, verdammt! Okay, sie würde sich mit ihm treffen. Entweder es wurde ein Reinfall, dann würde er sie von nun an in Ruhe lassen. Oder es wurde toll, dann winkte heißer Sex.

„*Zieh dich entsprechend an.*" In einer dunklen Ecke ihres Kleiderschranks bewahrte sie ein in Plastik gehülltes Kostüm auf. Sie holte es heraus, legte es aufs Bett und entfernte die Folie. Es war zwar schon etwas älter, aber das würde nur jemandem wie ihrer Mutter auffallen. Der Schnitt war klassisch, die Farbe ein gedecktes Marineblau. Die passenden Pumps befanden sich in einer Schachtel unten im Schrank.

Der typische Designer-Albtraum. Zum hundertsten Mal erinnerte Paulie sich daran, dass sie sich nicht mit Sam treffen *musste*. Sie konnte ihren Freunden aus dem *Jasper's* auch einfach beichten, dass sie eine Atherton war und dem alten Geldadel von Boston entstammte. Deshalb verlor sie weder ihren Job noch ihre Wohnung.

Aber ihr Verhältnis zu den anderen würde sich ändern. Alle würden sich fragen, warum jemand wie sie als Kellnerin arbeitete. Und ihre Kolleginnen würden ihr keinen Cent Trinkgeld mehr gönnen, weil sie Millionen in einem Trustfund besaß. Sogar die Gäste würden sie anders behandeln. Männer kamen nicht mit reichen Frauen klar.

Nein, es war besser, jetzt nachzugeben und sich von Sam erpressen zu lassen, damit er ihr Geheimnis für sich behielt – und hinterher mit zu ihr kam.

Um niemandem im *Jasper's* über den Weg zu laufen, ging sie durch die Hintertür hinaus und dann zur Vorderseite des Hauses. Dass dort eine Limousine mit Chauffeur wartete, der ihr die Tür aufhielt, überraschte sie nicht. Paulie stieg hastig ein, damit niemand aus der Bar sie entdeckte.

Drinnen wartete Sam bereits auf sie.

„Hallo, meine Schöne", begrüßte er sie.

„Hallo, arroganter Sack." Paulie wollte es ihm so schwer wie möglich machen. „Ich habe fest vor, das teuerste Gericht von der Karte zu bestellen, nur damit du Bescheid weißt."

„Beruhigend, dass sich manche Dinge doch nie ändern."

„Komiker." Der Wagen fuhr um eine Kurve, und Paulie stützte sich ab, damit sie nicht gegen Sam fiel.

„Du siehst wirklich toll aus", erklärte Sam nach kurzem Schweigen.

„Das heißt wohl, dass ich deine diesbezüglichen Erwartungen erfülle."

„Willst du den Rest des Abends so verbringen?"

„Wie denn?"

„Schlecht gelaunt und auf Krawall gebürstet."

„Vermutlich schon. Kein Wunder, wenn man mich gegen meinen Willen zu etwas zwingt."

Sam warf den Kopf zurück und lachte schallend. Weil sie ihm am liebsten einen Tiefschlag versetzt hätte, faltete Paulie schnell die Hände im Schoß.

„Wir wissen beide, dass du aus freien Stücken hier bist, da könnte ich dir drohen, wie ich will."

„Aber gedroht hast du mir trotzdem."

Paulie rechnete schon mit der nächsten Spitze, doch stattdessen strich Sam ihr eine Haarsträhne hinters Ohr. „Ich habe dich in der Bar bei der Arbeit beobachtet. Du scheinst glücklich hier zu sein."

Das stimmte auch ... meistens jedenfalls. Trotzdem hatte sie natürlich manchmal wach gelegen und sich gefragt, was gewesen wäre, wenn. Wenn sie nicht aus der Kirche geflüchtet wäre. Wenn sie versprochen hätte, Sam zu lieben und zu ehren, bis dass der Tode sie scheide. Dann wären sie jetzt seit fünf Jahren verheiratet und zweifellos die Eltern des nächsten Logan-Erben.

Und sie würde jetzt Perlenkette tragen, sich um die Organisation des Haushalts und den Dienstplan der Kindermädchen kümmern. Den Trustfund für ihren Sohn einrichten und Wohltätigkeitsbälle besuchen.

Bei dem Gedanken schüttelte Paulie verächtlich den Kopf und rückte etwas von Sam ab. Es war so ungerecht, dass der Mann ihrer Träume ihr nur ein Leben bieten konnte, das genau wie ihr schlimmster Albtraum aussah.

„Und bist du wirklich glücklich?", wollte er wissen.

„Ich war's."

„Vergangenheitsform?"

Ja, zumindest hatte sie das geglaubt. Bis der einzige Mann, dem sie je gesagt hatte, dass sie ihn liebte, ins *Jasper's* gestolpert war. „Erpressung kann einem ganz schön die Stimmung verderben, Sam."

Das Restaurant war teuer und edel – eine Umgebung, die Paulie normalerweise mied wie die Pest –, aber sie musste immerhin zugeben, dass der Wein erstklassig war. Außerdem hatte Sam bisher das Piepen seines superteuren Smartphones ignoriert und stattdessen ihr seine volle Aufmerksamkeit geschenkt.

„Du hast mich noch gar nicht nach deinen Eltern gefragt“, bemerkte er, nachdem sie ihre Bestellung aufgegeben hatten.

Paulies romantische Stimmung verflog sofort. „Ich google sie ab und zu.“

„Du hast sie nicht mal angerufen?“

„Nein.“ Falls er heute noch in ihr Bett wollte, hatte er sich gerade das falsche Thema ausgesucht. „Was machen wir hier eigentlich, Sam?“

Er trank einen Schluck Wein, dann zuckte er mit den Schultern. „Ich weiß ja nicht, warum du hier bist, aber ich freue mich einfach auf ein köstliches Essen in Begleitung einer schönen Frau.“

„Und danach?“

Er lächelte ihr über den Rand seines Weinglases hinweg zu, ganz genau wie früher, wenn der Abend seinem Ende zuging und er bereits an seinen erotischen Abschluss dachte. Es war kein unverschämtes Lächeln, und – zugegeben – Paulie lag in Gedanken auch schon mit ihm im Bett. Trotzdem machte es sie wütend, dass er so siegesgewiss war. „Willst du dich an mir rächen?“

Sein Lächeln verschwand. „Ich hatte schon fast geglaubt, ich wäre über dich hinweg. Aber als ich dich dann wiedergesehen habe, musste ich mir eingestehen, dass ich mir nur was vorgemacht habe.“

Den Satz hatte sie bestimmt nicht hören wollen, und sie hatte keine Ahnung, was sie jetzt darauf erwidern sollte. Also nippte sie nur schweigend an ihrem Wein. Es hatte wehgetan, Sam zu verlassen, doch es war unvermeidlich gewesen. Als seine Frau wäre sie wahnsinnig geworden, hätte den Verstand verloren. Außerdem hatte sie sich eingeredet, dass sie ihn damit nicht wirklich verletzen würde. Dass er sie nur heiraten wollte, weil man es von ihm erwartete. Falls er sie aber wirklich geliebt hatte …

„Du konntest es noch nie ertragen, wenn dir ein Deal durch die Lappen gegangen ist“, sagte sie schließlich und versuchte, das Thema damit zu beenden.

Sam wirkte erst verletzt und wütend, zwang sich dann aber, wieder zu lächeln. „Ich bin nicht mit dir hier, um mich zu streiten. Erzähl mir ein bisschen von deinen Kollegen.“

Sie schafften es, den Rest ihres gemeinsamen Essens mit höflichem Small Talk zu bestreiten, trotzdem bekam Paulie kaum einen Bissen herunter und musste sogar aufs Dessert verzichten. Als die Limousine dann später vor dem *Jasper's* hielt, drehte sie sich so schnell zur Tür, dass Sam nicht den Hauch einer Chance hatte, sie zu küssen.

„Danke fürs Essen.“

„Paulette, ich ...“

Doch bevor er seinen Satz beenden konnte, sprang Paulie auf den Bürgersteig und verschwand im Haus. Falls sie ihn damals wirklich verletzt haben sollte, musste sie diese Sache jetzt sofort beenden, weil sie ihm sonst nur noch einmal wehtun würde.

„Joseph Kowalski, wir wollen beim Essen nichts über deinen Hintern hören!“

Kevin unterdrückte ein Lachen, was seiner Mutter allerdings nicht entging und ihm einen bitterbösen Blick einbrachte. „Komm schon, Mom, das war ziemlich komisch.“

„Aber nur weil du keinen Sand in der Ritze zwischen deinen Ar...“

„Joseph!“

„Schon gut, schon gut.“

„Danke.“ Mary Kowalski schaute hinüber zum Kindertisch, an dem auch ihre einzige Enkelin saß. „Magst du meinen Kartoffelbrei etwa nicht mehr?“

Stephanie zuckte mit den Schultern. „Ich mache Diät.“

„Das hast du nicht nötig, deine Figur ist perfekt. Außerdem ist die Strandsaison vorbei. Was meinst du wohl, warum Frauen sich mit der Eiseskälte im Winter hier bei uns abfinden? Weil dicke Pullover und Mäntel all unsere kleinen Sünden verdecken! Darüber hinaus nimmt jeder Mensch im Winter zu. Fett isoliert!"

Kevin steckt sich schnell ein Stück Braten in den Mund, um seine Mutter nicht darauf hinzuweisen, dass sie auch im Sommer ziemlich gut isoliert war. Obwohl Thanksgiving praktisch schon vor der Tür stand, fand an diesem Tag trotzdem noch ein großes Familienessen statt, weil Keri und Joe aus den Flitterwochen in der Karibik zurück waren. Und auf irgendeiner tropischen Insel im romantischen Sonnenuntergang hatte sein Bruder Sand zwischen seine vier Buchstaben bekommen.

Als es ausnahmsweise einmal kurz still am Tisch wurde, legte Kevin die Gabel beiseite und räusperte sich. „Beth und ich haben Neuigkeiten."

„Wer ist Beth?", wollte Keri wissen.

„Stand bei deiner Hochzeit hinter der Bar."

„Ach ja, die. Die Frau, wegen der mein Mann fast seine eigene Hochzeitsfeier verlassen musste, weil er Geld für sie geboten hat wie für eine Bordsteinschwalbe."

„Was ist eine Bordsteinschwalbe?", erkundigte sich Bobby.

Keri errötete sichtlich unter ihrer Sonnenbräune. „Ups."

„Schwalben, die auf dem Bürgersteig sitzen natürlich, du Dummkopf", erklärte Brian.

Bobby runzelte die Stirn. „Onkel Joe füttert Vögel mit Geld?"

„Nein." Danny schaute seine beiden jüngeren Brüder an. „Das ist kein Vogel."

„Es reicht jetzt!", rief Lisa zu ihren Kindern hinüber. „Das versteht ihr, wenn ihr ein bisschen älter seid."

„Wenn ich älter bin, werde ich ein Genie", murmelte Brian und schaute auf seinen Teller.

„Wir bekommen ein Baby", sagte Kevin, bevor seine Familie wieder drauflosplapperte. „Ende Juni ist Stichtag."

Im Esszimmer seiner Eltern war es wohl noch nie so mucksmäuschenstill gewesen, was allerdings nicht lange anhielt, denn plötzlich redeten alle wild durcheinander.

„Onkel Kevin bekommt ein Kind von einer Schwalbe?", wollte einer seiner Neffen wissen.

Kevin schlug sich gegen die Stirn. Herrgott, das konnte ja noch heiter werden.

„Ich rede noch mal mit den Jungs", versprach Lisa schnell.

„Danke." Es fiel ihm so schon schwer, Beth davon zu überzeugen, dass er ein netter Kerl war. Da konnte er keinen Neffen gebrauchen, der sie für eine Prostituierte hielt … oder für einen Vogel.

Die Fragen prasselten jetzt nur so auf ihn ein, und Kevin fiel auf, dass er kaum Antworten parat hatte. Viel mehr als den Stichtag und Beths neue Wohnung ihm gegenüber (nein, sie lebten *nicht* zusammen) hatte er seiner Familie nicht zu bieten.

„Warum hast du sie denn nicht mitgebracht?", fragte Mike.

„Ich glaube, sie muss heute arbeiten. Ich habe sie angerufen und wollte sie einladen, aber sie ist nicht rangegangen. Und ein Handy besitzt sie nicht."

Seine Nichte hätte sich beinahe am Kartoffelbrei verschluckt, den sie unter den wachsamen Augen ihrer Großmutter nun doch aufessen musste. „Sie hat kein Handy? Ernsthaft? Wie verschickt sie denn dann SMS?"

„Ich vermute, sie redet einfach mit den Leuten, so wie wir das früher alle gemacht haben." Trotzdem, Stephanie hatte gar nicht so unrecht. Nicht wegen der SMS, aber wie sollte Beth jemanden erreichen, wenn sie Hilfe brauchte und gerade kein Festnetzanschluss in der Nähe war? Was, wenn es ein Problem gab und sie ihn nicht anrufen konnte? Die Frau brauchte ein Handy, verdammt!

Eine Stunde später war Kevin vom Esszimmer auf dem Weg zum Bad, machte aber noch einen kurzen Abstecher in die Küche, um sich heimlich eine Portion vom Nachtisch einzuverleiben. Dort überraschte er Terry, die schon die Plastikfolie von der Schüssel gezogen hatte und gerade die Gabel eintauchen wollte.

„Erwischt!"

Terry zuckte zusammen, lächelte dann und legte einen Finger an die Lippen. „Hol dir eine Gabel!"

Er stellte sich neben seine Schwester und schlang ihr einen Arm um die Schultern. „Wie geht es denn so, Schwesterlein?"

„Besser. Die Paartherapie scheint zu helfen."

Terry und Evan waren im Frühling und Sommer ein paar Monate getrennt gewesen, hatten sich aber inzwischen wieder vertragen. Ihre Ehe war seitdem so etwas wie ein Entwicklungsprojekt.

„Das freut mich wirklich. Du weißt ja, dass wir alle euch nur das Beste wünschen."

„Pass auf mit der Plastikfolie, sonst kriegt sie das sofort mit!" Terry schaufelte sich Nachtisch in den Mund und schluckte. „Dr. Tiffany, die aussieht wie zwölf und ständig an ihren Locken spielt, behauptet, ich wäre kontrollsüchtig."

„Du? Niemals!"

„Sehr witzig. Leg die Gabel nicht in die Spüle, sondern tu sie gleich in den Geschirrspüler." Terry breitete die Plastikfolie wieder über die Schüssel und überprüfte, ob alles genauso aussah wie vorher. „Tja … du wirst also Vater, was?"

„Ja." Kevin lehnte sich gegen die Arbeitsplatte und verschränkte die Arme. „Mann, ich bin ein Pechvogel. Das Kind ist ausgerechnet vom einzigen weiblichen Gast meiner Bar, der sich mir nicht bereitwillig an den Hals wirft."

„Ich geb dir gern Dr. Tiffanys Nummer."

Er lachte und schlug sich dann erschrocken die Hand vor den Mund. „Mist!"

Zu spät. „Packt mir ja den Nachtisch wieder richtig ein und stellt ihn zurück in den Kühlschrank, damit er nicht schlecht wird!"

„Ja, Mom!", rief Kevin ins Wohnzimmer.

Terry verdrehte die Augen und leckte sich dann über den Daumen. „Da klebt noch was an deinem Mundwinkel, halt mal still."

Kevin duckte sich weg und wischte sich mit dem Ärmel über den Mund. „Wag es bloß nicht, mir mit deiner Spucke zu nahe zu kommen."

„Warte noch ein paar Jahre, dann rennst du mit Beth auch ständig rum und versuchst, anderen Leuten mit Spucke die Essensreste zu entfernen. Das geht ganz schnell."

Kevin stieß einen verächtlichen Laut aus, stellte sich aber vor, wie es denn wohl in ein paar Jahren tatsächlich sein würde. Dann gab es da einen kleinen Zwerg oder eine kleine Zwergin in seinem Leben – sein Kind. Nur war er sich nicht sicher, ob Beth und er wirklich zusammen herumrennen würden, und sei es nur, um Leuten die Essensreste aus dem Gesicht zu wischen.

Manchmal lag er nachts wach, konnte nicht schlafen und hatte Angst davor, dass sie mit dem Kind einfach verschwinden würde. Sie liebte eben ein unstetes Leben. Ihre Eltern wohnten in Florida, und sie hatte sonst niemanden in New Hampshire. Was sollte sie also in Zukunft davon abhalten, einfach ihre Sachen zu packen, weiterzuziehen und ihr Kind mitzunehmen?

Absolut nichts! Also musste er es schaffen, sie davon zu überzeugen, dass sie blieb – bleiben wollte.

Um nicht in Trübsinn zu versinken, entfernte Kevin wieder die Plastikfolie von der Schüssel mit dem Nachtisch und schnappte sich eine saubere Gabel.

8. KAPITEL

Die Freitagabendschicht war der Vorhof zur Hölle, da war Beth sich ziemlich sicher. Sie brachte zwar ein ansehnliches Trinkgeld ein, aber die Arbeit war auch ziemlich stressig. Daheim angekommen, fehlte Beth einfach die Energie, um noch mit jemandem zu reden. Deshalb ging sie durch die Hintertür ins Haus statt vorn durchs *Jasper's*. Sie hatte gerade den Knopf des Aufzugs gedrückt, als ihr auffiel, dass sie besser die verdammte Treppe genommen hätte. Man konnte den Aufzug in der Küche der Bar nämlich deutlich hören.

Und tatsächlich, kaum hatte sie ihre Schuhe ausgezogen, klopfte es auch schon. Seufzend ließ sie Kevin herein und sank dann auf die Couch.

„Ich hab nur einen Moment, unten ist die Hölle los", verkündete er zu Beths Erleichterung und überreichte ihr ein Handy samt Bedienungsanleitung. „Hier, das ist für dich."

„Was ist das?"

„Na ja, ein Handy … Ich weiß, dass du keins hast, aber du wirst doch mal eins im Fernsehen gesehen haben, oder nicht?"

„Scherzkeks. Ich weiß, dass das ein Handy ist, aber wieso schleppst du es hier an?"

„Zum Telefonieren."

„Verdammt noch mal, Kevin …" Sie warf das Handy auf den Tisch und stand auf. Der Mann ging ihr richtig auf die Nerven, und es reichte für heute wirklich! Verärgert stapfte sie an ihm vorbei zum Kühlschrank. „Vergiss es."

„Okay, tut mir leid." Er berührte sie sanft am Arm. „Komm schon, Beth, das war witzig."

„Ich bin müde, Kevin."

„Das Handy ist für dich. Ich habe meine Nummer eingespeichert und sie auch als Notfallkontakt angegeben. Und dann noch die Nummern von meinen Eltern, meinen Brüdern, Terry … und Paulie."

Er hatte ihr also ein Handy gekauft. Beth riss die Kühlschranktür auf, kramte nach etwas Essbarem und hoffte, der kalte Luftzug würde verhindern, dass sie sich in einen brodelnden Vulkan verwandelte. Wenn sie ein verdammtes Handy gewollt hätte, wäre sie längst eins kaufen gegangen. Klar wäre es nicht der letzte technische Schrei gewesen und bestimmt auch nur mit einer Prepaidkarte, aber egal, sie konnte so was locker selbst bezahlen.

„Bist du jetzt wütend?"

Und ob! „Ich will keine Geschenke von dir."

„Das Ding ist wirklich nicht teuer. Ich habe zum Familientarif gewechselt und dich mit angegeben. War die billigste Variante. Du kannst auch SMS damit verschicken …"

Familientarif? Das war wie ein Schlag in die Magengrube.

Hatte sie ihm nicht absolut klargemacht, dass sie nicht zusammen waren? Und dann zog er los und erklärte sie gleich zur Familie? Das Handy war nur der Anfang, von jetzt an würde er sich wohl in eine totale Klette verwandeln und jeden ihrer Schritte überwachen.

Sanft schloss Beth die Kühlschranktür, obwohl sie sie am liebsten zugeknallt hätte. Dann drehte sie sich um und sah Kevin an. „Familientarif?"

Er zuckte mit den Schultern. „Das heißt nur so. Ist nicht weiter wild."

Von wegen! Aber es war offenbar sinnlos, ihm das erklären zu wollen, da konnte sie auch mit der Wand reden – wenn Kevin zugegebenermaßen auch viel besser aussah. „Doch, ist es, und es sagt mir leider eine ganze Menge über dich."

„Ach ja, was denn?"

„Du willst mein ganzes Leben bestimmen."

„Entschuldige bitte, dass ich versuche, nett zu dir zu sein!" Hilflos rang er die Hände und biss die Zähne zusammen. „Was willst du von mir, Beth? Dass ich dich ignoriere? So tue, als würden wir uns nicht kennen, bis ich das erste Mal Unterhalt überweisen darf?"

Bitte schön, sie konnte auch wütend werden! „Zwischen ignorieren und dem Familientarif ist noch sehr viel Platz!"

„Du brauchst ein verdammtes Handy!"

„Nein, brauch ich nicht! Und wenn doch, könnte ich mir selbst eins kaufen!"

„Was, wenn du mal unerwartet Hilfe benötigst? Weil du vielleicht glaubst, dass mit dem Kind etwas nicht in Ordnung ist?"

Wenn er glaubte, dass sie jetzt nachgab, weil er ihr damit Angst machte, hatte er sich getäuscht! „Die Frauen in diesem Land haben vierhundert Jahre lang Kinder zur Welt gebracht, bevor es Handys gab!"

Er lachte bitter. „Tolles Argument, Beth. Willst du dich denn auch im Wald zwischen die Büsche hocken, wenn die Wehen einsetzen?"

Bevor es gleich richtig Ärger gab, holte Beth einmal tief Luft. Sie wollte etwas Ruhiges und Vernünftiges sagen, kam aber einfach nicht über den Familientarif hinweg.

Kevin ließ ihr keine Chance, lange zu überlegen. „Ich bin für das Baby verantwortlich, falls du das noch nicht begriffen hast. Und deshalb muss ich dafür sorgen, dass du mich jederzeit anrufen kannst, ganz egal, wo du gerade bist. Deshalb habe ich dir das verdammte Handy gekauft."

Schon auf dem Weg zur Tür, schaute er noch einmal über die Schulter zurück. „Wenn du unbedingt möchtest, benehme ich mich von jetzt an gern wie ein Scheißkerl!"

Damit knallte er die Tür so heftig zu, dass die Wand wackelte.

„Verdammt!“ Beth ging zurück zur Couch und ließ sich seufzend in die weichen Kissen sinken.

Jetzt tat es ihr leid, dass sie so irrational und mies reagiert hatte. Ein bisschen wenigstens. Es war ja nicht so, dass er ihr vorgeschrieben hätte, was sie von nun an anzuziehen hatte. Und einen Minivan hatte er ihr auch nicht gekauft. Oder sie in der Wohnung eingesperrt.

Er hatte ihr nur ein Handy besorgt. Nicht um von jetzt an ihr ganzes Leben zu dominieren, sondern weil er Angst um sie und das Kind hatte. Den Tarif hatte er lediglich gebucht, weil er wusste, dass sie nicht viel verdiente und es so billiger wurde.

Trotzdem – der Familientarif!

Familie ... das Wort verursachte bei ihr Panikattacken, und deshalb war sie Kevin gegenüber auch so wütend geworden. Das hatte er nicht verdient. Er war wirklich ein netter Kerl. Wie großartig er sich angesichts ihrer überraschenden Schwangerschaft schlug, war eigentlich ein Wunder. Da wäre ein einfaches Dankeschön für das Handy wohl die angemessene Reaktion gewesen, statt einen Streit vom Zaun zu brechen.

Beth nahm das Gerät und klickte sich durchs Menü. Am besten wartete sie mit einer Entschuldigung, bis Kevin etwas mehr Zeit hatte. Sie hatte ihn heute schon genug gestresst. Da konnte sie sich jetzt auch erst einmal mit der Bedienung dieses Dings vertraut machen. Im Telefonbuch fand sie Kevins Nummer, die, wie er ihr versichert hatte, auch als Notfallkontakt angegeben war.

Neben den zahlreichen Nummern seiner Verwandten und dem Anschluss von Paulie hatte er auch die Nummer der Bar und die des Restaurants eingegeben, in dem Beth arbeitete. Außerdem die Nummer der Apotheke und sogar die ihrer Ärztin. Er hatte wirklich an alles gedacht. Damit musste er eine ganze Zeit beschäftigt gewesen sein.

Tränen stiegen Beth in die Augen. Am folgenden Morgen würde sie Kevin sagen, dass es ihr leidtat, und sich bedanken. Jetzt musste sie nur noch schnell das Wort *Familie* wieder verdrängen.

Kevin rasierte sich gerade, als ein fröhlicher Klingelton verkündete, dass er eine neue SMS erhalten hatte. Er kam gerade nicht an sein Handy heran, andernfalls hätte er es wahrscheinlich wütend in die Ecke geschmissen.

Er selbst war nämlich gar nicht fröhlich.

Noch ein paarmal ließ er die Klinge über die Wange gleiten, dann spülte er sich das Gesicht ab. Als er mit Abtrocknen fertig war, gab das Handy ein deutlich schrilleres Erinnerungssignal von sich. Fluchend packte Kevin das Ding und klappte es auf.

Die SMS stammte von Beth. „*Tut mir leid.*“

Das ging ihm ähnlich. Es war am Vortag ziemlich anstrengend gewesen, sich bis zum Ende seiner Schicht nichts in der Bar anmerken zu lassen. Und nachts hatte er dann wach gelegen, die Decke angestarrt und überlegt, was er falsch gemacht hatte. Das Handy war an sich kein Fehler gewesen, dazu stand er. Aber vielleicht hatte er es Beth zu sehr aufgedrängt.

Möglicherweise hätte er die Sache vorher mit ihr besprechen müssen, doch dann wäre sie nie darauf eingegangen. Um so ein Geschenk anzunehmen, war sie einfach zu stolz, was ja an sich nicht verkehrt war. Sie hätte bestimmt versucht, ihm lang und breit zu erklären, warum sie auf keinen Fall ein Handy brauchte. Und falls nicht, wäre sie losgezogen, um selbst eins zu kaufen. Den Preis hätte sie bei ihren anderen Ausgaben einsparen müssen.

Da war es einfach viel vorteilhafter und klüger, den Familientarif abzuschließen. Trotzdem wäre das Gespräch mit ihr tags zuvor sicher anders verlaufen, wenn er nicht so müde gewesen wäre und die Sache nicht so direkt angesprochen hätte.

„Entschuldigung akzeptiert. Hunger?"

Kevin zog sich ein Hemd an. Seine Laune hatte sich deutlich gebessert. In Zukunft musste er einfach etwas mehr Rücksicht auf Beths Stolz nehmen, dann würde schon alles glattgehen. Aber wie dem auch sei, offensichtlich benutzte sie das Handy, und das war schließlich die Hauptsache.

„Klar. Fünfzehn Minuten?"

Er grinste und drückte auf „Antworten". *„Ich kann dir das Frühstück auch im Bett servieren."*

„Sehr witzig, Kevin. Wir treffen uns in einer Viertelstunde im Flur."

Er kam gerade mit den Schlüsseln in der Hand aus der Tür, als auch Beth ihre Wohnung verließ. Sie sah genauso müde aus wie er.

„Guten Morgen, Sonnenschein."

„Morgen." Sie schloss die Tür ab und zog noch mal an der Klinke, um ganz sicherzugehen, dass auch wirklich zugesperrt war. „Ich bin so weit, wir können los."

„Wo wollen wir denn hin?"

„Irgendwohin, wo es nicht laut ist … oder richtig laut. Wo wir uns ungestört unterhalten können."

Oh, das klang ja nicht gut. „Da weiß ich genau das Richtige."

Kevin fuhr mit Beth zu einem seiner Lieblingsrestaurants – er war hier oft genug und konnte ohne Probleme um einen Tisch in einer ruhigen Ecke bitten. Beth wartete, bis sie ihren Kaffee bekommen hatten, bevor sie mit ihrem Vortrag loslegte.

„Ich mag dich, Kevin", fing sie an, eine Einleitung, die Kevins mulmiges Gefühl nur verstärkte. „Aber du tust manchmal so, als wären wir zusammen, obwohl wir das ja gar nicht sind."

„Von meiner Seite aus würde nichts dagegen sprechen." Es hatte keinen Sinn, das abzustreiten.

„Als ich in dein Haus gezogen bin, habe ich dir doch erklärt, dass eine intimere Freundschaft zwischen uns ausgeschlossen ist – und auch meine Gründe dafür erläutert. Aber entweder hast du nicht zugehört, oder du ignorierst das einfach."

„Du hast behauptet, ich würde dich einengen, und ehrlich gesagt bin ich deshalb ganz schön sauer. Ich versuche nicht, dich zu kontrollieren, sondern einer Freundin und meinem Kind zu helfen. Zum Beispiel dadurch, dass sie aus einer gesundheitsgefährdenden Umgebung herauskommt."

Beth machte ein unglückliches Gesicht, und Kevin fühlte sich selbst auch nicht viel besser. Sie mussten die Sache jetzt ein für alle Mal ausdiskutieren, damit sie danach endlich normal weitermachen konnten. Und damit meinte er, dass niemand aus seiner Familie im Regen stehen gelassen wurde. Beth war jetzt praktisch eine Kowalski, und damit galt die Regel auch für sie. Eine Menge Leute warteten nur darauf, sie mit Geschenken zu überhäufen und ihr zu helfen.

Beth trank noch einen Schluck Kaffee und starrte dann in ihren Becher. „Ich könnte es mir verdammt einfach machen und mich von dir aushalten lassen."

„Tu's doch, ich hab damit kein Problem."

„Ich kann so was aber nicht."

Kevin nahm ihre Hand. „Warum denn nicht?"

„Ich mochte dich auch, bevor wir …" Sie schaute nach

links und rechts. „… miteinander geschlafen haben. Aber wenn ich … wenn ich jetzt anfange, dich noch mehr zu mögen, woher soll ich dann wissen, ob es nicht nur daran liegt, dass ich Angst habe, allein ein Kind zu bekommen? Das ist nämlich ganz schön furchterregend, und da ist die Vorstellung, von dir ausgehalten zu werden, natürlich sehr verführerisch."

Glücklicherweise kam in diesem Moment die Kellnerin und brachte das Essen, was Kevin noch etwas Bedenkzeit verschaffte, bevor er darauf antwortete.

Als die Frau wieder weg war, sagte er: „Du wüsstest also nicht, ob du nur eine Schulter zum Anlehnen brauchst oder ob du mich wirklich willst, ganz unabhängig davon."

„So könnte man es ausdrücken. Na ja, und wenn ich mich erst mal daran gewöhnt habe, mich auf dich zu verlassen, und du dann eines Tages vielleicht verschwindest … geht es mir mieser als vorher. Das macht mir am meisten Angst, weil ich bisher immer so unabhängig war und nie jemanden brauchte. Außerdem will ich dich auf keinen Fall verletzen. Meine Eltern … die beiden sind super, aber sie haben mich mit ihrer Liebe erdrückt. Deshalb ziehe ich auch so oft um. Wenn ich zu lange an einem Ort bleibe, wird es mir zu eng. Dann steige ich wieder in den Bus und reise weiter. Das geht jetzt aber nicht mehr."

Diese Diskussion war nicht das erste schwierige Gespräch, das Kevin mit einer Frau führte, nur konnte er die Beziehung zu Beth nicht einfach beenden, falls sie sich nicht mehr verstanden. Ganz gleich, wie sehr sie einander verletzen mochten oder wie wütend sie aufeinander waren, sie konnten den Kontakt zueinander nicht abbrechen. Durch das Kind waren sie für immer zusammengeschweißt, was diese Unterhaltung nicht gerade leichter machte.

„Versprich mir, dass du nicht eines Tages einfach abhaust", bat er schließlich schlicht. „Solltest du umziehen, gib mir wenigstens vorher Bescheid. Ich habe keine Lust, irgendwann aufzuwachen, und du bist verschwunden."

„Das würde ich dir niemals antun, Kevin." In Beths Augen schimmerten Tränen, aber sie blinzelte sie schnell fort. „Ich muss mich erst daran gewöhnen, immer an einem Ort zu bleiben. Und natürlich daran, schwanger zu sein. Jetzt auch noch eine feste Beziehung einzugehen, wäre im Moment einfach zu viel für mich. Wenn das mit uns eines Tages schiefgehen sollte, wird es bitter, und das möchte ich unserem Kind ersparen."

„Ich würde unser Kind niemals verlassen. Selbst wenn es mit uns nicht klappt, musst du dir niemals Sorgen darüber machen, wovon du ihm Klamotten oder etwas zu essen kaufen sollst. Dafür bin ich da."

Beth holte tief Luft. „Das glaube ich dir."

„Und was uns beide angeht ... ich weiß nicht, Beth. Ich kann dir nicht versprechen, dass ich dein Traummann bin. Aber ich mochte dich von Anfang an und wollte dich damals auch wiedersehen. Das ging dir wohl anders, sonst wärst du nicht mitten in der Nacht abgehauen ..."

„Ich mochte dich auch. Außerdem bin ich erst morgens gegangen, und zwar nur, weil du kein gesteigertes Interesse mehr an mir zu haben schienst ..."

„Das habe ich dir doch schon erklärt. Ich war noch im Halbschlaf. Ach verdammt, ich war überhaupt nicht wach. Und ich wollte unbedingt mit dir frühstücken. Aber wie gesagt, dafür habe ich mich schon entschuldigt."

„Ich wollte dir das auch nicht wieder vorwerfen, sondern nur erklären, warum ich nicht dachte, dass es noch ein weiteres Date geben würde."

„Okay. Und ich habe das Handy nicht gekauft, um dich besser kontrollieren zu können. Mir ging es nur darum, dass es für dich ein bisschen leichter wird. Außerdem kann ich so ruhiger schlafen. Es war wirklich nicht der nächste Schritt meines genialen Plans, um dich auf immer zu unterjochen."

Errötend knabberte Beth an ihrem Toast. „Ich habe wegen des Handys überreagiert. Und zwar heftig. Als du den Familientarif erwähnt hast, bin ich in meiner Panik ausgeflippt. Weil wir doch keine sind, also eine Familie, meine ich. Wir sind Nachbarn, die Eltern eines gemeinsamen Kindes werden."

Unwillkürlich nahm Kevin über den Tisch hinweg wieder ihre Hand und drückte sie. „Wie wäre es mit *Freunde*? Freunde, die ein gemeinsames Kind erwarten. Und glaub mir, das Handy sollte wirklich nur ein harmloses Geschenk sein. Ich hatte nicht einkalkuliert, dass du es vielleicht missverstehen könntest."

„Du hast gar nichts falsch gemacht, Kevin. Ich war nur ziemlich gestresst bei der Arbeit und habe dich als Prügelknaben benutzt."

Das hier war zweifellos der falsche Moment für schlüpfrige Witze über Peitschen und seinen Hintern, also schob Kevin sich schnell einen Bissen Rührei in den Mund. Als er ihn hinuntergeschluckt hatte, sagte er: „Für mich gehörst du jetzt zu meiner Familie, Beth. Das sehen übrigens die anderen Kowalskis ganz genauso. Wenn Lisa einen neuen Trockner bräuchte, würden wir dafür sorgen, dass sie ihn bekommt. Wenn Terrys Wagen sich verabschieden würde, könnte sie sich darauf verlassen, dass wir sie herumkutschieren, bis ihre Karre wieder läuft. Und wenn du ein Handy brauchst, kaufen wir eins. Ohne irgendwelche Gegenleistungen zu erwarten."

Als die Kellnerin wieder vorbeikam, um Kaffee nachzuschenken, drückte Kevin noch einmal Beths Hand und ließ sie dann los. Er hätte sie zwar lieber weiter festgehalten, aber ihm war nun klar, wie absolut vorsichtig er bei Beth sein musste. Wenn er sie offensichtlich anmachte, würde sie wahrscheinlich den Kontakt zu ihm abbrechen.

„Ich werde mir Mühe geben", erklärte sie, nachdem die Bedienung weg war. „Also, ich meine, dich besser zu verstehen und immer zu bedenken, wo du herkommst. Deine Familie ist so ... liebevoll und großzügig. Daran muss ich mich erst gewöhnen, damit ich es überhaupt richtig würdigen kann."

„Okay." Plötzlich kam Kevin ein furchtbarer Gedanke. „Ach, übrigens ... na ja, als ich eben sagte, dass du zur Familie gehörst, meinte ich damit nicht, dass du für mich so was wie eine Schwester bist."

„Was angesichts der Tatsache, dass ich von dir schwanger bin, auch ziemlich bizarr wäre."

„Richtig, einerseits deshalb und andererseits, weil ich immer noch gern ein zweites Date mit dir hätte."

„Oh." Beth wurde rot. „Nur hat sich meine Ansicht über eine Beziehung mit dir nicht geändert. Das ist wie gesagt keine gute Idee."

„Und meine Ansicht zu dem Thema hat sich ebenfalls nicht geändert." Er grinste ihr über den Rand seines Kaffeebechers hinweg zu. „Ich habe eine Menge Geduld und Durchhaltevermögen."

Sie lachte und verdrehte die Augen. Kevin ließ sich nichts anmerken, fand seinen eigenen Spruch allerdings lange nicht so komisch wie Beth. Falls sie während ihrer Schwangerschaft wirklich nichts mit ihm anfing, konnten das noch ziemlich lange acht Monate werden.

Acht Monate, in denen er bestimmt oft kalt duschen musste und nachts dauernd wach lag. Und dann nicht zu vergessen die zwei Monate nach der Geburt. Nach allem, was er von Mike und Evan über deren Frauen hörte, dauerte es danach mindestens so lange, bis im Bett wieder was lief.

Verdammt, das war wirklich eine lange Zeit. Vielleicht sollte er sich mit Sportstatistiken ablenken. Dann konnte er am Ende vielleicht mit seinem geballten Wissen in einer Quizshow auftreten.

Beth lächelte ihn an, und sofort vergaß Kevin alles, was er je über Baseball oder Football gewusst hatte.

Falls sie ihn die nächsten zehn Monate wirklich aus ihrem Bett verbannte, blieb ihr Kind wohl sein erstes und letztes, weil ihm bis dahin die Nüsse verschrumpeln würden.

9. KAPITEL

Kevin wartete, bis es in der Bar ruhiger war, sagte Paulie kurz Bescheid und rannte dann nach oben. Als Beth auf sein Klopfen die Tür öffnete, musste er ein Grinsen unterdrücken. Sie trug Jogginghosen, ihr Haar war zerzaust, und sie hatte verräterische Schokospuren an den Mundwinkeln. Und das schon in der sechsten Schwangerschaftswoche? Bei seiner Schwester und seiner Schwägerin hatte er insgesamt fünf Schwangerschaften miterlebt. Daher wusste er auch, dass es von nun an nur noch schlimmer werden konnte.

„Ehrlich gesagt habe ich nicht mit Besuch gerechnet", erklärte sie, ließ ihn aber dennoch herein. „Sonst hätte ich mir wenigstens die Haare gekämmt."

„Ist dieser zerzauste Look nicht gerade total angesagt?"

„Nur wenn man absichtlich so aussieht."

Die Schokoflecken machten Kevin fertig. Am liebsten hätte er Beth geküsst und ihr die Schokolade dann von den Mundwinkeln geleckt. „Ich ... also ... ähm ... ich wollte dich zu Thanksgiving einladen."

„Du machst selbst einen Truthahn?"

„Nein, aber das Thanksgiving-Essen meiner Mutter ist berühmt, weswegen wir alle auch jedes Jahr bei ihr feiern."

Beth wirkte nicht gerade begeistert über die Einladung. „Ich hab dir doch gesagt, dass solche Treffen nicht stattfinden. Wir sind nicht zusammen, und deshalb musst du mich auch zu solchen Anlässen nicht mit zu deiner Familie nehmen."

So leicht gab Kevin nicht auf. „Aber das Baby will Thanksgiving dabei sein."

„Ach, will die Kleine das?"

„Ja, das will der Kleine."

Beth verdrehte die Augen, lächelte aber, was Kevin hoffen ließ.

„Meine Mom macht sehr leckere Süßkartoffeln mit Marshmallows. Die sind wirklich köstlich, und davon will das Baby ganz bestimmt etwas abhaben."

„Süßkartoffeln und Marshmallows?"

„Genau. Und grüne Bohnen mit Knusperkruste und Suppe mit gebratenen Zwiebelringen drauf. Zum Dahinschmelzen!"

Beth legte sich die Hand auf den Bauch. „Süßkartoffeln, Marshmallows, grüne Bohnen, gebratene Zwiebelringe … glaubst du wirklich, das Baby kommt damit klar?"

Das war ein berechtigter Einwurf. Bisher ging Beths Schwangerschaft noch ohne ständige Übelkeit ab, aber eine Mischung aus Marshmallows und Zwiebelringen konnte das möglicherweise ganz schnell ändern. „Du isst nur das, was du magst. Komm einfach mit, lass dich bekochen, und verbring ein bisschen Zeit mit der Familie."

„Ich weiß nicht, ob ich dafür stark genug bin."

„Um zu essen?"

„Witzbold." Diesmal lächelte sie nicht. „Nein, ich bin mir nicht sicher, ob ich es hinkriege, so zu tun, als würde ich zur großen glücklichen Familie der Kowalskis gehören."

Musste er es ihr auf die Unterarme tätowieren, damit sie begriff, dass sie längst zur Familie *gehörte*? „Das wird wirklich keine große Staatsaffäre, wir essen ein paar Süßkartoffeln mit Marshmallows und grüne Bohnen aus dem Ofen, und das war's auch schon."

„Ich weiß nicht, Kevin."

„Willst du lieber den ganzen Tag allein hier rumsitzen?"

Beth zuckte mit den Schultern. „Ich bin dran gewöhnt, allein zu sein, und um ehrlich zu sein, finde ich deine Familie ziemlich einschüchternd. Ihr seid so viele und auch nicht gerade leise."

„Wir haben eben unseren eigenen Charme. Und wenn wir schon von Ehrlichkeit reden – du kommst um meine Familie gar nicht mehr herum. Du bekommst nämlich das Enkelkind meiner Eltern, den Neffen meiner Schwester und Brüder …"

„Nichte."

„Da ist so ein Essen doch die perfekte Gelegenheit, damit ihr alle euch ein bisschen besser kennenlernt und einander näherkommt."

„Wie nah?" Beth pikte Kevin mit dem Zeigefinger in die Brust. „Wir sind nicht zusammen, schon vergessen?"

„Du hast gesagt, dass wir uns in der Horizontalen nicht mehr näher kommen, daran kann ich mich erinnern." Tragischerweise. „Aber um die Kowalskis kommst du nicht herum."

„Scheint so", murmelte Beth.

„Du wolltest dir doch etwas mehr Mühe geben, weniger spröde zu sein, auch was meine Familie angeht."

„Ja, das stimmt", gab Beth zu.

„Na bitte, kommst du nun mit?"

„Ich weiß nicht, Kevin …"

Jetzt wurde es Zeit für durchschlagende Argumente – oder um genauer zu sein: für seine Mutter. „Wenn meine Mom rausfindet, dass du Thanksgiving einsam und allein in deiner Wohnung verbringst, wird sie mich mit dem Kochlöffel verprügeln, dass mir Hören und Sehen vergeht. Und dann wird sie das gesamte Essen in Tupperdosen verpacken und die Familie zu dir schleifen. Willst du das?"

Erschrocken rang Beth nach Luft und schüttelte den Kopf. „Okay, okay! Du hast gewonnen! Ich komme mit dem Baby Thanksgiving zu deiner Mutter."

Am liebsten hätte Kevin den Triumphmarsch gepfiffen, hielt sich aber klugerweise zurück und ging zur Tür. Paulie brauchte ihn unten in der Bar, der nächste Ansturm stand bevor. „Großartig! Dann fahren wir zusammen zu meinen Eltern. Um halb neun geht es los."

„Morgens?"

„Klar. Mom macht ein Frühstücksbuffet, und danach schauen wir uns die Parade an. Danach folgen Football und wieder Essen. Abends dürfen wir uns dann die Reste holen, und Mom macht Truthahn-Sandwiches. Dann gibt es wieder Football oder ‚Ist das Leben nicht schön?' im Wohnzimmer, und hinterher kriegen wir Pie."

Beth machte ein entsetztes Gesicht. „Das ist kein Essen, sondern ein Fress-Marathon."

„Stimmt, aber wir machen das ja nicht oft. Thanksgiving, Weihnachten, Ostern, am Nationalfeiertag. Das überlebst du. Wenn der Kleine aber erst mal da ist, hast du natürlich das Kowalski-Programm in der Endlosschleife."

Lachend ließ er sich von Beth in den Flur schieben, dann knallte sie die Tür hinter ihm zu.

Paulie stand kurz vor einem Nervenzusammenbruch, und sie wusste auch, welchen Grund sie für ihren mentalen Zustand in der Psychiatrie zu Protokoll geben würde: Sam Logan.

Inzwischen kam er ziemlich regelmäßig nach der Arbeit auf einen Drink oder zum Abendessen in der Bar vorbei. Unglückseligerweise führte seine Anwesenheit dazu, dass Paulie nervös wurde und sich in einen ungeschickten Klotz verwandelte. Das Ganze entging ihren Kollegen natürlich nicht. Wie auch? Paulie hatte in den letzten Wochen mehr Gläser zerschmissen als in den vergangenen fünf Jahren zusammen.

Auch wenn Sam nicht noch einmal versucht hatte, sie zu erpressen, damit sie sich wieder mit ihm traf, war doch ganz klar, dass er die Sache längst nicht abgeschrieben hatte. Er zögerte es nur hinaus, um sie so in den Wahnsinn zu treiben, was ihm, verdammt noch mal, auch gelang! Paulie spürte seine Blicke auf ihrem Hintern, wenn sie durch die Bar ging, und überhaupt beobachtete er sie die ganze Zeit. Dadurch war sie sich jeder ihrer Bewegungen und Gesten bewusst und spürte ständig eine unerträglich erotische Spannung.

Als Sam ihr dann zuzwinkerte, drehte sich abrupt weg … und fegte dabei ein Schnapsglas vom Tresen. Kevin gab Randy einen Wink, damit er die Scherben zusammenfegte, nahm Paulie am Ellbogen und geleitete sie etwas unsanft in sein Büro. Seufzend ließ sie sich dort auf einen Stuhl fallen, während er die Tür schloss und sich hinter den Schreibtisch setzte.

„Was läuft zwischen dir und diesem Sam Logan?"

Paulie kannte ihren Chef und besten Freund gut genug und wusste, dass sie diesmal nicht mit irgendwelchen Ausflüchten davonkommen würde. Trotzdem versuchte sie es. „Eine alte Geschichte, die nur mich was angeht."

„Falsch, mich geht sie jetzt auch etwas an."

„Weil ich ein paar Gläser zerdeppert habe? Die kannst du mir vom Gehalt abziehen."

„Hör auf mit dem Mist, Paulie."

Paulie ließ die Schultern sinken und seufzte resigniert. „Vor fünf Jahren habe ich meinen Namen geändert – vollkommen legal und aus Gründen, die keinen kriminellen Hintergrund haben. Eigentlich heiße ich Paulette Atherton."

Verständnislos schaute Kevin sie an. „Und?"

„Mein Vater ist Richard Atherton."

Jetzt ging Kevin langsam ein Licht auf. „Der Multimillionär aus Boston?"

„Genau.“

„Alter Schwede.“ Er lehnte sich zurück und verschränkte die Arme vor der Brust. „Nimm mir das bitte nicht krumm, Süße, aber warum arbeitest du dann als Kellnerin in einer Bar?“

„Damit ich ich selbst sein kann. Und glücklich.“

Würde er ihr jetzt vorwerfen, dass sie sich nur unter die arbeitende Bevölkerung gemischt hatte, um sich zu amüsieren? Dass sie damit jemandem den Job wegnahm, der ihn wirklich brauchte? Genau solche Szenarien malte sie sich nämlich nun schon seit Wochen aus. Doch nichts dergleichen kam von Kevin.

„Und was hat Sam Logan damit zu tun?“

„Wir wollten heiraten … und wären bestimmt das perfekteste Paar im Countryclub geworden. Hochzeit des Jahrzehnts … bis ich mich kurz vorm Altar umgedreht habe und abgehauen bin.“

„Alter Schwede“, stieß Kevin erneut hervor. „Jetzt, wo du es sagst, erinnere ich mich auch, mal was davon gehört zu haben. Ich lasse die Klatschspalten in der Zeitung zwar normalerweise aus, aber Terry und Lisa haben sich damals darüber unterhalten. Da hast du noch anders ausgesehen, oder?“

„Ja, stimmt. Meine Haare waren gefärbt und geglättet, weil der Rotton und die Naturkrause angeblich ordinär sind. Deshalb hat mich wahrscheinlich so lange niemand wiedererkannt.“

„Dann hast du ihn also vor dem Altar stehen lassen? Das ist bestimmt nicht so gut angekommen.“

„Keine Ahnung. Ich bin direkt nach Hause gefahren, habe ein paar Sachen gepackt und saß schon im Bus, als meine Eltern heimgekommen sind. Mein Handy hatte ich in der Eingangshalle im Müll entsorgt.“

„Also bist du quasi mit leeren Händen abgehauen?"

Sollte sie ihn vielleicht in dem Glauben lassen? Aber nein, wenn sie schon ein Geständnis ablegte, dann auch ein vollständiges. „Ich hatte nicht viel Bargeld dabei. Doch mein Trustfund ist so eingerichtet, dass mein Vater mich nicht enterben kann. Ich lebe zwar von meinem Gehalt, aber ich bin mehrfache Millionärin und komme auch jederzeit an den Trustfund ran, wenn ich will."

„Verdammt." Kevin schwieg eine Minute, und Paulie bekam richtig Angst. „Süße, du zitterst ja."

Da hatte er völlig recht, aber sie konnte nichts dagegen tun. Dieser Mann war ihr bester Freund, und sie hatte ihm eben offenbart, dass alles, was er über sie zu wissen glaubte, nur eine Lüge war. „Es tut mir leid."

Erstaunt schaute Kevin sie an. „Aber was denn?"

„Ich bin dir gegenüber nicht ehrlich gewesen. Gut, ich habe dich auch nicht rundheraus angelogen, trotzdem war ich nie die, für die du mich gehalten hast. *Das* tut mir leid."

„Red keinen Mist." Er beugte sich vor. „Für mich bist du ein heißer Rotschopf, der immer einen Spruch auf Lager hat, meine Bar schmeißt wie kein anderer und noch dazu einer meiner besten Freunde ist. Hab ich mich da etwa in irgendeinem Punkt geirrt?"

„Nein, absolut nicht."

Erleichtert bemerkte Paulie, dass Kevin grinste, und lächelte ihn an. „Dann ist ja jetzt alles klar, Paulie."

„Ja, ist es."

„Macht dir dieser Logan wegen der geplatzten Hochzeit Ärger?"

„Er erpresst mich."

Wütend sprang Kevin auf. „Der Kerl ist ein toter Mann! Dem trete ich jetzt dermaßen in den Hintern, dass er vergisst, wie er heißt. Den falte ich zusammen wie eine Serviette!"

Paulie war zwar gerührt von so viel Solidarität, aber es war ihr auch etwas peinlich. „Nein, Kevin ... so ist es nicht."

„Wenn ich mit seinem Gesicht fertig bin, bekommen sogar die Hunde Angst vor ihm, das verspreche ich dir!" Außer sich vor Zorn, lief Kevin hin und her, soweit das in dem kleinen unaufgeräumten Büro überhaupt möglich war.

„Er hat mich nur dazu gezwungen, ihn in der Bar zu dulden und einen Abend mit ihm essen zu gehen, andernfalls hat er damit gedroht, dir zu sagen, wer ich wirklich bin."

Das schien Kevins Wut nicht zu mildern, ja, seine Miene verfinsterte sich eher noch. „Tja, jetzt weiß ich aber Bescheid, also kann er gleich mit dem nächsten Bus wieder nach Boston abdampfen."

Betreten senkte Paulie den Blick und musterte ihre Füße. „Er soll nicht wissen, dass ich dir alles gebeichtet habe."

Kevin blieb vor ihr stehen, Paulie jedoch schaute ihn nicht an. „Das verstehe ich nicht", sagte er.

„Ich will, dass er glaubt, ich würde mich nur mit ihm treffen, weil ich Angst davor habe, geoutet zu werden."

„Das verstehe ich noch viel weniger."

„Ich habe ihn geliebt." Paulie schaute ihren Chef an, der sich nun wieder auf seinen Stuhl fallen ließ. Sein Zorn war offenbar verraucht. „Ich bin nicht seinetwegen davongelaufen, sondern weil ... Ach, ich weiß auch nicht. Wohl vor dem Leben, das ich sonst hätte führen müssen."

„Nur hast du dich seitdem in jemand anderen verwandelt. Was noch lange nicht heißt, dass er es auch getan hat. Wenn er mit seinem Projekt hier durch ist, geht er zurück nach Boston und in seinen Countryclub."

Das war Paulie durchaus bewusst. Tatsächlich dachte sie

darüber oft nach, wenn sie nachts, statt zu schlafen, wach lag – woran nur Sam schuld war. „Das ist mir klar. Ich bin nur …"

„Nur was? Wenn er in der Bar sitzt, wirst du so verdammt nervös, dass ich demnächst nur noch Pappbecher rausgeben kann. Entweder hast du Angst vor ihm, oder du bist immer noch in ihn verliebt."

Vielleicht beides? „Ist nur das eine oder andere möglich? Angst oder Liebe?"

„Mir fällt sonst nichts ein, was dich so hysterisch machen könnte."

Da Paulie für diesen Tag genug von Geständnissen hatte, schüttelte sie den Kopf und stand auf. „Er bleibt sowieso nicht mehr lange. Die Feiertage wird er in Boston verbringen, und anschließend fährt er nach Europa auf Geschäftsreise. Kann eine ganze Weile dauern, bis wir uns wiedersehen."

„Sehnsucht kann die Gefühle ganz schön anheizen."

Paulie stieß einen verächtlichen Laut aus. Das konnte schon sein. Jedenfalls hatten auch fünf Jahre ohne Sam nicht viel an ihren Empfindungen für ihn geändert. „Ich geh wieder an die Arbeit. Erst musste der arme Randy meine Scherben auffegen, und jetzt hat er eigentlich schon Pause."

„Falls du es dir doch noch anders überlegst, sag Bescheid. Ich breche Sam Logan dann gern alle Rippen."

Paulie nickte nur und ging zur Tür.

Beth war gerade einmal fünf Minuten lang bei den Kowalskis und wusste doch sofort, dass sie sich mit den Kowalski-Eltern blendend verstehen würde. Alle hier liebten Umarmungen, und es gab eine Menge Kowalskis zum Umarmen. Offenbar hatte Kevin recht gehabt. Ihre Schwangerschaft hatte sie auch in den Augen seiner Verwandten zu einem

Familienmitglied befördert, und so wurde sie ständig von irgendwem gedrückt.

Kevin war dabei keinen Deut besser als der Rest. Ständig hatte er den Arm um sie gelegt, oder er zog sie am Ellbogen durchs Haus. Eigentlich ließ er sie nur los, wenn jemand anderes sie zu umarmen gedachte.

Natürlich wurde sie auch einer Menge Leute vorgestellt. Seinen Vater Leo mit dem sonoren Bass hatte sie ja schon kennengelernt. Und auch seiner Mutter war sie bereits begegnet.

Den Rest der Meute hatte sie nur bei der Hochzeitsfeier gesehen. Da waren zunächst Joe und Keri, das Brautpaar. Dann kam Terry, Joes Zwillingsschwester. Zusammen mit ihrem Mann Evan hatte sie eine dreizehnjährige Tochter namens Stephanie. Kevins Bruder Mike und seine Frau Lisa hingegen hatten vier Söhne. Joey, fünfzehn Jahre alt, Danny, zwölf Jahre alt, Brian, neun Jahre alt, und schließlich Bobby, der mit seinen sieben Jahren der jüngste Sprössling war.

„Keine Angst", flüsterte Kevin Beth zu. „Wir fragen das nachher nicht ab."

Es war alles etwas überwältigend, obwohl die ganze Familie wirklich sehr sympathisch war.

Der kleine Bobby starrte auf ihren Bauch. „Ich hoffe, es wird ein Junge", stellte er dann fest.

„Das sieht dein Onkel Kevin genauso."

„Ich habe keine Lust mehr, immer der Jüngste zu sein, wir brauchen noch ein kleines Kind, damit ich auch jemanden habe, den ich ärgern kann."

„Ah … ja, klar." Beth sah ihr Kind schon an einen Marterpfahl gebunden, während seine Cousins wild darum herumtanzten.

Mit ihren selbst gebackenen Zimtschnecken schlich

Mary Kowalski sich endgültig in Beths Herz. Schwer war es allerdings, die Kaffeekannen nicht anzurühren. Wegen ihrer Schwangerschaft verzichtete Beth fast vollständig auf Koffein und begnügte sich stattdessen mit entkoffeiniertem Instantkaffee. Dabei hätte ein kleines Aufputschmittel bestimmt nicht geschadet, damit sie mit den Kowalskis mithalten konnte.

Alle waren freundlich, fröhlich und verdammt laut! Sie aßen und lachten und aßen und stritten und aßen und lachten noch mehr. Die grünen Bohnen waren wirklich köstlich, und die mit Marshmallows überbackenen Süßkartoffeln hatten fünf Sterne verdient, genau wie Kevin es versprochen hatte. Im Fernsehen lief erst die Parade und dann Football, doch auch dabei plapperten die Kowalskis unaufhörlich weiter. Das war so anders als die gesitteten, ruhigen Mahlzeiten, die sie von zu Hause kannte. Ein richtiger Kulturschock.

Als sich die Gelegenheit bot, verschwand Beth hinaus auf die Terrasse, von der aus man einen freien Blick auf den großen Garten hatte. Glücklicherweise war es für November noch ausgesprochen mild, sodass es auch ohne Mantel nicht zu kalt wurde.

Beth schlang sich die Arme um den Oberkörper und betrachtete den Garten, der genauso chaotisch war wie die Kowalskis selbst: fein säuberlich angelegte Blumenbeete, Sportgeräte, die überall verteilt lagen, ein durchhängendes Volleyballnetz.

Ein echtes Zuhause eben.

Ihr Kind würde hier mit seinen Cousins und Cousinen über den Rasen fegen wie ein Wirbelwind. Bei der Vorstellung musste Beth weinen. Es würde hier lachen und spielen und streiten und noch mehr lachen. Obwohl ihr eine Träne über die Wange lief, musste Beth lächeln. Sie freute sich für ihr Baby, weil es in eine so quirlige und liebevolle Familie geboren wurde. Gleichzeitig überlegte sie aber auch, wie sie wohl im Vergleich abschneiden würde. War sie später vielleicht die langweilige Mama, die völlig unsportlich war und nicht einmal backen konnte? Welches Kind würde sich schon für sie interessieren, wenn die Kowalskis so viel mehr zu bieten hatten?

„Versteckst du dich?"

Beth wirbelte herum. Hinter ihr stand Kevins Schwägerin Lisa. „Oh, ich hab dich gar nicht gehört."

„Ich war auch ganz leise, damit niemand mitbekommt, dass ich mich wegschleiche. Stell dich mal ein bisschen weiter nach links, dann kann man uns von drinnen nicht sehen."

Beth kam der Aufforderung nach. Oder sollte sie lieber wieder ins Haus gehen? Damit Lisa auch die Chance bekam, ein paar Minuten allein zu sein? Sie hatten vorhin ein paarmal miteinander geredet, aber natürlich kannte Beth Lisa nicht besonders gut.

„Ich bin wirklich überrascht, dass du noch nicht schreiend weggerannt bist."

Beth lachte. „Hab ich ja eben versucht, aber ich habe den falschen Ausgang erwischt."

„Wir können ganz schön ... anstrengend sein."

„Nein, ihr seid alle ganz toll zu mir gewesen. Besonders ... unter diesen Umständen."

„Meinst du, weil du schwanger bist? Unsinn! Wir freuen uns alle wahnsinnig auf das Baby. Genau wie Kevin."

Das tat er wirklich, und genau das bereitete Beth Sorgen. Glücklicherweise hatte sie ansonsten keinerlei Erfahrungen mit ungewollten Schwangerschaften, allerdings schienen die meisten Männer in so einem Fall eher wenig begeistert zu sein. Kevin hingegen hatte so auf die Nachricht – und auch auf sie selbst – reagiert, als hätte er sich genau das gewünscht, als er mit ihr geschlafen hatte. Als wären sie von Anfang an ein richtiges Paar gewesen.

„Ich finde, ihr beide macht das schon richtig", sagte Lisa. „Ihr überstürzt nichts wegen des Babys, meine ich. Mike und ich haben geheiratet, weil ich mit Joey schwanger war."

„Überlegst du manchmal …" Beth unterbrach sich, weil sie nicht indiskret sein wollte und außerdem Angst hatte, Lisa zu verletzen.

„Jede Ehe hat ihre Krisen, aber es ist hart, wenn man nicht aus Liebe geheiratet wurde, sondern weil man schwanger war. Als Bobby in die Schule gekommen ist, ging es mir ziemlich schlecht. Ich wollte unbedingt noch ein Baby haben, weil ich dachte, dass Mike mich sonst verlässt, wenn unser Jüngster aus dem Gröbsten heraus ist."

Beth konnte sich nicht vorstellen, dass man so leben konnte. „Dann hast du also all die Jahre an deiner Ehe gezweifelt?"

Lisa zuckte mit den Schultern. „Mal ja, mal nein, je nachdem, wie wir uns gerade verstanden haben. Aber dann hat Mike mir noch einmal einen Antrag gemacht. Im Januar gehen wir zusammen auf Kreuzfahrt – nur wir beide. Und da heiraten wir noch mal."

Lächelnd gratulierte Beth ihr, spürte aber plötzlich, wie sie ein beklommenes Gefühl in der Magengegend bekam. Genau davor hatte sie Angst – das war genau der Grund, warum es absolut richtig war, keine Beziehung mit Kevin einzugehen. Sie wollte sich nicht ständig fragen müssen, warum sie wirklich zusammen waren.

Lisa lachte. „Kannst du dir uns mit einem Neugeborenen vorstellen? Besonders mit einem Jungen? Lieber Gott! Und was ist mit dir? Wünschst du dir ein Mädchen?"

„Vielleicht. Bobby verlangt einen Jungen, damit er jemanden hat, den er ärgern kann."

Grinsend schüttelte Lisa den Kopf. „Junge oder Mädchen, dein Kind wird sich früher oder später zwangsläufig am Marterpfahl der Kowalskis wiederfinden. Aber nur keine Sorge – die Sprösslinge dieser Familie sind hart im Nehmen."

Die beiden Frauen drehten sich um, weil die Terrassentür aufgeschoben wurde.

Kevin kam zu ihnen hinaus, schloss die Tür wieder und stellte sich links auf die Terrasse.

Beth schmunzelte. „Hier kann man sich auch nicht lange verstecken."

„Natürlich nicht", bestätigte Kevin, „aber es verschafft uns ein paar Minuten, bis die anderen uns aufspüren. Ich dachte schon, du bist abgehauen und hast mich hier allein gelassen."

„Wie ich Lisa gerade sagte – ich wollte ja flüchten, aber ich habe den falschen Ausgang erwischt."

Lachend legte er ihr den Arm um die Taille, als wäre das ganz selbstverständlich. Den ganzen Tag über hatte er sie ständig berührt und vielsagend angesehen, aber Beth hatte vor seiner Familie keinen Streit anfangen wollen. Außerdem war sie sich gar nicht sicher, ob ihr das nicht gefiel, was besonders beunruhigend war. Der Mann war aufmerksam, liebevoll und dabei so heiß, dass ihre Haut glühte, wo immer er sie berührte.

„Lisa!", brüllte jemand im Haus.

„Ich muss wieder rein", stellte Lisa seufzend fest und boxte Kevin gegen den Arm. „Benehmt euch hier draußen ja anständig."

„Werde ich versuchen, aber ich kann nichts versprechen." Kevin bedachte Beth mit einem durchdringenden Blick aus seinen blauen Augen.

Nachdem Lisa die Terrassentür geschlossen hatte, rückte

Beth schnell ein paar Schritte von Kevin ab. Sie hatte noch genau im Ohr, was Lisa ihr eben erzählt hatte, und es wurde allerhöchste Zeit, wieder ein bisschen auf Distanz zu Kevin zu gehen. „Wir haben darüber doch oft genug gesprochen …"

„Es gibt Pie."

Sollte das ein Witz sein? „Willst du etwa schon wieder essen? Und hör auf damit, einfach das Thema zu wechseln. Du bekommst auf keinen Fall …"

„Gefüllt mit Mousse au Chocolat, selbst gemacht, genau wie die Schlagsahne dazu."

„Hör bitte auf, vom Wesentlichen abzulenken."

„Zehn Zentimeter hoch."

Okay, okay. Im Tausch gegen so viel Schokoladencreme durfte der erotischste Mann der Welt sie auch mal einen Tag lang anfassen.

10. KAPITEL

Es gab doch wirklich nichts Schöneres auf der Welt, als den Patriots dabei zuzusehen, wie sie an einem kalten Montag im Dezember die Jets in Foxboro vernichteten. Links und rechts flankiert von einem seiner Brüder, folgte Kevin gespannt dem Spiel.

„Beth ist echt nett", stellte Mike fest, als auf dem Platz gerade nicht viel los war.

„Ja." Zum ersten Mal seit Thanksgiving war Kevin mit seinen Brüdern allein, und ihm war klar gewesen, dass die Sprache früher oder später auf Beth kommen würde. „Und sie ist nicht mal schreiend weggerannt."

„Nimm's mir nicht übel, Kevin", sagte Joe, „aber ich hatte das Gefühl, als wärst du verrückter nach ihr als sie nach dir."

Und das sollte er seinem Bruder nicht übel nehmen, verdammt? „Das wird schon."

„In deiner Bar stehen die Frauen deinetwegen Schlange, und du suchst dir ausgerechnet die aus, die es dir schwer macht?"

„Korrigier mich, aber wenn ich mich recht erinnere, hat Keri sich dir auch nicht gerade an den Hals geworfen. Wenn du gleich aufgegeben hättest, wäre sie wieder in L. A., und du hättest immer noch ein sehr intensives Verhältnis zu deiner rechten Hand."

Mike lachte, aber Joe zuckte lediglich mit den Schultern. „Sie ist dir mitten in der Nacht einfach abgehauen und …"

„Das war ein Missverständnis."

„… und das nächste Mal hast du erst wieder was von ihr gehört, nachdem sie herausgefunden hatte, dass sie schwanger ist."

Kevin beobachtete, wie sich die Patriots in der roten

Zone versammelten, um einen Moment Zeit zum Nachdenken zu schinden. Natürlich war Joe nur besorgt um ihn, aber er wollte das einfach nicht hören. Es war kompliziert – Beth war kompliziert, und möglicherweise versuchte sie ihn auf Distanz zu halten –, aber das war noch lange kein Grund für ihn, jetzt aufzugeben.

Sie brauchte einfach Zeit. Immerhin änderte sich ihr Leben gerade von Grund auf. Er war bereit, ihr diese Zeit zu geben, weil er sie mochte, und zwar sehr. Daher hoffte er auch weiterhin, dass sie doch noch zusammenkommen würden. Sie war intelligent, witzig, stur und abhängig, und selbst hier im Stadion zählte er die Minuten, bis er sie wiedersehen würde.

Die Patriots brachten den Ball über die Linie, und alles jubelte. Als es wieder ruhiger wurde, stieß Mike Kevin mit dem Ellbogen in die Rippen. „Am Anfang der Schwangerschaft können Frauen ziemlich emotional werden, nur dass du Bescheid weißt. Wenn du wirklich so viel von ihr hältst, musst du dabei die Zähne zusammenbeißen und durchhalten."

Ja, er hielt wirklich viel von ihr. Ob es sogar mehr war als nur das, wusste er selbst noch nicht so recht. Was er für sie empfand, mochte auch davon beeinflusst sein, dass sie sein Kind bekam. Andererseits wäre er am Boden zerstört, wenn sie noch einmal einfach so mitten in der Nacht verschwand wie Aschenputtel vom Ball. „Das hab ich vor."

„Dann magst du sie also wirklich, was?"

„Ja, tue ich."

Joe hätte bestimmt noch einiges dazu zu sagen gehabt, aber in dem Moment bekamen die Patriots den Ball, und die Kowalski-Brüder sprangen auf und feuerten ihr Team an.

Im letzten Drittel war Kevin in Gedanken schon wieder zu Hause bei Beth.

Als die Menge auf einmal wütend aufbrüllte und er nicht die geringste Ahnung hatte, wieso, schüttelte Mike traurig den Kopf. „Mann, dich hat es ja böse erwischt."

Ja, das kam ihm auch langsam so vor.

Paulie setzte sich an einen der Tische in ihrem – zugegebenermaßen schäbigen – Diner. Als Sam nach Thanksgiving aus Boston zurückgekommen war, hatte er sie zu einem weiteren Date gezwungen, war aber so blöd gewesen, ihr die Wahl des Restaurants zu überlassen.

Im Diner konnte man nicht reservieren, musste aber auch nie auf einen Tisch warten. Von ihrem Platz aus konnte sie beobachten, wie Samuel Thomas Logan hereinkam. Sein Gesichtsausdruck erinnerte sie sehr an den ihrer Mutter, als der sechs Jahre alten Paulette aus Versehen das Schokoladeneis auf das Kleid getropft war. Danach hatte sie bis zu ihrem sechzehnten Geburtstag nur noch Vanilleeis bekommen. Sie hatte ihren Führerschein gemacht und war in ihrem brandneuen BMW selbst zur Eisdiele kutschiert.

Sam schnitt eine Grimasse und setzte sich zu ihr. „Wird die Karte hier auf die Schließungsverfügung vom Gesundheitsamt gedruckt?"

„Snob." Abgesehen vom fantastischen Hackbraten, den es hier gab, hatte Paulie das Diner vor allem aus einem Grund gewählt – sie wollte Sam klarmachen, dass sie inzwischen in vollkommen gegensätzlichen Welten lebten.

„Ich habe nur gewisse Mindestanforderungen", widersprach Sam und nahm sich die Karte aus dem Ständer mit dem Ketchup. „Wie lange hast du denn gebraucht, bis du etwas gefunden hattest, mit dem du mich in die Flucht schlagen kannst?"

„Paulie!" Cassie, die hier nicht nur bediente, sondern der

das Diner auch gehörte, lief zu ihnen an den Tisch. „Die Blumen, die du meiner Mom geschickt hast, waren wunderschön! Es war der größte Strauß im gesamten Krankenhaus, und alle haben sie darum beneidet."

Paulie lächelte und bemerkte aus den Augenwinkeln, dass Sam sie ungläubig anstarrte. „Freut mich, dass der Strauß ihr gefallen hat. Was macht ihre neue Hüfte?"

„Alles gut. Der Arzt meint, sie ist bald wieder ganz die Alte. Wollt ihr einen Kaffee?"

Die beiden nickten, Cassie entschwand, und Sam tippte mit der Schuhspitze gegen Paulies Knöchel. „Gehst du hier etwa regelmäßig essen?"

„Ja, tue ich. Kapierst du es jetzt? Dein Leben und mein Leben – das sind zwei völlig verschiedene Welten!"

„Wir haben also keine Zukunft miteinander, weil du auf miserable amerikanische Küche stehst?"

Paulie blieb eine Entgegnung erspart, weil Cassie mit dem Kaffee zurückkam. Nachdem sie ihre Bestellung aufgegeben hatten, lehnte Sam sich zurück und nippte am Kaffee.

„Nicht schlecht", gab er zu.

„So wie hier stelle ich mir ein Date vor. Kein teures Restaurant mit einem Chefkellner, in dem man nur einen Tisch bekommt, wenn man zur High Society gehört. Nein, danke. Lieber geh ich ins Diner oder zum Baseball und esse Hotdogs."

„Das kann ich auch."

„Ja, vielleicht ab und zu mal. Aber dein Lebensstil ist völlig anders."

„Warum bist du in diesem Punkt nur so stur?"

Paulie hätte ihm am liebsten den vollen Kaffeebecher an den Kopf geworfen, aber sie brauchte das Koffein einfach zu dringend. „Sam, dir ist doch wohl auch klar, dass es mit uns nicht funktionieren würde, oder? Ich weiß nicht, ob das vielleicht für dich irgendein Spiel ist oder …"

„Es ist kein Spiel."

„Wenn ich der Meinung wäre, dass wir zusammen glücklich werden könnten, hätte ich dich nicht vorm Altar stehen lassen."

„Das ist lange her. Jetzt aber weiß ich, welche Gründe du dafür hattest und was du empfindest. Das hast du mir früher nie gesagt."

„Und inwiefern ändert das nun etwas?"

Er nahm ihre Hand. „Obwohl ich mir immer wieder eingeredet habe, dass ich prima ohne dich klarkomme, habe ich dich in Wirklichkeit seit fünf Jahren jeden Tag vermisst. Diesmal werde ich um dich kämpfen."

„Und dabei bist du dir auch für Tiefschläge nicht zu schade", murmelte sie.

„Du weißt doch genau, dass ich niemals jemandem verraten würde, wer du wirklich bist. Aber du bist so verdammt stur … und anders hätte ich dich nie dazu bekommen, dass du dich mit mir triffst."

„Ich habe Kevin sowieso schon alles gebeichtet."

Sam lächelte und drückte ihr die Hand. „Dann bist du also nicht hier, weil du Angst vor einem Outing hattest, sondern …"

„Sondern weil ich dir persönlich sagen wollte, dass du dir besser ein anderes Millionärstöchterchen für deine Nachkommenschaft suchst, weil aus uns nichts wird."

Eigentlich hätte er jetzt wütend werden müssen, stattdessen schienen seine Augen amüsiert zu funkeln. „Du denkst schon an Nachkommen?"

„Ja, an deine, die ich nicht zur Welt bringen werde, verdammt!"

Cassie servierte den Hackbraten, schenkte Kaffee nach

und verschaffte Paulie so eine kleine Verschnaufpause. Warum weigerte sich dieser Mann, endlich aufzugeben? Sie war doch jetzt wirklich deutlich genug geworden!

Als Sam das Essen probierte, stöhnte er genüsslich. „Ich nehme meinen Scherz über das Gesundheitsamt zurück! Das hier ist der beste Hackbraten meines Lebens!"

Auf sein Gestöhne hätte Paulie lieber verzichtet. Es war auch so schon schwierig genug, sich auf die zahlreichen Gründe zu konzentrieren, die gegen eine Beziehung mit Sam sprachen.

„Ich gehe nie wieder zurück nach Boston", verkündete Paulie.

„Das habe ich doch gar nicht von dir verlangt."

„Aber du wirst wieder nach Boston zurückgehen."

Er nickte. „Ja, das sagte ich bereits. Wahrscheinlich bleibe ich ein paar Monate fort. Weihnachten steht vor der Tür, und dann bin ich auf Geschäftsreise in Europa. Danach muss ich noch ein paar andere Sachen zum Abschluss bringen, damit ich mich hinterher ganz auf mein Projekt hier konzentrieren kann. Und auf dich."

Er schaute ihr in die Augen, und Paulie begriff, wie ernst es ihm damit war. Er wollte sie zurückhaben, trotz all ihrer Bedenken. „Vielleicht bin ich dann ja schon verschwunden."

„Diesmal werde ich dir folgen."

Hätte sie ihn vielleicht doch geheiratet, wenn er sie damals nicht so einfach hätte gehen lassen? Paulie wusste nicht, ob das wirklich etwas an ihrem Entschluss geändert hätte. Immerhin war sie vor ihren Eltern, vor Boston und vor dem Leben, das sie dort hätte führen müssen, geflohen – und nicht vor Sam.

„Ich ruf dich zwischendurch an", sagte er.

„Schick mir lieber eine SMS", entgegnete Paulie. „Wenn ich arbeite, kann ich sowieso nicht mit dir sprechen."

„Dann eben SMS."

Eigentlich hätte sie ihm jetzt deutlich zu verstehen geben müssen, dass sie kein Interesse daran hatte, jemals wieder etwas von ihm zu hören. Irgendwann würde sein Stolz ihn davon abhalten, es weiter bei ihr zu versuchen. Doch obwohl sie das nie zugegeben hätte, würde sie ihn auch vermissen. Außerdem konnten zwei oder drei SMS ja nicht schaden.

Erleichtert seufzend betrat Beth nach einer langen und anstrengenden Schicht das *Jasper's*.

Es überraschte sie selbst, wie sehr sie sich nach nur sechs Wochen schon hier zu Hause fühlte. In ihrer alten Wohnung wäre das niemals so gewesen. Wenn sie nicht aufpasste, würde sie sich noch richtig daran gewöhnen. Mal abgesehen davon, dass es in diesem Haus nicht nach Katze stank, waren da auch noch die netten Leute. Paulie, mit der sie schon richtig gut befreundet war. Und Kevin natürlich.

Auch der Rest der Angestellten im *Jasper's* war eine sympathische und ausgesprochen angenehme Truppe. Ob alle darüber informiert waren, dass sie ein Kind von Kevin bekam, wusste sie nicht. Noch sah man ihr die Schwangerschaft nicht an. Also hielten sie vielleicht auch alle einfach nur für die neue Mieterin. Es war aber auch durchaus möglich, dass Kevin erzählt hatte, was los war.

Beth setzte sich auf ihren Stammplatz am Tresen und wartete, während Paulie gerade die Bestellung eines anderen Gasts aufnahm.

Auf dem Weg zu Beth brachte Paulie ihr dann gleich eine Cranberry-Limo mit, die sie inzwischen immer für sie bereithielten.

Beth riss die Dose auf und trank einen großen Schluck. „Danke."

„Kein Problem. Willst du was essen?"

Beth war fest entschlossen, nicht zu sündigen und nur einen Salat zu bestellen. „Einen kleinen Salat mit dem leichten Dressing und … ach, verdammt, ich nehme den Cheeseburger."

Paulie lachte und ging zur Küche, um die Bestellung weiterzugeben. So blieb Beth mit ihrer Limo allein am Tresen sitzen und schaute sich irgendeine Sportberichterstattung auf einem der Bildschirme an. Sport interessierte sie eigentlich nicht, aber als die Werbung anfing, zuckte sie zusammen. Lauter Weihnachtsgeschenke wurden da angepriesen.

Seufzend fragte sie sich zum ungefähr tausendsten Mal, was sie Kevin schenken sollte. Bei der Arbeit war inzwischen mehr los, und so hatte sie ein paar Dollar beiseitelegen können. Das meiste war für ihren Frauenarzt bestimmt, aber auch für Geschenke gab es ein kleines Budget.

Sie musste also für wenig Geld das perfekte Geschenk finden. Und es sollte etwas Besonderes werden, weil Kevin sich als werdender Vater wirklich grandios schlug. Allerdings durfte es ihm auch keine falschen Hoffnungen machen, was eine mögliche Beziehung mit ihr anging.

Ein paar Minuten später brachte Paulie den Burger. „Du siehst ganz schön gestresst aus."

„Weihnachten steht vor der Tür. Bis dahin sind es nur noch zwei Wochen."

„Ah." Paulie stellte den Teller vor Beth ab und lehnte sich gegen den Tresen. „Nie braucht man dringender Valium als beim Fest im Kreis der Lieben."

„Du und Kevin – schenkt ihr euch eigentlich was?"

„Klar, und was willst du ihm schenken?"

„Aus der Nummer komme ich wohl nicht raus, was?", fragte Beth, aber Paulies Blick war eindeutig. „Er dreht also total am Rad, ja?"

„Falls du damit meinst, dass er die Gelegenheit nutzen wird, um dir alles zu kaufen, was du sonst nicht annehmen würdest, hast du vollkommen recht, Beth."

„Und genau deshalb sehe ich so gestresst aus."

„Dann akzeptier einfach jetzt schon mal, dass er dich mit Geschenken überhäufen wird, ohne dafür eine ähnliche Gabenflut zu erwarten."

„So was hasse ich."

„Das wissen sie ja auch alle, vielleicht halten sie sich deshalb doch wenigstens ein bisschen zurück."

„Sie?" Diese Unterhaltung verschlechterte Beths Laune zusehends.

„Na, ich meine den gesamten Kowalski-Clan."

Beth war in puncto Geschenke so auf Kevin fixiert gewesen, dass sie die anderen Kowalskis glatt vergessen hatte. Oh Mann, warum mussten es aber auch so viele sein? „Na großartig."

Paulie lachte. „Versuch gar nicht erst, die Heiligabendparty bei den Kowalskis ausfallen zu lassen. Sogar ich muss hin, und ich bekomme nicht mal ein Kind von einem der Brüder."

Vom anderen Ende der Bar rief jemand nach Paulie, und Beth biss frustriert in ihren Cheeseburger. Okay, sie würde erst etwas für Kevin und Paulie besorgen und sich dann Gedanken wegen der anderen machen. Vielleicht nur ein paar Kleinigkeiten für die Kinder? Sie hatte einfach nicht genug Geld, um alle groß zu beschenken.

Irgendwann kam Paulie zurück an den Tresen und räumte Beths leeren Teller ab. „Noch eine Limo?"

„Nein, danke, sonst platze ich bald aus allen Nähten." An neue Klamotten wollte Beth jetzt gar nicht denken. „Sag mal, dieser Typ ist in letzter Zeit gar nicht mehr hier."

Paulie wurde rot. „Welcher Typ?"

„Na, du weißt schon. Hast du ihn vergrault?“

„Nein, er ist nur über die Feiertage weg, und danach fliegt er nach Europa.“ Sie zuckte mit den Schultern. „Aber der taucht bestimmt wieder auf.“

„Hat er dich angerufen?“

„Ich hasse es zu telefonieren. Aber wir haben uns ein paar E-Mails geschrieben. Und SMS.“

Es sah Paulie gar nicht ähnlich, dass sie so verschwiegen tat. „Dann kommt er also wieder?“

„Wie es aussieht, ist er erst mal ein paar Monate unterwegs. Sein Bauprojekt hier ruht im Moment, und so lange beschäftigt er sich mit ein paar anderen Sachen.“

Auch wenn Paulie cool tat, verriet ihr sehnsuchtsvoller Blick, wie sehr sie den Typen zu vermissen schien. „Und dann konzentriert er sich vor allem auf dich?“

Paulie stieß einen verächtlichen Laut aus. „Ja, ja, ich Glückspilz. So, nun aber zurück zur Geschenkefrage …“

„Hör bloß auf, ich habe keine Ahnung, wo ich überhaupt anfangen soll.“

„Also, ich kenne einen tollen Kunsthandwerksladen, der wirklich spottbillig ist. Da kannst du die gesamte Familie Kowalski für fünfzig Dollar mit Geschenken versorgen.“

Das war zwar viel Geld, aber so viel konnte Beth gerade noch erübrigen. „Ich habe diesen Mittwoch frei. Wenn du mir sagst, wo der Laden ist, kann ich den Großeinkauf dann gleich erledigen.“

„Wenn du am Vormittag hinwillst, komme ich mit“, sagte Paulie. „Ich fahr dich hin und lade dich hinterher zum Mittagessen ein. Aber um zwei muss ich wieder hier sein.“

Beth fühlte sich sofort besser. „Das klingt super.“

„Dann um neun Uhr.“ Paulie verdrehte die Augen, weil schon wieder jemand nach ihr rief. „Ich muss weiterarbeiten. Bis später.“

Nachdem Paulie weg war, stand Beth auf und legte das Trinkgeld auf den Tresen. Ihr Essen durfte sie hier ohnehin nicht bezahlen. Aber es kam überhaupt nicht infrage, dass die Bedienung leer ausging. In puncto Weihnachten sah die Welt jetzt schon ein wenig rosiger aus. Jetzt musste sie sich nur noch ein Geschenk für Kevin einfallen lassen.

11. KAPITEL

Mann, dachte Kevin, als er Beth und Paulie aus seinem Jeep half, Mom und Dad sind wirklich die Könige der Weihnachtsdeko. Die beiden hätten sich nie mit ein paar lahmen Tannenzweigen zufriedengegeben. Oh nein! Das gesamte Haus war voller blinkender bunter Lichterketten, die im Garten eine ganze Herde aufblasbarer Rentiere und eine Kompanie Schneemänner beleuchteten.

„Wow!“, rief Beth ehrfurchtsvoll.

„Meine Mutter liebt Weihnachten“, stellte Kevin fest.

„Das kannst du laut sagen.“

Während sie den von Plastik-Zuckerstangen gesäumten Weg zum Haus entlanggingen, summte Kevin fröhlich „Jingle Bells“. Es war lange her, dass er sich so auf Weihnachten bei seinen Eltern gefreut hatte. Vicky war mit den Kowalskis nie richtig warm geworden, und es hatte deshalb auf der Fahrt von Boston mit ihr hierher immer Streit gegeben.

Nach der Scheidung hatte er Heiligabend in einer Ecke mit Joe verbracht, wo sie beide für die zynischen Sprüche zuständig gewesen waren, während ihre verheirateten Geschwister das Familienidyll genossen hatten. Dieses Jahr aber war alles anders – Joe hatte Keri, und er selbst wurde Vater und hatte Beth. Na ja, gewissermaßen jedenfalls. Das zu erwartende Buffet eingerechnet, hatte der Abend das Potenzial, zum schönsten Weihnachten seines Lebens zu werden.

Nachdem das große Begrüßungshallo samt Umarmungen vorbei war, schleppte Kevin die Geschenke aus dem Jeep ins Haus. Die Kinder schauten gebannt zu, wie er sie anschießend auf den Haufen stapelte, der sich bereits unter der großen Nordmanntanne auftürmte. Kevins Nichte und Neffen reckten die Hälse, um die Namensschilder an den Päckchen zu erkennen, und protestierten, als er die Geschenke bewusst falsch herum ablegte.

Danach ging Kevin ins Esszimmer, wo Beth mit einem riesigen Teller voller Leckereien in einer Ecke stand. Lachend zeigte sie ihm die Ausbeute.

„Deine Mutter hat mir ganz schnell klargemacht, dass Essen heute Abend eine heilige Pflicht ist."

„So schafft Mom es, die Kontrolle zu behalten – sie stopft uns voll, bis wir ins Fresskoma fallen."

Bobby kam auf Beth zugestürmt und packte sie bei den Hüften. „Hey, Cousin", brüllte der Kleine ihren Bauch an. „Rate mal, was ein Schneemann zum Frühstück isst … Schneeflocken!"

Er brach in kreischendes Gelächter aus und rannte dann weiter. Grinsend griff Kevin nach einem Teller. „Tut mir leid, Beth."

„Das muss es nicht. Der Kleine ist süß, und ich freue mich, dass das Baby zu dieser Familie gehören wird."

Kevin platzte fast das Herz, als er das hörte. Seine Familie bedeutete ihm alles, und er wollte nie wieder mit einer Frau zusammen sein, die mit den anderen Kowalskis nicht klarkam. Das tat er sich bestimmt nicht noch mal an.

In der Ehe mit Vicky hat es auch schon gekriselt, bevor sein Captain sie flachgelegt hatte. Nicht zuletzt, weil sie versucht hatte, Kevin von der Familie fernzuhalten. Thanksgiving wollte sie lieber in die Karibik als zu seiner Mutter, und den Nationalfeiertag musste sie unbedingt mit ihm auf einer Party in Boston verbringen.

Kevin hatte versucht, ihr entgegenzukommen, schließlich war sie seine Frau gewesen und bedeutete ihm viel. Doch statt das anzuerkennen, musste Vicky die Sache auf die Spitze treiben. Als sie schließlich Weihnachten auf einer Skihütte hatte feiern wollen, hatte er genug gehabt. Das Ergebnis war eine Szene gewesen, die jedem Drama von Shakespeare alle Ehre gemacht hätte.

„Geschenke!", schrien die Kinder im Wohnzimmer.

„Mach dich auf was gefasst", sagte Kevin zu Beth. „Du erlebst gleich einen Tornado in einer Geschenkpapier-Fabrik!"

Das Chaos hielt ungefähr eine Stunde an. Die Männer verteilten die Geschenke, während die Frauen versuchten, das Geschenkpapier im selben Tempo in Müllsäcke zu stopfen, wie die Kinder es von den Päckchen rissen. Kevin war beeindruckt von den liebevoll ausgesuchten Geschenken, die Beth für seine Familie mitgebracht hatte. Glücklicherweise hatte der Rest der Kowalskis tatsächlich mal auf ihn gehört und davon Abstand genommen, Beth mit einer wahren Geschenkeflut zu ertränken. Sie begriffen, dass Beth sich dadurch nur furchtbar unwohl gefühlt hätte, wenn ihnen diese Zurückhaltung auch schwerfiel.

Das Chaos kam zu einem abrupten Ende, als Brian sich ein Spielzeuggewehr schnappte, das Pfeile mit Saugnäpfen verschoss, und damit auf Beth zielte. Er landete damit einen Volltreffer auf ihrer Stirn.

„Brian!", schrie Lisa ihren Sohn an.

Beth blinzelte überrascht, legte dann ruhig ihre Geschenke zur Seite und stand vom Stuhl auf. Kevin stand auch auf, falls sie sich jetzt im Badezimmer einschließen oder gleich ganz flüchten wollte.

Doch Beth tat weder das eine noch das andere. Sie holte ebenfalls ein Spielgewehr unterm Tannenbaum hervor, lud es, lächelte Brian an und entsicherte. „Jetzt bist du dran."

Kreischend rannte Brian ins Esszimmer, Beth folgte ihm auf den Fersen. Bobby griff sich geistesgegenwärtig ebenfalls sein Gewehr und lief hinter den beiden her. Kurz darauf hörte man, dass die wilde Verfolgungsjagd die Küche erreicht hatte. Joey und Danny schlichen sich in den Flur, um die drei heimlich abzufangen.

„Weihnachtsduell des Todes!", rief Keri, und die anderen Erwachsenen lachten. Joes Frau hatte bereits das Volleyball-Match des Todes beim letzten jährlichen Campingtrip der Kowalskis überstanden und fühlte sich der Situation somit gewachsen. Sie nahm Stephanie ihr Spielzeuggewehr ab und rannte den Schützen hinterher.

Eine Minute später hörte man Brian quietschen und dann Beths Siegesgeheul. Danach kreischte Bobby los und stürmte weiter.

Kevins Mutter legte ihrem Sohn den Arm um die Taille, und er gab ihr einen Kuss auf die Wange. „Ich mag dieses Mädchen, Kevin."

„Ich auch, Mom." Sehr sogar.

Am nächsten Morgen weckte Beth ein viel zu fröhlicher, etwas blechern klingender Weihnachtssong ihres Handys. Verschlafen schaffte sie es gerade noch, vor der Mailbox ranzugehen. „Hallo?"

„Frohe Weihnachten!"

Kevins Stimme klang zu Beths Leidwesen genauso fröhlich wie ihr Klingelton. „Wie viel Uhr ist es?"

„Neun Uhr, was deutlich zu spät ist, um am Weihnachtsmorgen noch im Bett zu liegen. Seit sieben Uhr lausche ich immer wieder an deiner Wohnungstür, aber du stehst einfach nicht auf."

Sie streckte sich und schaute zur Uhr. Ja, es war wirklich erst neun. „Das ist irgendwie schon fast ein bisschen unheimlich, Kevin."

„Aber nur ein ganz kleines bisschen."

„Nach dem Weihnachtsduell des Todes habe ich es verdient, richtig auszuschlafen."

„Meine Mutter hat mir ein paar von ihren selbst gebackenen Zimtschnecken mitgegeben. Die muss ich nur ein paar Sekunden in die Mikrowelle stecken."

Beth warf die Bettdecke zurück und setzte sich hin. „Bei dir oder bei mir?"

„Ich habe schon Kaffee gekocht."

„Okay, bei dir. Ich brauche aber ein paar Minuten, bis ich angezogen bin."

Kevin lachte. „Am Weihnachtsmorgen zieht man sich nicht richtig an. Das weiß doch jeder. Ich tue übrigens grad Zucker in deine Tasse und rühre um."

„Zwei Minuten." Beth klappte das Handy zu.

Dann lief sie ins Bad, putzte sich die Zähne, kämmte ihr Haar und wusch sich das Gesicht in absoluter Rekordzeit. Mit Kevins Geschenken rannte sie dann über den Flur zu seiner Wohnung.

Seine Tür stand offen, und er grinste ihr entgegen. „Frohe Weihnachten!"

Kevin hatte sich ebenfalls nicht die Mühe gemacht, sich umzuziehen. Stattdessen trug er nur eine ziemlich zerschlissene Pyjama-Hose, die ihm tief auf den Hüften saß.

„Dir auch fröhliche Weihnachten!" Beth schaute zum Tisch, auf dem zwei Becher Kaffee und Marys Zimtschnecken standen. Doch bevor sie sich daraufstürzte, ging sie zuerst zu Kevins künstlichem Weihnachtsbaum und stellte ihre Geschenke darunter ab – direkt neben ein riesiges Paket mit ihrem Namen darauf. Obwohl die Größe schon beeindruckend war, hatte Kevin sich an ihre Bitte gehalten und sie nicht mit Geschenken überschüttet.

„Zuerst die Geschenke?", fragte er, und Beth lachte. Der Weihnachtsmorgen bei den Kowalskis musste der helle

Wahnsinn gewesen sein, als Kevin und seine Geschwister noch klein gewesen waren.

„Nein, erst den Kaffee, immer zuerst Kaffee!“

„Aber der ist entkoffeiniert, weil …“

„Pssst! Erwähn es einfach nicht, dann kann ich wenigstens so tun, als ob.“

Die beiden setzten sich an den Tisch, tranken Kaffee und aßen die leckeren süßen Zimtschnecken. Beth bemühte sich angestrengt, Kevins freien Oberkörper zu übersehen, was natürlich schwierig wurde, ihr aber mindestens teilweise gelang.

Kaum hatte sie sich die letzten Schneckenkrümel von ihren Fingern geleckt, sprang Kevin auf. „Geschenke!“

Ihr Kind würde Weihnachten später einmal lieben!

Beth folgte Kevin zum Weihnachtsbaum, und zusammen setzten sie sich im Schneidersitz davor. In ein paar Monaten würde Beth das nicht mehr schaffen.

„Du zuerst.“ Kevin nahm das große Geschenk und legte es ihr in den Schoß.

Beth kostete den Moment aus und betrachtete das Paket. Entweder hatte Kevin ein Talent, das ihr bisher verborgen geblieben war, oder er hatte jemand anderen gezwungen, das Einpacken zu übernehmen.

„Komm schon“, drängelte er. „Reiß es auf!“

Normalerweise nahm sie sich die Zeit, erst das Band vorsichtig aufzuknoten und dann das Geschenkpapier zu entfernen und anschließend wieder zusammenzulegen. Doch heute ließ Beth sich von Kevins Begeisterung anstecken. Sie zerfetzte das Papier und hob den Deckel von der Schachtel.

Unter einer Lage Seidenpapier befand sich ein wunderschöner, warmer und sehr teuer aussehender Wintermantel. Beth holte ihn heraus und strich über den luxuriösen, dunkelgrünen Stoff. Das war kein einfacher Mantel, sondern ein echtes Statussymbol. So etwas hätte sie sich selbst nie gekauft, und das hatte Kevin natürlich auch gewusst.

„Der ist wunderschön, danke“, flüsterte sie.

„Findest du wirklich? Ansonsten kannst du ihn auch jederzeit umtauschen.“

„Ich liebe ihn.“ Beth schmiegte das Gesicht an den Mantel. Sie tat es, um ihre Tränen zu verbergen, aber auch, um den wunderbaren Stoff zu spüren.

„Okay, dann bin ich jetzt dran, und anschließend hab ich noch etwas für dich.“

Diesmal wehrte Beth sich nicht gegen ein weiteres Geschenk. Dabei war der Mantel wirklich mehr als genug. Aber Kevin machte Schenken offensichtlich so viel Freude, dass Beth sie ihm nicht verderben wollte. „Mach erst das Kleine auf“, sagte sie.

Kevin riss das Geschenkpapier mit genauso viel Eifer herunter wie seine Nichten und Neffen am Abend zuvor. „Oh, Klamotten.“ Er klang nicht begeistert.

„Ein Mantel ist doch auch was zum Anziehen.“

„Nicht in dem Sinne. Außerdem lebt in dir kein kleiner Junge, der unbedingt ein Feuerwehrauto haben will – in mir schon.“

Beth lachte, und Kevin begann zu grinsen. In dem Paket befanden sich zwei T-Shirts, ein großes und ein kleines. Beide trugen den Schriftzug von *Jasper's Bar & Grille*.

„Ist das toll!“ Er breitete das große T-Shirt auf dem Boden aus und legte das in Kindergröße darüber. „Der Kleine und ich werden super darin aussehen.“

Sie schüttelte lachend den Kopf. „Ist dir das geschlechtsneutrale Rot entgangen?“

„Danke, Beth.“

Sein warmes Lächeln vertrieb alle Zweifel daran, ob ihr Geschenk nicht vielleicht peinlich war oder zu billig. Trotzdem quälte sie die Angst. War es nicht eigentlich noch zu früh, etwas für das Baby anzuschaffen? Was, wenn nun doch noch etwas passierte?

Schnell verdrängte Beth den Gedanken. Nein, jetzt zählte nichts als dieser Augenblick, und in diesem Augenblick war sie glücklich.

„Okay“, sagte Kevin, „und jetzt fass in die Vordertasche deines Mantels.“

Beth tastete herum, bis ihre Finger sich um eine kleine Schachtel schlossen. Ihr Herz schien sich vor Schreck zu überschlagen, denn das Geschenkpapier trug das Logo eines bekannten Schmuckhändlers der Stadt. Für einen Ring war die Schachtel allerdings zu lang und zu flach, was Beth wieder beruhigte. Aus Erfahrung traute sie Kevin ja inzwischen eine Menge zu, aber so weit wäre er nicht gegangen.

Diesmal ließ sie sich beim Auspacken Zeit, wobei Kevin sie mit wachsender Ungeduld beobachtete. In der Schachtel befand sich ein eleganter Anhänger aus Sterlingsilber, der eine Mutter mit Kind zeigte. Dazu gehörte eine zarte Kette.

„Oh!“ Sanft strich Beth mit dem Finger über den Anhänger. „Der ist …“

„… einen Kuss wert?“

Fast wäre sie vor Rührung in Tränen ausgebrochen, aber jetzt musste sie lachen. „Du bist dir wirklich für nichts zu schade.“

„Natürlich nicht! Aber ich halte es nicht länger aus, neben einem Geschenk mit meinem Namen draufzusitzen. Insofern verschieben wir den Kuss jetzt ein paar Minuten, bis ich ausgepackt habe.“

Vielleicht war Kevin entgangen, dass sie zu dem Vorschlag mit dem Kuss eben gar nichts gesagt hatte? Offenbar schon. Jetzt war er jedenfalls damit beschäftigt, in Windeseile sein letztes Geschenk zu öffnen.

Es war eine Collage aus Dutzenden Bildern der Familie Kowalski von Joes Hochzeit. Beth hatte Stunden damit verbracht, sich die Fotos bei Keri anzuschauen und dann alles auf einen Stick zu kopieren, was sie brauchte.

Kevin musste ihr nicht sagen, wie sehr ihm das Geschenk gefiel. Das warme Lächeln, mit dem er die Collage betrachtete und jedes Bild einmal mit dem Finger berührte, ließ daran keinen Zweifel. „Der Hammer."

„Freut mich, dass es dir gefällt."

„Ich liebe es! Ernsthaft. Das ist so cool, Beth! Danke!" Er strich wieder mit dem Finger über die Fotos. „Schau dir nur mal meine Eltern auf diesem Bild an – da sieht man, wie sehr die beiden sich immer noch lieben."

Beth hatte nicht einmal bemerkt, wie er sich bewegt hatte, doch plötzlich war Kevin ihr ganz nah. Sanft umfasste er ihr Kinn und küsste sie.

Es war ein warmer, zärtlicher Kuss. Beth wurde heiß und … Doch dann war es schon wieder vorbei. Kevin bedrängte sie nicht. „Danke, Beth."

„Frohe Weihnachten. Und ich danke dir natürlich auch."

Er strich ihr über die Wange, dann ließ er die Hand sinken. „Du kennst mich wirklich gut."

„Ich bin wirklich froh, dass du kein riesiges Brimborium veranstaltet hast, Kevin."

„Statt einfach alles zu kaufen, was ich dir am liebsten geschenkt hätte?" Er blinzelte ihr zu, und seine Grübchen kamen zum Vorschein. „Offenbar kenne ich dich auch ganz gut."

Ja, das stimmte. „Und was schreibt das Kowalski-Weihnachts-Protokoll als Nächstes vor?"

„Sex mit der Nachbarin."

Lachend stand Beth auf. „Netter Versuch."

„Peinliche Actionfilme und Essen."

Beth hielt ihm die Hand hin und zog ihn auf die Füße. „Genauso stell ich mir Weihnachten vor!"

Explodierende Brücken, Verfolgungsjagden, viel Gelächter und noch mehr Zimtschnecken. Es wurde einer der schönsten Tage, die Beth je erlebt hatte. Sich am Abend von Kevin zu verabschieden und in ihre Wohnung zurückzukehren kostete sie fast übermenschliche Kräfte. Doch sie widerstand der Versuchung und verfiel nicht einfach Kevins Charme.

12. KAPITEL

Februar

Das Baby verlangte nach einem Bacon-Cheeseburger. Okay, Beth wusste, dass es noch zu früh war, um sich damit herauszureden. Also schön: Sie wollte einen Bacon-Cheeseburger – und zwar ohne schlechtes Gewissen. Zur Hölle mit geraspelter Rohkost!

Um diese Uhrzeit – etwa eine Stunde bevor es richtig voll wurde – war ihr Lieblingsplatz am Tresen unten im *Jasper's* bestimmt noch frei.

Super, auf in die Bar, und her mit einem riesigen Teller Kalorien und Fett! sagte sie sich. Mal ehrlich, was war ein Cheeseburger ohne Fritten? Anschließend konnte sie sich dann wieder in ihrer Wohnung vor dem kalten Februarwetter verkriechen.

Zu ihrer Überraschung war Kevin da und hatte die Nase in ein Buch gesteckt. Wie immer, wenn sie ihn sah, empfand sie eine Mischung aus Verlangen und Bedauern.

Er war so ein toller Kerl. Seine zahlreichen wunderbaren Eigenschaften bildeten eine überraschend große Schnittmenge mit den Eigenschaften, die sie sich bei einem Mann wünschte. Also schön, zugegeben, sie waren praktisch deckungsgleich.

Nur leider standen ihr begründete Ängste und Zweifel im Weg. Bei Kevin Kowalski fühlte sie sich sicher und geborgen. Er hätte ihr Halt gegeben, während ihr Leben sich gerade vollkommen veränderte. Und eben darum konnte sie ihren Gefühlen für ihn nicht trauen. Genauso wenig wie seinen – er wünschte sich unbedingt ein Kind, und sie ließ diesen Wunsch jetzt in Erfüllung gehen. Das mochte ihm für eine Beziehung mit ihr genügen, ihr aber nicht.

Weil Beth nicht länger herumstehen und seinen Hinterkopf anstarren konnte, setzte sie ihr freundlichstes Lächeln auf und ging zu ihm hinüber. „Was liest du denn da?"

Kevin schlug sofort das Buch zu, legte es eilig mit dem Cover nach unten auf den Tresen und schirmte es dann mit den Händen ab. „Nichts."

„Komm schon. Ich liebe Bücher." Beth reckte den Hals und erkannte sofort das Bild auf dem hinteren Klappendeckel wieder. Kein Wunder. Sie sah es ja jeden Abend auf ihrem Nachttisch. „Du liest ‚Was passiert, wenn's passiert ist'?"

Seine Wangen glühten so rot wie das Patriots-T-Shirt, das sie trug. „Na und?"

„Also … Ich finde das süß."

„Süß?" Er beugte sich zu ihr hinüber und grinste sie an.

„Nicht so süß." Sie schob ihn weg und gab bei Randy ihre Bestellung auf. Der hörte kaum zu und notierte sich auch nichts – er wusste genau, was sie wollte. Dasselbe wie immer. Hm, vielleicht wurde es Zeit, den Burgern hier abzuschwören.

Kevin tippte auf den Bucheinband. „Also, wenn sie das Promifoto von dem Baby machen, finden wir dann raus, ob es blau ist oder pink?"

„Promifoto?"

„Ja, du weißt schon, das verschwommene Schwarz-Weiß-Bild, auf dem die Kleinen immer aussehen wie Außerirdische?"

„Du meinst den Ultraschall."

Er zuckte mit den Schultern. „Ja, genau. Dem Buch zufolge müsste es langsam so weit sein. Sagt der Arzt einem dabei nicht auch das Geschlecht des Babys?"

„Mein Termin ist am Dienstag, aber häufig ist es noch zu früh dafür, oder das Baby liegt gerade ungünstig."

„Dienstag in drei Tagen?", fragte er. Sie nickte und öffnete die Dose Sodawasser, die Randy vor ihr auf den Tresen gestellt hatte. „Und wann wolltest du mir das mitteilen? Um wie viel Uhr ist der Termin? Nur damit ich mir freinehmen kann."

„Du willst mit?"

Verletzt schaute er sie an. „Natürlich, was dachtest du denn?"

Klar, hätte sie sich ja denken können. Und sie wusste auch, dass er nicht nur mitwollte, weil er die Arztrechnung bezahlte. Ein Mann wie Kevin Kowalski verpasste auf keinen Fall den ersten Ultraschall seines Kindes.

Es war keine bewusste Entscheidung von ihr gewesen, ihn nicht zu fragen. Nur war das eben … ein so intimer Moment – was objektiv betrachtet selbstverständlich lächerlich war. Schließlich hatten sie sich geliebt, was wesentlich intimer war, als danebenzusitzen, während jemand mit einem Ultraschallsensor über ihren nackten Bauch fuhr.

„Tut mir leid", sagte sie und meinte es auch wirklich ehrlich. „Der Termin ist ganz früh – halb neun. Sollte mit deiner Schicht in der Bar nicht kollidieren."

„Ich warte dann um acht unten im Flur auf dich. Falls man es schon sehen kann und das Baby in der richtigen Position liegt, willst du es dann wissen?"

Sie hatte noch nicht darüber nachgedacht. „Und du?"

„Ich weiß nicht."

„Ich auch nicht. Was, wenn das Geschlecht dann doch nicht stimmt? Manchmal irren die Ärzte sich, und dann hast du dich schon auf einen Namen festgelegt, kaufst Unmengen Babyzeug in Rosa oder Hellblau, und am großen Tag folgt die große Überraschung! Alles falsch."

„Hast du schon über Namen nachgedacht?"

Sie schüttelte den Kopf. „Dafür ist es noch zu früh.

Bringt Unglück. Aber falls wir jetzt herausfinden, dass es ein Mädchen ist, hättest du noch genügend Zeit, dich an den Gedanken zu gewöhnen."

Er machte wieder ein verletztes Gesicht. „Was soll das denn bitte heißen?"

„Wenn es ein Mädchen ist, wäre es mir lieber, wenn du die Enttäuschung schon mal überwinden würdest."

„Es ist mir egal, ob es ein Junge oder ein Mädchen ist. Solange nur alles in Ordnung ist, bin ich im siebten Himmel."

„Aber du sagst immer *er* und *sein* und nennst es *der Kleine*. Es ist ziemlich offensichtlich, dass du einen Jungen möchtest, Kevin."

Er beugte sich wieder näher zu ihr herüber und lächelte. „Ich sage das nur, weil es dich nervös macht. Du rollst dann mit den Augen und lächelst mich an, und das sieht so süß aus."

Sie schubste ihn fort, als Randy den Burger vor ihr absetzte. „Hm, ich möchte mich überraschen lassen."

„Dann sagen wir dem Doc, dass wir es nicht wissen wollen." Er stibitzte sich eine Pommes von ihr. „Ach übrigens, vielleicht solltest du die Bar am Sonntag besser meiden. Ich kann die Küche bitten, dass man dir einen Burger raufbringt. Hier unten wird nämlich die Hölle los sein."

Sie haute ihm auf die Finger, als er nach einer weiteren Pommes griff. „Warum? Was ist denn Sonntag los?"

Er warf ihr einen halb ungläubigen, halb entsetzten Blick zu. „Das weißt du nicht? Im Ernst? Sonntag ist Superbowl. Der wichtigste Tag in der Welt des Footballs. Sonst nichts weiter."

„Spielen die Patriots?"

„Nein, die sind raus. Trotzdem werden hier Massen von

Leuten einfallen, die das Spiel lieber zusammen mit anderen Football-Fanatikern in einer Bar sehen wollen. Wird ein großer Tag fürs *Jasper's*."

Als er wieder versuchte, ihr eine Pommes zu klauen, zog sie ihren Teller weg. Wie konnte der Mann es wagen, einer Schwangeren die Kohlenhydrate zu stehlen?

„Danke für die Warnung. Dann bleibe ich wahrscheinlich wirklich zu Hause und lese."

„Und noch was. Wir planen da diesen Ausflug – also Dad, Evan und meine Brüder –, wir wollen für ein langes Wochenende rauf nach Norden und da Schneemobil fahren. Nur die Jungs. Machen wir jedes Jahr Mitte Februar, wenn der Superbowl vorbei ist und es in der Bar etwas ruhiger wird. Also nicht diesen Donnerstag, sondern am nächsten. Donnerstag los, Montag zurück."

„Okay."

„Also, ist das … Bist du damit einverstanden?"

Sie schluckte einen Bissen ihres Burgers hinunter und spülte mit etwas Soda nach. „Warum denn nicht?"

„Weiß nicht." Er zuckte mit den Schultern. „Ich habe da oben kein Netz, also kannst du mich nicht erreichen."

„Dann rufe ich Paulie an, falls was ist. Oder eine andere von den gefühlten tausend Nummern, die du in meinem Handy einprogrammiert hast. Eigentlich hast du dabei nur die Nationalgarde ausgelassen."

„Okay." Schmollte er? Ja, es sah ganz danach aus. „Ich wusste nur nicht, wie du es findest, dass ich so lange weg bin."

„Kevin, falls du eine Frau willst, die sofort in Tränen ausbricht, wenn sie sich mal fünf Minuten nicht an deine breiten Schultern lehnen kann, hättest du auf der Hochzeit deines Bruders mit der Rothaarigen schlafen müssen."

„Welche Rothaarige?" Er zwinkerte und warf ihr wieder

diesen Blick zu, von dem ihr ganz komisch wurde. „Versprich mir, dass du Paulie oder Mom anrufst, falls du was brauchst.“

Beth versprach es und widmete sich dann wieder ihrem Cheeseburger.

Vier Tage Pause voneinander würden ihnen wahrscheinlich beiden guttun. Er konnte dann aus der Beschützerrolle schlüpfen, und sie konnte mal ein paar Tage wieder sie selbst sein und nicht nur die zerbrechliche werdende Mutter. Vielleicht half ihr das ja auch dabei, ihre Gefühle mit dem Verstand zu vereinbaren – im Moment dachte sie nämlich heimlich dauernd daran, doch wieder mit Kevin ins Bett zu gehen.

„Wirst du mich vermissen?“, fragte er, wahrscheinlich um sie von einem weiteren Pommes-Diebstahl abzulenken.

„Hey, du raubst deinem Kind die dringend benötigte Nahrung. Das ist dir doch klar, oder?“

Er lachte so laut, dass er sogar den Fernseher übertönte. „Liebling, das Baby muss nicht hungern. So oft, wie du dir unsere Burger einverleibst, wird sein erstes Wort bestimmt Muuuh.“

Beth schnappte sich das Buch vom Tresen und schlug ihn damit auf den Arm. „Klugscheißer. Und damit das klar ist: Natürlich werde ich dich nicht vermissen!“

„Aber doch bestimmt ein- oder zweimal an mich denken?“

Sie schüttelte energisch den Kopf, aber als er wieder zwinkerte und seine Finger auf ihren Teller zubewegte, wusste sie, wie sehr sie ihn vermissen würde.

Paulie quälte sich gerade durch die unglaublich langweilige Mittagsschicht in der Bar, als Kevin und Beth hereinkamen.

Endlich. Sie warf ihr Handtuch auf den Tresen und winkte den beiden zu. „Und?"

Beth strahlte. „Der Ultraschall war super. Alles perfekt."

„Freut mich zu hören." Paulie verschränkte die Arme und starrte Kevin an. „Nicht, dass ich mir Gedanken gemacht hätte, weil ihr um acht Uhr morgens los zum Doc seid und es jetzt schon ein Uhr ist, nein, nein."

Kevin, der Mistkerl, lächelte sein strahlendstes Lächeln, als hätte er vergessen, dass sie dagegen vollkommen immun war. „Sorry. Wir haben danach erst zusammen gefrühstückt, uns dann Kinderwiegen und so ein Zeug angesehen, und plötzlich war es schon Zeit fürs Mittagessen, also …"

„Ist ja auch egal. Habt ihr denn herausgefunden, was es wird?"

Beth schüttelte den Kopf. „Wir wollen uns überraschen lassen."

„Dann bereitet euch darauf vor, mit mintgrüner Baby-Ausstattung überschüttet zu werden. Oder noch schlimmer – mit gelber. Ach übrigens, Kev, in einer halben Stunde kommt der Typ von der Brauerei, der dir seine neuen Sorten vorstellen will."

„Hoffentlich bringt er Proben mit. Ich könnte ein Bier vertragen. Wer kann denn ahnen, dass es so viele verschiedene Wiegen gibt? Von Autositzen und Kinderwagen ganz zu schweigen. Dafür brauche ich eine Excel-Tabelle. Oder ein Tortendiagramm."

„So schlimm ist es gar nicht", widersprach Beth. „So, ich muss mich für die Arbeit fertig machen. Ich hab die Schicht getauscht, um heute Morgen freizubekommen, also bin ich heute mit der Spätschicht dran."

„Dann hole ich dich ab."

„Ich kann laufen, Kevin, das tut mir gut. Falls es regnet oder schneit, nehme ich ein Taxi."

„So spät noch? Ich hole dich ab."

Die beiden diskutierten darüber noch immer, als sie die Bar verließen, und Paulie schüttelte den Kopf. Was für ein süßes Paar. Auch wenn sie versuchten, so zu tun, als seien sie keins.

Paulie verstand, dass Beth nicht nur wegen des Kindes heiraten wollte. Dabei war jedem im Umkreis von hundert Meilen sofort klar, dass die Chemie zwischen ihr und Kevin einfach stimmte. Anstatt dagegen anzukämpfen, hätten die beiden endlich mit dem Unsinn aufhören sollen.

Sie wandte sich gerade wieder ihrer Bestandsliste der Vorräte für den Superbowl zu, als ihr Handy piepte. Eine SMS. Gegen ihren Willen musste Paulie grinsen, als sie sah, dass die Nachricht von Sam stammte.

„Hast du mich vermisst?"

Als würde sie ihm die Genugtuung verschaffen! „Nö."

„Ich vermisse dich. Was hast du an?"

„Nichts. Ich bin nackt. Ach ja, und ich soll von Bob grüßen."

Das Telefon klingelte fast augenblicklich, und Sams Name erschien auf dem Display. „Hallo."

„Mit Bob meinst du wohl hoffentlich deinen Vibrator, oder?"

„Hallo, Sam."

„Sag mir, dass du nicht mit irgendeinem Typen im Bett bist."

„Okay, ich bin nicht mit irgendeinem Typen im Bett."

Sie konnte seine Wut förmlich durchs Telefon spüren. „Verdammt, Paulie, ich bin in Deutschland und soll in ein paar Minuten einige wirklich wichtige Investoren auf ein paar Drinks treffen. Treib keine Spielchen mit mir."

„Ich arbeite, du Spinner. Wer hat um ein Uhr nachmittags Zeit, sich in den Laken zu wälzen?“ Sie lehnte sich gegen den Tresen und ignorierte nach Kräften, wie sehr sie seine Stimme in den letzten Monaten vermisst hatte. E-Mails und SMS waren da kein Ersatz.

„Ich bleibe noch ein paar Tage in Europa. Danach muss ich bestimmt zehn Tage wegen wichtiger Verhandlungen in Boston verbringen. Wird wohl noch einige Wochen dauern, bis ich wieder zurück in New Hampshire bin.“

„Lass dir Zeit. Von meiner Seite besteht kein Grund zur Eile.“

Er lachte, und Paulie fiel sofort ein, was sie noch sehr vermisste … „Wir sehen uns bald wieder, Paulie.“

„Ja, ja, kein Problem“, zwang sie sich zu sagen und klappte das Handy zu.

Es ärgerte sie, dass sie Herzklopfen bekam, wenn sie an Sam Logan dachte. Fünf Jahre zuvor hatten sie aber auch wirklich heißen Sex gehabt. Und sie war damals ganz dicht davor gewesen, ihn zum Altar zu schleifen. Tja, lange her …

Mit dem Hauptproblem hatte das alles sowieso herzlich wenig zu tun. Sie würde sich nie wieder in Paulette Lillian Atherton zurückverwandeln. Nicht einmal für Sam. Kevin hatte schon recht. Sam lebte noch immer in derselben Welt wie ihre Eltern. Falls sie sich auf ihn einließ, würde er sie vielleicht dorthin zurückholen wollen. Doch dazu würde es niemals kommen.

Der alljährliche Männer-Schneeurlaub war für Kevin normalerweise einer der Höhepunkte des Jahres. Diesmal allerdings war er nicht richtig bei der Sache. Im Schneemobil durch die Landschaft zu rasen, der pfeifende Wind, der Adrenalinschub, wenn er über einen zugefrorenen See schlitterte – all das war für ihn sonst einfach der Himmel auf Erden. Im Augenblick jedoch konnte er immer nur an Beth denken.

Er hätte ihr einen Abschiedskuss geben sollen. Sie war so cool gewesen, hatte ihm viel Spaß gewünscht und sich mit einem fröhlichen Winken von ihm verabschiedet, statt Ärger zu machen. Ja, er hätte sie definitiv schwindelig küssen müssen, bis sie ihn anflehte, doch bei ihr zu bleiben.

Stattdessen hatte er zugelassen, dass sie sich verhielt, als sei dieser Trip wirklich keine große Sache.

Nur ein paar verrückte Typen, die mit siebzig Meilen die Stunde durch den schneebedeckten Wald rasten. Vereiste Kurven. Umgestürzte Bäume. Dünnes Eis.

Dazu irgendwelche Penner, die auf der falschen Seite des Pfads um die Ecke bogen. Es gab hier unzählige Möglichkeiten für ernsthafte Verletzungen. Trotzdem schien Beth sich überhaupt keine Sorgen darüber zu machen, ob er aus diesem Urlaub heil zurückkam.

An einer stark vereisten und scharfen Kurve wurde Kevin langsamer und hörte, wie sich die Maschine hinter ihm näherte.

Als er die Zielgerade erreichte, fuhr er rüber zu Mike und Evan, die am Straßenrand standen. Nachdem er die Maschine abgewürgt hatte, löste er die Schnalle seines Helms, nahm ihn ab und stieg von der Maschine. Dann zog er sich die Skimaske vom Kopf.

Mike klopfte ihm auf die Schulter. „Hast du deine Eier in der anderen Jeans vergessen, oder was? So können wir gleich auslosen, wer von uns zuerst gegrillt wird, weil wir es niemals mehr rechtzeitig zum Abendessen in die Stadt schaffen."

„Und was passiert mit Beth und meinem Kind, wenn ich mich um einen Baum wickle?" Er schleuderte seinen Helm auf den Sitz, der sofort herunterrollte und auf den Boden fiel. „Ich hätte sie nicht allein lassen sollen."

„Allein? Die ist bestimmt froh, wenn sie auch nur eine Minute Ruhe hat. Lisa meinte, dass du einen Plan aufstellen wolltest, wer sie wann anruft."

„Ich habe nicht mal ein Testament. Das hätte ich unbedingt erledigen müssen, bevor wir losgefahren sind." Als sein Bruder ihn auslachte, widerstand Kevin nur mühsam dem Impuls, ihm ins Gesicht zu schlagen. „Ja, ja, mein Kind für alle Fälle abzusichern ist schon wahnsinnig witzig."

„Wer stirbt?", fragte ihr Dad und kam zu ihnen herüber. Joe folgte ihm auf den Fersen.

„Kevin hat Angst, dass er gegen einen Baum fährt", erklärte Mike, „und dass wir Beth dann im Stich lassen und sie obdachlos ums Überleben kämpfen muss."

„Das habe ich nicht gesagt."

„Gegen einen Baum knallen?", fragte Joe und verzog die Mundwinkel. „Dabei würde überhaupt nichts passieren! Bei dem Tempo, das du fährst, ist dein Kind mit der Schule fertig, wenn wir wieder zu Hause sind."

„Du kannst mich mal. So langsam war ich nun auch wieder nicht. Und du ..."

Er zeigte auf Mike. „Du hast vier Kinder zu Hause. Du solltest auch nicht rasen wie ein Verrückter."

„Im Gegensatz zu dir versuche ich Spaß zu haben, wenn sich mal die Chance dazu bietet. Und erzähl mir jetzt nicht, dass ich auch jederzeit von einem Bus überrollt werden könnte."

„Die Chance, gegen einen Baum zu rasen, ist wesentlich größer, als vom Bus überfahren zu werden", murmelte Kevin. „Ich geh mal austreten."

Er kochte vor Wut. Wenn Mike etwas passiert wäre, hätte die ganze Familie Lisa aufgefangen. Beth aber hatte niemanden. Ohne ihn wäre sie ganz allein.

Natürlich würden die Kowalskis sie niemals im Stich lassen. Auf den Gedanken wäre er nicht mal im Traum gekommen. Aber Beth war sehr stolz und regelte ihr Leben am liebsten allein. Selbst von ihm nahm sie kaum Hilfe an. Da würde sie sich im Falle eines Falles bestimmt nicht an seine Familie wenden. Paulie würde natürlich auf sie aufpassen, aber das war nicht dasselbe. Möglicherweise setzte Beth sich dann in den nächsten Bus Richtung Florida, und das wär's dann. Er schuldete es ihr, dem Baby und seiner Familie in einem Stück wieder nach Hause zu kommen.

„Und wann leistet du und Keri euren Beitrag zum Familienstammbaum, Joe?“, fragte Mike gerade, als Kevin wieder dazustieß.

„Wir arbeiten daran. Ständig.“

Da seine moderate Geschwindigkeit in den Augen seiner Brüder offenbar seine Männlichkeit infrage stellte, sagte Kevin: „Ich habe nur einen Versuch benötigt, kleiner Bruder.“

„Willst du jetzt damit angeben, dass du zu blöd bist, um ein Gummi richtig zu benutzen? Ist ja typisch.“

„Nicht meine Schuld, dass es keinen gibt, der mich aufhalten kann.“

„Okay“, schaltete sich Leo ein. „Lasst uns weiterfahren, bevor ihr euch noch prügelt.“

Als sie sich wieder auf den Weg machten, scherte Joe aus und überholte Kevin. Ihr Vater blieb hinter ihm, damit er nicht allein fahren musste, während seine Brüder ihn in einer Schneewolke hinter sich ließen.

Verdammt! Er gab kräftig Gas und hörte den Motor aufheulen. Als er den Rückstand zu Joe aufgeholt hatte, versuchte er alle Gedanken an Beth zu verdrängen – und an den kleinen Außerirdischen mit dem niedlichen Näschen und dem auf dem Ultraschall deutlich sichtbar schlagenden Herzen. Joe gewann wieder Vorsprung, und Kevin gab noch mehr Gas. Schließlich sollte sein Kind sich bei künftigen Familientreffen keine Geschichten von dem Ausflug anhören müssen, bei dem sein Daddy wie ein Mädchen gefahren war.

13. KAPITEL

Zwei Tage ohne Kevin waren vergangen. Zwei standen Beth noch bevor.

Sie seufzte und warf das Eltern-Magazin, in dem sie halbherzig geblättert hatte, zurück auf den Couchtisch. Es war wirklich lächerlich, dass sie so fertig war.

Eigentlich hätte sie die Zeit, die sie für sich allein hatte, doch genießen müssen. Stattdessen fühlte sich der erste Stock des Hauses so leer an, dass sie Angst hatte, gleich vor lauter Einsamkeit Selbstgespräche zu führen. Außerdem machte sie sich Sorgen um Kevin.

Als er sich von ihr verabschiedet hatte, wäre sie ihm am liebsten um den Hals gefallen und hätte ihn angefleht, doch bitte, bitte bei ihr zu bleiben. Tatsächlich hatte sie sich nur zurückhalten können, weil sie wusste, dass er tatsächlich geblieben wäre. Nur ihretwegen. Und das war genau die Art gegenseitiger Abhängigkeit, die sie unbedingt vermeiden wollte.

Kurz zuvor hatte sie eine Stunde mit ihrer Mutter telefoniert. Ihre Eltern hatten eigentlich herfliegen wollen, aber ihr Vater hatte sich auf der Kreuzfahrt eine hartnäckige Erkältung eingefangen. Natürlich wollten sie es auf jeden Fall vermeiden, Beth anzustecken. Also hatte sie ihnen per E-Mail ein Foto von ihrem Bauch geschickt, und ihr Vater hatte ein Bild ihrer Mutter zurückgeschickt, auf dem sie gleichzeitig weinte und lachte.

Nachdem Beth ihre bereits blitzblanke Wohnung zum dritten Mal geputzt hatte, war das Klopfen an der Tür eine willkommene Ablenkung. Vor allem weil es Paulie war, die davor stand.

„Scheiß drauf!“, rief sie und hielt sich nicht lange mit einer Begrüßung auf. „Der Laden ist wie ausgestorben. Das schafft Randy auch allein. Also dachte ich, ich schau mal, wie du ohne Kevin klarkommst."

„Um ehrlich zu sein, langweile ich mich. Mir war nicht klar, wie viel Zeit ich normalerweise mit ihm verbringe."

„Wenigstens ist er am Montag wieder da."

„Wann kommt eigentlich Sam zurück?", wollte Beth wissen.

„In ein paar Wochen, hat er gesagt. Aber das ist eh nicht wichtig. Zwischen uns läuft nichts."

„Aber früher doch schon. Offenbar würde er gern wieder an eure alten Zeiten anknüpfen." Zu spät wurde Beth klar, was sie da sagte.

Paulie entging es ebenfalls nicht. „Hat Kevin dich eingeweiht?"

Beth zögerte. Aber es hatte keinen Zweck, es jetzt noch lange zu leugnen.

„Ja, aber ich habe geschworen, es keinem zu erzählen."

„Der Mistkerl", fluchte Paulie. Es klang aber nicht wirklich wütend. „Na ja, was soll man schon von einem Kerl erwarten, der so tut, als wäre er nicht mit dir zusammen."

„Wir tun nicht nur so. Wir sind wirklich kein Paar. Nur Nachbarn und Freunde, die ein Kind miteinander bekommen."

„Klar. Red dir das nur schön weiter ein, Schätzchen."

„Apropos so tun, als sei man kein Paar – was hast du denn vor, wenn Sam zurückkommt?"

Paulie legte die Füße auf den Couchtisch. „Weiß nicht. Natürlich ist mir klar, dass das mit uns nicht klappt, andererseits schaffe ich es aber auch nicht, den Kontakt zu ihm komplett abzubrechen."

„Warum willst du es nicht wenigstens mal versuchen?"

Beth setzte sich in den Sessel und stöhnte, weil ihre Hose so eng war und ihr in die Haut schnitt.

„Er steckt immer noch bis zur Seidenkrawatte im Morast der Bostoner Society, und dahin will ich nie wieder zurück. Es war die totale Hölle. Dein sozialer Status misst sich daran, welche Schuhe du trägst. Gott bewahre, jemand hätte dich auf Schnäppchenjagd erwischt. Das ist gesellschaftlicher Selbstmord. Ach Beth, du hast ja keine Ahnung."

Nein, das stimmte. Ihre Kindheit war schön gewesen, aber eben sehr durchschnittlich. Da war es schwer, sich mit einer Frau zu identifizieren, für die Geld noch nie eine Rolle gespielt hatte. „Ich verstehe noch immer nicht, warum es mit euch beiden zwingend schiefgehen müsste. Alle möglichen Leute pendeln von hier nach Boston. Das könnte er doch auch."

„Er muss jedes Jahr an Hunderten von Veranstaltungen teilnehmen, zu denen ich dann völlig aufgebrezelt mitmüsste. Und von seiner Frau wird man auch erwarten, dass sie Wohltätigkeitsveranstaltungen organisiert und im Countryclub Tennis spielt. Das ist einfach nicht mein Ding. Hast du irgendwas zu trinken da?"

„Klar." Beth stand auf und musste kurz anhalten, um die Hose hochzuziehen. Der Reißverschluss ging nicht mehr richtig zu, also hatte sie ihn offen gelassen. Weil aber ihr Hintern nicht runder geworden war, blieb die Hose einfach nicht oben.

„Du solltest dir mal einen Laden mit Umstandsmoden suchen."

Toller Rat, das war Beth auch klar. Ihrem Konto hingegen weniger. Beth hatte nämlich darauf bestanden, die Arztkosten fair mit Kevin zu teilen. Die Rechnung für den Ultraschall würde teuer werden, so viel war mal klar.

Selbst wenn sie bei Oxfam oder im Secondhandladen

schaute, würde das ein tiefes Loch in ihre Kasse reißen. Und das wäre nicht schön. Andererseits war die Aussicht, bei der Arbeit die Hose zu verlieren, auch nicht besser.

Paulie stand auf. Sie strahlte vor Aufregung. „Lass uns shoppen gehen!"

„Vielleicht hole ich mir nächste Woche ein paar Sachen."

„Wann? Ich komm mit!"

Die Vorstellung, wie die Besitzerin eines Treuhandfonds durch Oxfam spazierte, war so bizarr, dass Beth fast gelacht hätte. „Ich … weiß noch nicht, wann ich Zeit dafür habe."

„Lass uns jetzt gehen. Randy kann die Bar problemlos ein paar Stunden allein schmeißen."

Beth hätte Paulie lieber nicht erzählt, dass sie dafür im Moment kein Geld hatte, aber die würde sonst nicht lockerlassen. „Ich muss erst noch ein paar Wochen sparen."

„Oh." Paulie wirkte enttäuscht, doch dann hob sich ihre Stimmung schlagartig wieder. „Dann regel ich das. Betrachte es als ein verfrühtes Geschenk für deine Baby-Party."

„Oh." Über die hatte Beth sich noch gar keine Gedanken gemacht. Mit ein paar ihrer Kolleginnen verstand sie sich ganz gut, aber ob die scharf auf eine Baby-Party waren? Hm, ansonsten blieben noch Kevins Mutter, seine Schwester und Schwägerinnen. Und ihre eigene Mutter würde natürlich dafür herfliegen. „Wenn ich eine Party mache, dann nur eine ganz kleine."

Paulie warf den Kopf zurück und lachte. „Willst du mich auf den Arm nehmen? Ich habe gehört, wie Mrs Kowalski zu Mr Kowalski sagte, er soll Platz im Schrank machen, weil sie schon so viel für das Baby gekauft hat und nicht mehr weiß, wo sie damit hinsoll."

Beths Wangen glühten. „Sag sofort, dass das ein Scherz ist."

„Nein. Glaub mir, wenn die Kowalski-Mädels fertig sind, braucht dieses Kind bis zur Oberstufe nicht mal mehr neue Schuhe. Deshalb solltest du mein Angebot auch besser annehmen – dann bekommst du wenigstens ein Geschenk nur für dich."

Nein, Beth brachte es einfach nicht fertig. Paulie war inzwischen eine wirklich gute Freundin, trotzdem war es einfach falsch, sich von ihr ausstatten zu lassen.

„Hör zu." Paulie wurde auf einmal ernst. „Ich sag dir jetzt mal, wie es wirklich ist. Ich komme gut klar mit Kevins Familie und den anderen Frauen, die hier arbeiten, aber ich habe seit einer Ewigkeit keine richtige Freundin mehr gehabt. Das fehlt mir. Du weißt ja nun über mich Bescheid. Ich muss mir über Geld ehrlich keine Gedanken machen. Und mir ist gerade nach einem richtigen Shopping-Anfall. In letzter Zeit habe ich meine Kreditkarte so wenig benutzt, dass die sich schon sträflich vernachlässigt fühlt."

„Ich weiß nicht."

„Okay, ich will wirklich nicht angeben, aber ich muss dir irgendwie klarmachen, warum du kein schlechtes Gewissen haben musst. Also – ich könnte das halbe Einkaufszentrum leer kaufen, inklusive Kleinwagen vom Autohaus, und der Manager meines Treuhandfonds würde das nicht mal bemerken."

Beth konnte sich so viel Geld nicht mal vorstellen. Etwas zu kaufen, das ihr gefiel, ohne auch nur einen Blick aufs Preisschild zu werfen? Das war eine vollkommen surreale Vorstellung.

Paulie klatschte begeistert in die Hände und bettelte sie an.

„Komm schon, Beth. Lass uns prassen. Ein bisschen was vom Geld meiner Großmutter ausgeben."

Beth knickte ein. Die Versuchung war einfach zu groß.

Und auch sie hatte lange keine richtige Freundin mehr gehabt.

„Vielleicht nur ein paar Hosen", sagte sie schließlich. „Und wenn die Kowalskis für mich eine Baby-Party geben, darfst du mir nichts mehr schenken."

„Okay."

„Ich meine das völlig ernst. Nur Hosen. Zwei."

„In Ordnung."

Obwohl Kevin kein Vollgas gab, schafften es die Jungs rechtzeitig zum Abendessen zurück in die Stadt und gingen in ihren Lieblingspub.

Beth ist jetzt bei der Arbeit, dachte Kevin und starrte melancholisch in sein Bier. Die ganze Nacht auf den Beinen, Teller tragen und mit der Kaffeekanne ihre Runden laufen. Weil man ihr die Schwangerschaft noch nicht ansah, würde auch niemand Rücksicht auf sie nehmen.

„Kevin. Was, zur Hölle, ist los mit dir?", fragte sein Vater und musterte ihn.

„Ich habe Probleme mit einer Frau."

Mike stieß einen verächtlichen Laut aus. „Weil du eine geschwängert hast, die du kaum kanntest?"

„Sehr witzig." Kevin trank einen großen Schluck von seinem Bier. „Es ist mir ernst."

„Sprich mit deiner Mutter darüber", riet Leo und schlug ihm auf die Schulter. „Die ist da der richtige Ansprechpartner."

„Mom ist nicht hier. Ihr schon. Und du hast gefragt."

„Dann leg los." Joe lehnte sich zurück und verschränkte die Arme. „Aber gib uns nicht die Schuld, wenn dir unsere Ratschläge nachher nicht passen."

„Wir brauchen mehr Bier." Evan winkte der Kellnerin und bestellte noch eine Runde. „Ich bin schon so lange mit deiner Schwester verheiratet – da bin ich Experte, was diskrete Verwicklungen angeht."

Mike schüttelte den Kopf. „Terry? Diskret?"

„Nicht, dass sie schwierig wäre. Aber ich weiß, dass Frauen es sein können."

Als sie alle mit einem neuen Bier versorgt waren – und Joe mit einer Cola –, spielte Kevin an seinem Bierdeckel herum und versuchte, den richtigen Anfang zu finden.

„Also, Beth kann manchmal etwas kratzbürstig sein."

Alle lachten, und Mike sagte: „Hey, du hältst sie jetzt für kratzbürstig? Warte, bis sie ihre Füße nicht mehr sehen kann."

Kevin warf eine zusammengeknüllte Serviette nach ihm. „Halt die Klappe."

„Jungs!", rief Leo, und seine Söhne verstummten sofort. „Okay. Raus damit, Kevin. Bis du fertig bist, sind wir sonst noch alle sturzbetrunken."

„Beth ist sehr empfindlich, wenn es darum geht, Hilfe anzunehmen. In Sachen Bindung hat sie einen Knacks weg und besteht auf völlige Unabhängigkeit. Also ist es jedes Mal ein Kampf, bis sie die kleinste Unterstützung von mir akzeptiert."

„Das spricht nicht gerade gegen sie", meinte Evan. „Eine Menge Frauen würden dich in dieser Situation ausnehmen wie eine Weihnachtsgans. Vielleicht sogar mit Unterstützung des Gerichts."

„Vielleicht unterstützt das Gericht mich ja dabei, Beth davon zu überzeugen, dass sie sich von mir aushalten lässt."

Die anderen brachen in schallendes Gelächter aus, was Kevin Gelegenheit gab, sich einen kräftigen Schluck Bier zu genehmigen.

Dann musste sein Vater husten, bis Mike und Kevin ihm ein paarmal auf den Rücken schlugen. „Willst du mich umbringen, Kevin? Aushalten? Willkommen im 21. Jahrhundert, Junge."

„Wie soll man es sonst nennen? Sie kann nicht den ganzen Tag kellnern. Das ist anstrengend. Ich möchte, dass sie kündigt und mich finanziell für sie sorgen lässt. Aber schon, als ich ihr nur ein Handy gekauft habe, ist gleich der verdammte Dritte Weltkrieg ausgebrochen."

„Die meisten Frauen arbeiten fast bis zu ihrem Stichtag", stellte Mike fest. „Auch Kellnerinnen. Dann kommt der Mutterschutz – unbezahlt natürlich –, und nach der Geburt heißt es dann: ab zurück zum Dienst."

Kevin wollte nicht, dass Beth so lange so hart arbeitete. Sie zeigte jetzt schon Anzeichen vorzeitiger Ermüdung, und man konnte ihren Bauch bisher nicht einmal sehen. Dazu kam noch die Vorgeschichte ihrer Mutter mit den Fehlgeburten …

„Wenn sie im Büro arbeiten würde, dann vielleicht. Aber sie kann sich nicht mal hinsetzen, außer in den Pausen."

„Hat sie denn von sich aus angedeutet, dass sie lieber nicht arbeiten will?", fragte Joe.

„Nein, das würde Beth nie tun. Sie ist es gewohnt, ihr Leben allein zu regeln, egal, wie schwer das sein mag. Ihr käme es nicht einmal in den Sinn, mit der Arbeit aufzuhören."

Evan schlug ihm wieder auf den Rücken. „Ist schon ein schlimmes Schicksal, Kowalski. Eine Frau, die Sex mit dir hatte, aber keine Geschenke will und dein Geld nicht nimmt?"

„Ob es ihr gefällt oder nicht, es ist meine Aufgabe, mich um sie zu kümmern."

„Magst du sie wirklich so sehr?", fragte Joe.

„Natürlich mag ich sie. Sie bekommt mein Kind."

Leo schüttelte den Kopf. „Wenn sie keine Hilfe von dir möchte, ist das ihre Angelegenheit."

Das begriff Kevin einfach nicht. Warum wollte Beth sich

denn nicht von ihm unterstützen lassen? Was für sie gut war, war auch gut für das Baby. Den ganzen Tag durchgeschüttelt zu werden, während seine Mutter Cheeseburger servierte, konnte nicht gut für ein Ungeborenes sein. Und genau deshalb war es besser, wenn sie ihren Job als Kellnerin an den Nagel hängte.

„Weißt du, was du tun musst?“, fragte Mike.

„Dann hätte ich euch Idioten wohl kaum um Rat gefragt. Also, nicht dich, Dad. Die anderen Idioten hier.“

„Schon klar.“ Mike beugte sich vor. „Okay, ich verrate es dir. Du musst ihr selbst einen Job anbieten.“

„In meiner Bar zu kellnern, wäre doch nicht anders.“

„Nicht kellnern. Bürokram. Lagerbestand und so was. Sie hat doch BWL studiert. Um in dem Job zu arbeiten, braucht man nicht unbedingt einen Abschluss.“

Kevin war verblüfft. „Woher, zur Hölle, weißt du, was sie studiert hat?“

„Lisa hat es mir gesagt.“

„Und woher weiß Lisa das?“

„Keine Ahnung, Beth wird es ihr halt erzählt haben. Oder sie weiß es von Paulie, die es Terry erzählt hat, die es Mom gesagt hat, die es Lisa erzählt hat. Du weißt doch, wie das läuft.“

Kevin dachte kurz über Mikes Plan nach, glaubte aber nicht daran, dass er funktionieren würde. „Ich schmeiße die Bar seit zwei Jahren problemlos allein. Das ist Beth klar. Wenn sie ahnt, warum ich sie einstellen will, sagt sie garantiert Nein.“

„Mach ihr eben vor, dass du total überlastet bist. Verbock was. Verlier irgendwelche Papiere. So in der Art.“

Evan nickte. „Aber geh unauffällig dabei vor. Vertrau mir, ich weiß, wovon ich spreche. Es gibt keine sturere Frau auf diesem Planeten als Terry.“

„Das hat sie von ihrer Mutter“, sagte Leo. „Deine Brüder haben übrigens recht. Nichts macht eine Frau glücklicher als ein Mann, der ohne sie nicht klarkommt.“

„Bist du sicher, dass du das wirklich willst?“, fragte Joe, und alle stöhnten. Als ältester Bruder hatte er immer das Gefühl, die Stimme der Vernunft spielen zu müssen. Eine Eigenschaft, die seine jüngeren Brüder und Evan nicht entsprechend zu würdigen wussten. „Du hast ihr schon die Wohnung gegeben. Jetzt willst du ihr auch noch einen Job verschaffen. Jemanden so abhängig zu machen ist keine Kleinigkeit.“

Da musste Kevin ihm recht geben. Und wenn Beth das eben gehört hätte, wäre sie durchgedreht. Trotzdem hielt er es für das Beste. Zum Wohl des Babys wohlgemerkt. Es hatte natürlich nichts damit zu tun, dass er sich nichts Tolleres vorstellen konnte, als noch mehr Zeit mit Beth zu verbringen …

Die Kellnerin brachte das Essen, aber Joe musste noch einmal nachsetzen. „Familien sind keine Urzeitkrebse, Kev. Du kannst nicht einfach Wasser draufschütten und dann abwarten, bis sie auf geheimnisvolle Weise aus dem Nichts auftauchen. Ihr bekommt ein Kind, aber das muss nicht bedeuten, dass Beth die Richtige für dich ist. Oder du der Richtige für sie.“

„Schon klar.“ Kevin wandte sich seinem Teller zu, damit er nichts mehr sagen musste.

Natürlich war ihm das klar. Aber er wusste auch, wie viel Zeit er damit verbrachte, nur an Beth zu denken. Wenn sie voneinander getrennt waren, zählte er jedes Mal die Minuten, bis er sie wiedersehen würde. Nachts konnte er nicht schlafen und wünschte sich, mit ihr aufzuwachen. Das lag doch nicht nur daran, dass sie von ihm schwanger war. Da war er sich ziemlich sicher.

Vier Stunden und sieben Aufzugfahrten später kollabierte Paulie neben Beth auf dem Sofa und deutete auf den Stapel Einkaufstaschen. „Haben wir überhaupt daran gedacht, auch Hosen zu kaufen?"

„Ich denke schon." Beth sah so müde, aber auch glücklich aus, wie sie sich fühlte. „Ich kann immer noch nicht glauben, dass ich mir diese ganzen Sachen von dir habe aufschwatzen lassen. Das ist einfach zu viel."

Paulie fand das nicht. Ein paar Hunderter waren ein kleiner Preis für den großartigen Nachmittag, den sie miteinander verbracht hatten. „Ich habe jede Sekunde genossen."

Oh Schreck. Beths Augen wurden schon wieder feucht. Die verdammten Hormone! „Vielen Dank, Paulie. Ich ... einfach nur Danke zu sagen klingt so lahm."

„Gern geschehen. Und alles Gute zur vorgezogenen Baby-Party."

Paulie stand schnell auf, bevor Beth den Wasserwerken Konkurrenz machte. „Ich sollte jetzt besser nach unten gehen und nachsehen, wie Randy klarkommt. Ist das erste Mal, dass er die Bar allein führt. Außerdem kann mich nichts auf der Welt dazu bringen, jetzt gemeinsam mit dir die ganzen Schilder von den Klamotten abzuschneiden."

Es gelang ihr tatsächlich, das Appartement zu verlassen, ohne bei Beth einen weiteren hormonbedingten Heulkrampf auszulösen. Bevor Paulie runter in die Bar ging, legte sie noch einen kleinen Zwischenstopp in ihrer Wohnung ein. Unten im *Jasper's* war es nicht allzu voll, nur ein paar Stammgäste waren da. Nichts, was Randy nicht im Griff gehabt hätte. Sie winkte ihm zu, machte Small Talk mit einigen der Stammgäste und ging dann wieder nach oben. Gegen Abend würde sie wieder mitarbeiten, aber bis dahin konnte sie sich ja vielleicht einen Film ansehen.

Zuerst fuhr sie ihren Laptop hoch und bemerkte angewidert, dass sie beim Checken ihrer E-Mails gespannt den Atem anhielt.

Und da war sie, die E-Mail mit dem Absender S. T. LOGAN.

Schon peinlich, wie geradezu lächerlich sie sich darüber freute. Diese Beziehung war eine Sackgasse. Ach was, es gab ja nicht mal eine Beziehung! Höchstens einen belanglosen Flirt, aus dem nie mehr werden konnte. Sie öffnete die Mail.

„Kannst du dich an den Tag erinnern, als wir von diesem Lunch abgehauen und mit dem Cabrio nach New Hampshire in die Berge gefahren sind, um uns das Herbstlaub anzusehen? Die Sonne schien, und du hast versucht, dir das Haar aus dem Gesicht zu streichen. In dem Moment warst du die schönste Frau, die ich je gesehen hatte. Und das bist du immer noch."

Wie hätte sie diesen Tag vergessen können? Sie hatten geschwänzt – waren vor ihren sozialen Verpflichtungen und Terminen fortgelaufen – und waren den Kancamagus Highway entlanggefahren, bis sie ein Plateau entdeckten, von dem aus man eine atemberaubende Aussicht auf das unterschiedlich gefärbte Herbstlaub hatte. Sam hatte sie hemmungslos geküsst, als die Sonne langsam hinter den Bergen untergegangen war. Damals hätte sie liebend gern den Rest ihres Lebens mit ihm in den White Mountains von New Hampshire verbracht.

Aber Sam hatte es nicht lange ohne Business und Termine ausgehalten, und so war der idyllische Tag bald nicht mehr als eine schöne Erinnerung gewesen. Als sie vorgeschlagen hatte, dass sie so etwas doch noch einmal machen könnten, war er zu beschäftigt gewesen. Sie hatte ihn bedrängt, woraufhin er ihr einen Vortrag darüber gehalten hatte, dass er nicht alles aus einer dummen Laune heraus stehen und liegen lassen konnte, vor allem nicht wegen einer ihrer Launen. Er hätte Verpflichtungen.

Ihre Hand schwebte über dem Touchpad. Sie wollte auf die E-Mail antworten, wusste aber nicht, was. Wäre es nicht ein Fehler, ihn auch noch zu ermutigen? Wenn sie weiter mitspielte, würde sie nur seinem Charme zum Opfer fallen und mit ihm im Bett landen. Und bestimmt verlangte er dann mehr von ihr. So war Sam eben. Ganz oder gar nichts.

Ihr Handy klingelte, und die Nummer der Bar erschien auf dem Display. „Hallo?"

„Hey, Paulie." Es war Darcy. „Wir haben einen Tisch, der auf Randale aus ist, und die Jungs sind von Randys strengen Blicken nicht grad besonders beeindruckt."

„Ich bin sofort da." Paulie klappte ihren Laptop zu. Was für ein Glück! Jetzt blieb ihr noch eine Schonfrist, bis sie sich entscheiden musste.

14. KAPITEL

Kevin würde bald zurück sein. Das und der Gedanke an einen *Jasper's*-Burger halfen Beth, ihre Schicht durchzustehen.

Das Kind einer Kollegin war krank, und so hatte Beth an ihrem eigentlich freien Tag die Frühschicht für sie übernommen. Morgens um sechs Uhr anzufangen war hart gewesen, aber jetzt ebbte wenigstens der Ansturm zum Mittagessen langsam ab. Ihre Trinkgeldtasse war voll, und ihr Rücken und die Füße schmerzten.

Um die Sache noch zu verschlimmern, hatte die Chefin ein paar miese Bemerkungen über alleinerziehende Mütter gemacht. Wie unzuverlässig die doch wären. Dabei waren einige vielsagende Seitenblicke auf die kleine Kugel unter Beths Schürze gefallen, was sie nervös gemacht hatte. Langsam wurde ihr bewusst, dass sie nicht gerade für einen kinderfreundlichen Laden arbeitete.

Es konnte leicht passieren, dass sie ohne Job dastand, falls sie nicht während ihrer gesamten Schwangerschaft lächelte und keinerlei Schwäche zeigte. Da Existenzängste aber nicht gerade für gute Laune sorgten, verdrängte sie den Gedanken an eine mögliche Kündigung schnell wieder.

Kevin hatte gesagt, dass er am Abend zu Hause sein würde, aber wahrscheinlich nicht mehr rechtzeitig zum Essen. Da blieb ihr genug Zeit für eine lange, heiße Dusche und einen Cheeseburger, bevor er kam. Danach würde er vielleicht nicht bemerken, dass der Tag sie erschöpft und gestresst hatte.

Als sie endlich Feierabend hatte, zog sie sich die warme Winterjacke über und marschierte zu Fuß zurück zum *Jasper's*. Sie schlich sich durch die Hintertür hinein, damit ihr niemand ein Gespräch aufdrängte.

Die Dusche half enorm, ebenso wie die Tatsache, in eines ihrer neuen Umstands-Outfits schlüpfen zu können – ein rosafarbenes Kleid mit einem weißen Pullover zum Drüberziehen. Der Stoff fühlte sich himmlisch an auf der Haut, und die Farbe hob ihre Stimmung gewaltig. Alles, was sie jetzt noch brauchte, waren ein Bacon-Cheeseburger und Kevin.

Nicht, dass sie Kevin brauchte, um sich gut zu fühlen. Es wäre nur einfach nett, ihn heil wieder zu Hause zu haben. Damit sie aufhören konnte, sich Sorgen um ihn zu machen. Immerhin war er der Vater ihres Babys. Da war es nur natürlich, dass sie Angst hatte, ihm könnte etwas passieren.

Das redete sie sich jedenfalls ein, während sie mit dem Aufzug nach unten fuhr. Dass sie seine Stimme vermisste oder die Art, wie er sie ansah, hatte nichts damit zu tun. Natürlich nicht. Andernfalls hätte das ja bedeutet, dass sie sich gerade in ihn verliebte …

Unten im Flur angekommen, entdeckte Beth Terry, Lisa und Keri, die gerade hitzig darüber debattierten, ob der Aufzug sie alle drei transportieren konnte.

„Hey!", rief Keri. „Wir wollten gerade hoch zu dir, um dich zum Abendessen zu entführen, waren aber nicht sicher, ob wir im Aufzug vielleicht in den sicheren Tod stürzen."

„Ich glaube nicht, dass man in einem dreistöckigen Gebäude zu Tode stürzen kann", sagte Terry. „Fallen, ja. Stürzen? Nein."

Da sie mehrmals täglich mit dem Fahrstuhl fuhr, war das nichts, worüber Beth gern nachdachte. „Ihr geht also alle zum Abendessen?"

„Nein, wir gehen zum Abendessen", korrigierte Keri sie. „Ein letzter kostbarer Moment der Freiheit, bevor unsere Männer nach Hause kommen. Wir haben bei Paulie telefonisch einen Tisch reserviert. Wir würden auch woanders hingehen, aber angeblich führst du eine streng monogame Beziehung mit den Burgern vom *Jasper's*."

Die Kowalski-Mädels lachten, und Beth stimmte ein.

Es war schön, dass sie die drei Frauen und Paulie kennengelernt hatte. Bis dahin war Beth gar nicht aufgefallen, dass sie durch ihr Nomadenleben praktisch keine Freunde mehr hatte. Nicht, dass sie mit den Kowalski-Mädels über ihre Männerprobleme hätte reden können. Schließlich waren sie mit Kevin verwandt. Aber es war trotzdem schön.

Sie bestellten alle vier Burger mit Pommes, und Darcy brachte ihnen eine große Flasche eisgekühlte Cola.

Sie sprachen über Filme, von denen Beth die meisten nicht gesehen hatte, und über Mikes und Lisas Kreuzfahrt. Dann über die Kinder. Angeregt diskutierten sie darüber, ob sie alle eine Woche ohne Schule überstehen würden, denn die Winterferien hatten an diesem Tag begonnen.

Die ganze Zeit schaute Beth immer wieder heimlich auf die Uhr. Wenn Kevin ihr doch bloß genau gesagt hätte, wann er wieder zurück sein würde ...

„Schau dir die beiden an", sagte Terry zu Lisa und zeigte auf Keri und Beth. „Die zählen schon die Minuten."

Beth wurde rot, aber Keri lachte nur. „Verdammt richtig. Joe und ich üben für ein Baby, und das wird nichts, wenn er sich zwei Stunden Autofahrt von mir entfernt befindet. Außerdem habe ich es auch ansonsten dringend nötig."

Terry schüttelte den Kopf. „Vertrau mir, in ein paar Jahren bist du froh, wenn er ein paar Tage weg ist, damit du mal in Ruhe lesen kannst."

Beth war natürlich nicht in derselben Situation, weil sie nicht mit Kevin verheiratet war. Trotzdem sehnte sie sich nach ihm. Ungefähr so sehr, wie sich eine Frau auf Diät nach Schokokuchen sehnte. Er war eben doch mehr als nur ein Freund und Nachbar und, ja, auch mehr als nur der Vater ihres Kindes. Zugeben konnte sie das allerdings nicht – weder vor den anderen Frauen noch vor sich selbst. Weil es an der Situation nichts geändert hätte.

Kein Schokokuchen – und kein Kevin.

Kevin hatte es verdammt eilig, bemühte sich aber, das nicht so sehr zu zeigen. Die anderen hätten sich sonst wieder über ihn lustig gemacht. Er wollte nur noch schnellstmöglich nach Hause zu Beth. Oder genauer gesagt in seine Wohnung gegenüber von Beth, denn sie war ja zu stur und wollte noch nicht einmal bei ihm schlafen. Die Chancen, dass sie jemals bei ihm einziehen würde, gingen offensichtlich gegen null.

Weil das *Jasper's* keine Garage hatte, ließ er sein Schneemobil im Anhänger hinter dem Haus seines Vaters stehen und rannte dann zurück auf die Straße. Zwanzig Minuten später kam er frisch aus der Dusche und klopfte an Beths Tür.

Ihr glückliches Lächeln war der schönste Willkommensgruß, den er sich vorstellen konnte. „Hi."

„Hi", antwortete er und ließ den Blick an ihrem Körper hinuntergleiten. Sie trug ein langes pinkfarbenes Kleid mit einem aufgeknöpften Pullover darüber, beides neu.

Außerdem wölbte sich ihr zuvor flacher Bauch nun leicht, aber doch sichtbar.

Es war wunderschön. „Heilige Scheiße! Da drin ist ein Baby!"

Sie legte sich die Hand auf den Bauch und lachte schüchtern. „In den Umstandsklamotten sieht er größer aus, als er tatsächlich ist. Paulie hat mich mit zum Einkaufen geschleift. Ein verfrühtes Geschenk für meine Baby-Party."

Warum ließ sie sich etwas von Paulie schenken, aber nicht

von ihm? Schnell verdrängte er den Gedanken und konzentrierte sich lieber auf den kleinen Babybauch.

Ein Baby. Kein Neffe, keine Nichte, sondern sein eigenes Kind. Und es war inzwischen schon groß genug, dass man es sehen konnte. Ein bisschen jedenfalls.

Beth ging ein Stück beiseite, um ihn hereinzulassen. „Ich habe gehört, dass du nach Hause gekommen bist, und überlegt, ob du wohl noch vorbeischaust."

„Ich wollte nur kurz noch duschen."

Sie schloss die Tür hinter ihm. „War es schön?"

„Ja. Hab dich aber vermisst. Ist alles okay?"

„Prima." Sie wurde rot. „Ich habe dich auch vermisst."

Interessant. „Ich dachte, du wärst froh, mich für ein paar Tage los zu sein."

„Ich auch. Aber dann habe ich mir Sorgen gemacht, dass dir was passieren könnte."

Es war ein großes Risiko, aber er nahm allen Mut zusammen, senkte den Kopf und küsste sie. Erst wurde ihr Körper ganz steif, aber dann entspannte sie sich und erwiderte den Kuss. Kevin zog sie näher zu sich heran, sie legte ihm die Arme um die Taille und die Hand auf seinen Hintern.

Aus Angst, dass die Stimmung mit dem Kuss enden würde, zog er ihn so lange wie möglich in die Länge, bis Beth sich an ihn schmiegte, er ihre Fingernägel auf der Haut spürte und sie leise stöhnte. Er drängte sich ihr entgegen, damit sie ganz genau fühlen konnte, wie sehr er sie vermisst hatte. Wie sehr er sie begehrte.

„Schokoladenkuchen", flüsterte sie.

„Okay." Er hauchte eine Reihe von Küssen auf ihren Hals und versuchte die Stimmung nicht zu zerstören. „Hast du Gelüste? Jetzt? Ich meine, ich besorge dir gern Kuchen, aber ich brauch noch einen Moment, sonst laufe ich komisch."

„Nein, du bist mein Schokoladenkuchen." Als er ihren Nacken erreichte, konnte Beth kaum noch klar denken. „Es ist so, als wäre ich auf Diät und du wärst mein Schokoladenkuchen. Ich möchte wirklich, wirklich ein Stück davon haben."

Und plötzlich traf eine fundamentale Erkenntnis Kevin: Beth war schon schwanger. Schwangerer konnte sie nicht mehr werden. Und er hatte noch niemals Sex ohne Kondom gehabt. Alles Blut nördlich seines Gürtels wanderte sofort gen Süden.

Vicky hatte noch keine Kinder gewollt, was sich später als Segen herausgestellt hatte, und sie hatte die Pille nicht vertragen, also hatte er auch als verheirateter Mann regelmäßige Ausflüge zur Drogerie machen müssen. Aber Beth war schwanger, sie waren beide gesund und … Wenn sie ihn jetzt zwang aufzuhören, würde er explodieren.

„Das Problem mit dir ist", sagte sie und sah ihn an, „dass ich schon auf den Geschmack gekommen bin. Du bist nicht irgendein vertrocknetes Stück Schokoladentorte. Du bist eines von den wirklich guten mit Schlagsahne und heißer Karamellsoße."

Er ließ die Hand unter ihren Pulli gleiten, schob sie hoch und legte sie ihr über dem Kleid auf die Brust. „Ein Stückchen kann bestimmt nicht schaden."

„Ein Stückchen", stimmte sie zu und zog den Pulli aus. „Aber nur eins."

Natürlich begriff er, was sie ihm damit sagen wollte. Wenn sie es jetzt machten, würde sich dadurch nichts zwischen ihnen ändern. Aber man wusste ja, wie es mit Diätvorsätzen war. Erst ein Stück, später doch noch eines und dann den ganzen Kuchen! Deshalb ließ er sich von der Ansage auch nicht weiter entmutigen.

Stattdessen zog er sich grinsend das T-Shirt über den

Kopf und nahm Beth mit ins Schlafzimmer. „Wenn wir nur ein Stück essen, sollten wir das aber in aller Ruhe genießen."

Und wie er es dann genoss – als wäre Beth das letzte Stück Schokotorte seines Lebens. Er nahm sich Zeit, schmeckte sie, knabberte an ihr, leckte sie, bis sie sich aufbäumte und mit der Faust auf seine Schulter schlug.

„Ich halte es nicht mehr aus."

Hatte sie das wirklich gerade gesagt, oder war das nur ein Wunschtraum gewesen? Sie atmete so heftig, dass er sie kaum verstehen konnte. Er hob den Kopf und hörte auf, ihre Brustwarze zu liebkosen, ließ die Hand aber, wo sie war – zwischen ihren Oberschenkeln.

„Ich werde jetzt dafür sorgen, dass du nie wieder ein Stück Schokoladentorte isst, ohne dabei an mich zu denken."

„Es ist schon schlimm genug, dass du mich für andere Männer verdorben hast, musst du mir jetzt auch noch den Nachtisch madig machen?"

Als er das hörte, hätte er fast die Kontrolle verloren. Nur unter Aufbietung seiner gesamten Selbstbeherrschung schaffte er es, den Moment, auf den sie beide so sehnlich warteten, noch ein wenig hinauszuzögern. Und so flüsterte Beth noch ein paarmal seinen Namen, bis er sich gehen ließ und ihr das gab, was sie brauchte – genauso sehr wie er.

Ungeschützt in sie einzudringen, sie wirklich zu spüren war das unglaublichste Gefühl, das Kevin je erlebt hatte. Es war so überwältigend, dass er tatsächlich innehalten und ein paar Augenblicke, nur auf die Unterarme gestützt, ruhig auf ihr liegen musste.

Doch sie war ebenso erregt wie er und duldete diese Untätigkeit nicht lange. Verlangend ließ sie das Becken kreisen. Erst widerstand er noch und wagte es nur, sich ganz langsam und vorsichtig in ihr zu bewegen.

Dann aber schaute er sie an, sah ihr Lächeln, spürte ihren fordernden Rhythmus – und es war um ihn geschehen. Ein paarmal stieß er zu, genoss einige Sekunden lang seine unkontrollierte Lust, kam und nahm sie mit sich.

Vollkommen außer Atem und am ganzen Körper zitternd, ließ er sich danach neben ihr auf die Matratze fallen – aus Rücksicht auf den kleinen Babybauch. „Verdammter … Wow."

„Mmm."

„Guter Kuchen?"

„Mmm-hmm."

Er drehte sich auf die Seite und umarmte sie, während sie beide noch außer Atem waren.

Kevin hätte ihr gern so viel gesagt, aber er hatte Angst, dass er in diesem Moment zu viel von seinen Gefühlen preisgeben würde. Und dann wäre Beth bestimmt schreiend weggelaufen.

Im Augenblick genügte es, sie einfach nur festzuhalten.

Beth schmiegte sich an Kevins warmen Körper und versuchte sich den Moment nicht dadurch verderben zu lassen, dass sie es bereute, erneut mit ihm geschlafen zu haben, denn genau das hatte sie gebraucht. Als er dann die Arme um sie schlang und sanft die Hände auf ihren Bauch legte, breitete sich ein glückliches Lächeln auf ihrem Gesicht aus. Ob es nun richtig oder falsch gewesen war, dass sie miteinander geschlafen hatten – und die Antwort auf diese Frage war leider nur allzu offensichtlich –, sie würde diesen Moment genießen. Um ihre Willenskraft war es sowieso in dem Moment geschehen gewesen, als sie ihm die Tür aufgemacht hatte. Da waren Selbstvorwürfe jetzt überflüssig.

Zärtlich streichelte er ihr das Haar. „Soll ich morgen wieder Schneemobil fahren, damit wir nachts noch mal dasselbe machen können?“

Darüber wollte sie lieber nicht sprechen, weil sich an den Gründen, die gegen eine Beziehung mit ihm sprachen, wegen ein bisschen Sex nichts geändert hatte. Also gab sie ein undefinierbares Geräusch von sich und vermied damit eine Antwort auf seine Frage.

Kevin schwieg so lange, dass sie fast geglaubt hätte, er wäre eingeschlafen, wenn er dabei nicht die ganze Zeit ihren Bauch gestreichelt hätte.

„Ich kann förmlich hören, wie die Rädchen in deinem Kopf arbeiten“, murmelte er in ihr Haar. „Wie lange habe ich noch, bis du mich rauswirfst?“

„Ein paar Minuten.“ Sie drehte sich um und sah ihn an. „Ich versuche den Augenblick zu genießen, bevor ich dich – und mich – wieder an all die Gründe erinnere, warum es nicht geht.“

Da er ein so ernstes Gesicht machte, fuhr sie ihm sanft mit dem Finger über den Nasenrücken.

„Na mach schon, frag mich, wie ich sie mir gebrochen habe“, forderte er sie grinsend auf.

„Bestimmt bei einem Männerausflug mit deinen Brüdern. So eine typische Kowalski-Familien-Aktion.“

„Familie, ja. Aber mit einem Ausflug hatte das nichts zu tun. Joe hatte ein ziemlich schlimmes Alkoholproblem, und eines Tages habe ich ihn dabei erwischt, wie er sich sturzbetrunken hinters Lenkrad setzen wollte. Er hat mir die Nase eingeschlagen, aber seinen Schlüssel hat er trotzdem nicht zurückbekommen.“

„Ich kann mir Joe so gar nicht vorstellen. Das … passt irgendwie nicht zu ihm. Hast du lange gebraucht, um ihm das zu verzeihen?“

„Nein. Das war sein Tiefpunkt, der ihn dazu gebracht

hat, mit dem Trinken aufzuhören, also war es das wert. Außerdem gibt mir das diesen verwegenen Touch und verhindert, dass ich zu schön bin."

Die Kowalskis hatten so ein enges, liebevolles Verhältnis zueinander, dass es bestimmt schlimmer für ihn gewesen war, als er jetzt zugab. Aber Beth hakte nicht weiter nach. „Oh Gott, noch schöner? So viele Servietten könntet ihr ja gar nicht in der Bar haben."

„Es gibt nur eine Serviette, die ich will. Und zwar die mit deinem Lippenstift und der Bitte drauf, schrecklich unanständige Sachen mit dir zu machen."

Sie lachte und knuffte ihn gegen die Schulter. „Ich habe dir gesagt, dass das niemals passieren wird."

„Die Hoffnung stirbt zuletzt."

Beth wollte ihn gerade darauf hinweisen, wie wenig Aussicht auf Erfolg die Hoffnung hatte, als das Baby sie trat.

Ohne nachzudenken, griff sie nach Kevins Hand, legte sie flach auf die Stelle und drückte sanft.

Er hielt inne, und als das Baby erneut zutrat, strahlten seine Augen. Beth spürte dann noch einige vereinzelte schwache Stiche, bevor sich das Baby wieder zu beruhigen schien.

Lächelnd küsste er sie auf die Stirn. „Der Kleine ist heute aber besonders temperamentvoll."

„Das ist sie wohl."

Einen Moment schwiegen beide andächtig, dann schmiegte Beth die Wange an seine Schulter. Als sie allerdings bemerkte, wie sein Atem immer ruhiger ging und sein Körper sich entspannte, stieß sie Kevin an. Egal, wie sehr sie es sich wünschte, sie durften nicht zusammen einschlafen.

„Zeit, zu gehen."

Er seufzte und streckte sich auf dem Rücken aus. „Ist das dein Ernst?"

„Absolut." Sie zog an der Decke.

„Ich hatte einen langen Arbeitstag und muss schlafen."

Schlecht gelaunt kämpfte er sich aus dem Bett. „Ich fasse es nicht, jetzt muss ich mich über den Hausflur heimlich in meine Wohnung schleichen."

„Musst du nicht. Heute Abend ist das noch ganz unverdächtig. Wenn du allerdings erst morgen früh rübergehst, werden wirklich alle Bescheid wissen, falls dich jemand dabei erwischt. Ich erspare dir also einen peinlichen Auftritt."

„Wow, danke. Das macht es natürlich wett, dass ich sonst die Nacht mit dir zusammengekuschelt in einem gemütlichen Bett verbracht hätte."

So wunderbar das auch klang – wenn sie jetzt in seinen Armen einschlief, würde es in Zukunft noch viel schwerer werden, Kevin auf Abstand zu halten. Sie hatte sich ihren Schokoladenkuchen gegönnt, und das an sich war schon schlimm genug. Mit der ganzen verdammten Dessertkarte neben sich aufzuwachen, war da keine besonders gute Idee.

Natürlich bedauerte sie es, als er sich wieder anzog, auf den leeren Platz im Bett neben ihr schaute und dramatisch seufzte. Aber sie wusste, dass ihre ursprüngliche Entscheidung die richtige gewesen war, also gab sie nicht nach.

Kevin versuchte es noch ein letztes Mal. „Bist du sicher? Zehn Sekunden, und ich bin wieder nackt."

Nein, sie war sich keinesfalls sicher. „Ja, das bin ich."

Gespielt gleichgültig zuckte er mit den Schultern, aber sein Blick verriet, wie enttäuscht er war. „Dann gute Nacht."

„Gute Nacht. Oh, und Kevin? Pass auf, dass du die Tür beim Rausgehen richtig schließt."

Er lachte, und Beth fühlte sich gleich etwas besser. Bis sie endlich eingeschlafen war, verging allerdings ziemlich viel Zeit.

15. KAPITEL

Es gibt einfach nichts Besseres als ein großes Freitagabendspiel, um das Haus vollzukriegen, dachte Kevin zufrieden und zapfte das nächste Bier. Der Laden lief, die Stimmung war bombig, und das Geld floss in Strömen in seine Kasse.

Sam Logan war wieder zurück und saß an seinem üblichen Tisch. Kevin wusste nicht genau, wie er das fand, aber vielleicht würde Paulies miese Laune dadurch ja besser. Wenn sie nur endlich aufhörte, Trübsal zu blasen, ersetzte er gern und leichten Herzens weitere Gläser.

Es war schlecht für die Bar, wenn sie alle beide durchhingen, und er war mit seiner Depri-Runde noch nicht durch. Beth hatte unerbittlich in den Freundschaftsmodus zurückgeschaltet. Freunde ohne Extras. Sie waren wieder Nachbarn, die eben zufällig ein Kind miteinander bekamen.

Er hatte versucht, mit ihr zu reden, aber sie war ihm ausgewichen. Angeblich weil sie schnell zur Arbeit musste. Weil das Gespräch nun aufgeschoben war, hatte er leider viel Zeit, darüber nachzudenken.

Inzwischen zweifelte er daran, ob es wirklich so klug war, Beth mit fadenscheinigem Geheuchel den Job im *Jasper's* anzubieten. Er war kein besonders guter Lügner, und falls sie ihn durchschaute, gab es richtig Ärger.

Da war es besser, Beth gar nicht erst für dumm zu verkaufen und ihr geradeheraus von dem Job zu erzählen. Es war ein tolles Angebot, für das handfeste Argumente sprachen, da konnte sie sich doch nicht gleich provoziert fühlen, oder? Zumindest hoffte er das.

Andererseits war das Timing eine Katastrophe. Immerhin fühlte sie sich jetzt schon von ihm eingeengt. Und wenn er ihr nur einen Tag nach dem gemeinsamen Sex anbot, von nun an nicht nur ihr Vermieter, sondern auch ihr Chef zu werden, würde sie bestimmt durchdrehen.

Aber er wollte sie unbedingt aus diesem anstrengenden Job rausholen. Da blieb ihm nicht viel anderes übrig, als ihr möglichst rational seine Argumente und Beweggründe darzulegen. Falls er ein bisschen Glück hatte, würde sie dann vielleicht nicht völlig irrational darauf reagieren.

Darcy holte das Tablett mit den Drinks ab, die er für sie vorbereitet hatte. „Achtung an Tisch zwölf, Chef."

Kevin sah zum fraglichen Tisch hinüber und zog eine Augenbraue hoch. Einer der Gäste tatschte gerade Paulie an.

Dann schaute er hinüber zu Sams Tisch. Die Augen von Paulies Bewunderer schienen förmlich an Tisch zwölf zu kleben. Vor Wut hatte er die Hände zu Fäusten geballt und sah beinahe aus wie ein Schläger.

Nicht gut. Gar nicht gut. Schnell winkte Kevin Paulie zurück zur Bar.

„Sam kann es nicht ab, wenn dieser Typ dir die Hand auf den Hintern legt. Findet er gar nicht prickelnd."

„Da kann ich nur sagen: Willkommen im Club. Der Kerl an Tisch zwölf spült zwar eine Menge Geld in die Kasse, aber wenn er mich noch mal angrapscht, hat er sein Budweiser auf der Hose, das schwör ich dir!"

„Wenn er dich noch einmal anfasst, werden wir Sam wohl morgen aus dem Knast auslösen müssen."

Angespannt sah Paulie hinüber zu Sam. „Den geht es nichts an, wessen Hand auf meinem Hintern liegt."

„Da scheint er aber anderer Meinung zu sein."

Sie verdrehte die Augen und ging wieder. Kevin begann erneut, Bier zu zapfen, behielt die Situation aber im Auge. Noch war die Stimmung feuchtfröhlich, aber er spürte, dass sie schnell umkippen könnte.

Wie erwartet, versuchte der Typ mit den Spendierhosen an Tisch zwölf, eine Viertelstunde später Paulie auf seinen Schoß zu zerren. Die machte ihre Ankündigung daraufhin wahr und goss ihm sein kaltes Bier in den Schoß, was ihn wütend aufspringen ließ.

Kevin schnappte sich den Baseballschläger, war aber erst halb um den Tresen herum, als der Penner Paulie an den Schultern packte und schubste. Fast wäre sie gestürzt.

Im *Jasper's* brandete allgemeine Entrüstung auf. Abgesehen davon, dass ein Mann sich sowieso nicht an einer Frau zu vergreifen hatte, war Paulie auch noch der Liebling der Stammgäste.

Nummer zwölf hatte Pech, denn Sam war schneller als Kevin. Der hatte zwar den Schläger dabei, aber mehr als Drohgebärde, um Eindruck zu machen. Sam dagegen wirbelte den Kerl herum und schlug ihm mit der Faust ins Gesicht.

Stöhnend klappte Nummer zwölf vornüber, als hätte man ihm die Luft rausgelassen, aber seine Kumpel sprangen auf und wollten ihren Freund verteidigen. Ein Trio College-Jungs mischte sich ein, und der Tisch brach krachend unter Sam und seinem Widersacher zusammen. Kevin schrie, aber jeder, der ihn über den Kampflärm hören konnte, ignorierte ihn.

Paulie war eine kluge Frau und hatte sich hinter eine Gruppe von Bauarbeitern geflüchtet, die so aussahen, als könnten sie an ihrem Truck einen Reifen ohne Wagenheber wechseln. Drüben in der Ecke brach ein kleiner Kampf aus, der anscheinend keinen anderen Grund hatte als die pure Lust auf ein bisschen Abwechslung.

Nummer zwölf war wieder auf den Beinen, und weil Sam sich nach Paulie umsah, gelang ihm ein Überraschungsschlag. Sam blieb auf den Beinen, aber er hörte die Engel singen, und nur weil Nummer zwölf von hinten angerempelt wurde, wurde er davon abgehalten, ihn auszuknocken. In der Zwischenzeit gelang es Sam, sich ausreichend zu erholen, um einen rechten Haken zu landen, der Nummer zwölf ins Straucheln brachte.

Als er sah, wie einer der Studenten einen Stuhl als Waffe hob, beschloss Kevin, dass genug genug war. Er schob zwei Finger in den Mund und ließ einen Pfiff ertönen, der wahrscheinlich jeden Hund im Umkreis von zwei Meilen jaulen ließ. Alle erstarrten. „Keine Polizei, wenn jetzt sofort Schluss ist."

Nummer zwölf war noch nicht allzu sicher auf den Beinen, aber das hielt ihn nicht davon ab, die Klappe aufzureißen, obwohl die geschwollene Lippe nicht gerade hilfreich war. „Was hat der Typ für ein Problem?"

Kevin deutete mit dem Baseballschläger auf ihn. „Du verschwindest sofort aus meiner Bar. Wenn ich dich jemals wieder hier sehe, werde ich dir deine Kniescheiben so gründlich einschlagen, dass du eine neue Couch brauchst, weil sie sich in die falsche Richtung biegen."

Nummer zwölf und seine Kumpel, denen es in den Händen der College-Boys nicht gut ergangen war, meckerten zwar lautstark herum, machten sich dann aber doch vom Acker. Ohne vorher Geld auf den Tisch zu legen natürlich.

Das *Jasper's* würde die ganze Rechnung tragen müssen, einschließlich des Tisches und der zerschmetterten Gläser.

Als Kevin einige seiner Stammgäste in einer noch intakten Ecke der Bar platzierte, damit er und Darcy mit dem Aufräumen beginnen konnten, sah er, wie Paulie Sam förmlich zum Hinterausgang hinausschleifte. Zweifellos war sie nun aus ihrer Trübsal herausgerissen worden, was der arme Kerl wahrscheinlich gerade zu spüren bekam.

Nachdem sich die Aufregung gelegt hatte und jeder wieder saß, holte Kevin ein paar Eimer und tauschte den Baseballschläger gegen Besen und Kehrschaufel. Das stumpfe Aufräumen würde ihm guttun. Es würde ihm Zeit geben, darüber nachzudenken, wie er Beth davon überzeugen konnte, dass sie für ihn arbeiten sollte.

Paulie warf die Tür ihres Appartements hinter Sam zu und schubste ihn in Richtung Couch. „Du bist ein Idiot."

„Ich habe dich auch vermisst."

„Was, zur Hölle, wolltest du da unten beweisen?"

Er lehnte sich auf der Couch zurück und beobachtete sie, während sie im Kühlfach herumwühlte. Sie hätte etwas Eis von der Bar mitnehmen sollen, aber sie war zu sehr damit beschäftigt gewesen, ihn nach oben zu schaffen, bevor er noch mehr Unsinn anstellte. Sie fand einen Beutel gefrorener Pommes frites – eine stille Reserve für die Tage, an denen ihr nach etwas noch Schlimmerem war als den handgeschnittenen Fritten in der Bar unten.

Wütend ging sie zu ihm hinüber und drückte sie ihm in die Hand. „Nimm die."

Vorsichtig presste er sich den Beutel gegen das Gesicht und stöhnte auf. „Das hat wehgetan, weißt du."

„Ich bin sicher, das hat es. Deine rechte Gesichtshälfte läuft komplett schwarz-blau an."

„Nein, nicht das. Also, ja, das hat auch wehgetan. Aber ich meine, als du fortgegangen bist. Du hast gesagt, wenn du gewusst hättest, dass ich mehr verletzt als peinlich berührt sein würde, wärst du erst gar nicht weggegangen. Es hat mich verletzt."

„Deinen Stolz vielleicht", murmelte sie, denn sie würde lieber streiten, als darüber zu sprechen, wie sie wirklich empfanden.

Es war eine Sache, wenn seine Erpressungsstrategie ein Spiel war. Vielleicht würden sie zusammen rumhängen, ein paarmal zusammen losziehen. Die Tatsache, dass sie vielleicht noch Gefühle für ihn hatte, war eine unangenehme Überraschung. Wenn er allerdings noch immer etwas für sie empfand, glich das einem Katastrophenszenario.

Er verzog das Gesicht, als er den Beutel bewegte. „Genau genommen mehr als verletzt. Ich war am Boden zerstört."

„Gib mir meine Pommes zurück." Sie versuchte, sie ihm wegzuschnappen. „Geh nach unten und bettle jemanden um Eis an, den es interessiert."

Er warf die Fritten zur Seite und griff nach ihren Handgelenken. Bevor sie auch nur daran denken konnte zu reagieren, hatte er sie rücklings auf die Couch geworfen und sich über sie gebeugt. „Ist das deine zickige Art, mir mitzuteilen, dass du dich nicht mehr für mich interessierst?"

„Wenn ich mich für dich interessieren würde, hätte ich dich wohl nicht am Altar stehen lassen, oder?"

„Autsch." Er verzog das Gesicht. „Du bist in Panik geraten und abgehauen, und ich habe mich in den letzten fünf Jahren dafür gehasst, dass ich einfach nur dagestanden und zugesehen habe, wie du gehst. Ich hätte dich festhalten können, bevor du den Haupteingang erreicht hättest."

„Schwachsinn."

„In den High Heels, die du getragen hast? Das wäre gewesen, als würde man einen drittklassigen Quaterback-Frischling feuern."

„Ein drittklassiger Quaterback-Frischling würde aber keinen acht Zentimeter hohen Absatz in deine ..."

Mit einem Kuss brachte er sie zum Schweigen. Sie versteifte sich und entzog sich seiner Umklammerung. Ihre Absicht war es, ihn wegzuschubsen, vorzugsweise auf den Boden. Aber als sie seine vertrauten Muskeln unter ihren

Händen spürte, überkam sie die Sehnsucht nach diesem Mann, für den sie einmal so viel empfunden hatte.

„Ich hätte dir folgen sollen“, flüsterte er.

„Das hätte nichts geändert.“

„Es hätte alles geändert.“ Er hob den Kopf, sodass er ihr in die Augen sehen konnte. „Du hast mich geliebt.“

„Fang nicht damit an, Sam. Was hast du noch mal gesagt? Du bist nur ein Geschäftsmann aus Boston, und ich bin die aufreizende Dienstmagd, die deine Fantasie beflügelt hat. Das ist alles, was bei uns so läuft.“

Er küsste sie hinter dem Ohrläppchen, genau an der Stelle, von der er wusste, dass es sie wild machte. „Du lügst.“

Sie stöhnte auf und versuchte, die köstlichen Schauer zu ignorieren, die ihr die Wirbelsäule entlangliefen. „Nichts … hat … sich … zwischen … uns … geändert.“

„Alles hat sich geändert.“ Er leckte an der Stelle und blies dann sanft darüber. „Ich weiß, was du jetzt willst.“

„Ich will dieses Leben, nicht deins.“

„Ich versuche nicht, dich aus deinem Leben herauszureißen. Ich bitte um eine Chance, daran teilzuhaben.“

Sie wollte das so verzweifelt glauben. Aber das wirkliche Problem, das er zu ignorieren schien, war nicht, ob Sam Logan in Paulie Reeds Leben passte, sondern ob Paulie Reed in das Leben von Samuel Thomas Logan dem Vierten passte. Egal, wie sehr er sich auch bemühte, Paulette Atherton würde niemals mehr zurückkommen.

Er küsste sie erneut – diesmal sanft und liebevoll –, dann blickte er sie an. „Gib mir einfach eine Chance, Paulie. Wir können das schaffen.“

Ach, zum Teufel, dachte sie sich, als sie ihn zu sich herunterzog, um ihn noch einmal zu küssen. Sie hatte ihn einmal verlassen und hatte es überlebt. Wenn sich die Dinge nicht so verändert hatten, wie er es behauptete, konnte sie es wieder tun.

Er schob eine Hand zwischen sich und ihren Körper und versuchte, ihr Shirt hochzuziehen, aber sie griff nach seinen Handgelenken.

„Schmerzt dein Gesicht nicht?"

„Nicht so sehr, wie meine Sehnsucht nach dir schmerzt."

Dem konnte sie nicht widerstehen, also zog sie den Bund ihres Shirts aus der Hose. „Lass mich dir dabei behilflich sein."

Sosehr Beth es auch wieder und wieder durchrechnete, sie konnte es sich nicht leisten, weniger zu arbeiten, bis ihre Fruchtblase platzte. Minutiös hatte sie jeden Cent, den sie erübrigen konnte, gespart, aber schwanger zu sein war teuer, auch wenn sie nur die Hälfte der Arztrechnungen bezahlen musste.

Pränatale Vitamine und hier und da Ergänzungen zu ihrer Garderobe, obwohl Paulies Geschenke da sehr geholfen hatten. Sie versuchte, gesünder zu essen, was viel teurer war als Junkfood, und sie musste die *Jasper's*-Burger weglassen, oder sie wäre verdammt frustriert, wenn das Baby auf der Welt war und ihr Übergewicht nicht wie von Zauberhand verschwand. Und dann war da dieses niedliche Stofflamm, das sie kaufen musste, obwohl es nicht im Angebot war.

Ein Klopfen an der Tür ließ sie aufschrecken, aber die Röte, die ihr ins Gesicht stieg, hatte weniger mit dem Schreck zu tun als mit der Möglichkeit, dass Kevin im Flur wartete.

Sie wusste nicht, ob es an ihren Hormonen oder dem exzessiven Cheeseburger-Konsum lag, aber sie hatte in letzter Zeit ziemlich scharfe Träume. Scharf, detailliert und verdammt heiß. Und in allen spielte der Typ von nebenan die

Hauptrolle. Nachdem sie die Bankunterlagen und Rechnungen zusammengeräumt und in die Schublade verfrachtet hatte, tat sie ihr Bestes, um ihre Libido wieder runterzufahren, und öffnete die Tür.

Warum musste er auch so verdammt gut aussehen? Und warum hatte sie mit ihm geschlafen? Zwei Mal. Abstinenz war um Klassen härter, wenn man wusste, was man verpasste.

„Bist du okay?", erkundigte er sich besorgt. „Du siehst etwas durcheinander aus."

Hoffentlich nicht so durcheinander, wie sie sich fühlte. „Klar. Ich habe nur gerade mal meine Finanzen kontrolliert und über die Arbeit nachgedacht."

Und das hatte sie ihm verdammt noch mal nicht sagen wollen, denn wenn er glaubte, es gäbe ein Problem, dann würde er sich da reinhängen, es für sie zu lösen. Es erschien ihr nur besser, als zuzugeben, dass sie an den Traum der letzten Nacht gedacht hatte, den mit der heißen Dusche und dem glitschigen Duschgel.

„Lustig, dass du das erwähnst. Kann ich reinkommen?"

„Na klar. Sie ließ ihn hinein, setzte sich an ein Ende der Couch und hoffte, er würde sich in den Sessel gegenüber setzen. Außer Reichweite. „Warum ist es lustig, dass ich die Arbeit erwähne?"

Da es sich hier um Kevin handelte, ließ er sich natürlich auch auf die Couch fallen. Sehr wohl innerhalb ihrer Reichweite. „Okay, also wir hatten diesen toll durchorganisierten Plan …"

„Wir?"

„Oh, es war vor allem Mikes Plan, obwohl Evan auch geholfen hat, denke ich. Es war auch Bier im Spiel."

„Einer dieser Pläne."

„Yep. Wie auch immer, der Plan war es, wirklich geschickt zu sein und dich in etwas hineinzutricksen, von dem ich wollte, dass du es tust."

Wow. Sie verschränkte die Arme und musterte ihn kalt. „Du hast geglaubt, mich auszutricksen wäre ein guter Plan?"

„Bier", erinnerte er sie. „Mehr als eins."

„Was genau wolltet ihr Jungs mir denn unterjubeln?"

Er lehnte sich in die Kissen zurück und lächelte sein Du-kannst-mir-nicht-böse-sein-denn-ich-bin-so-verdammt-süß-Grinsen. „Bedenke bitte, dass ich den ausgefeilten Plan, dich zu hintergehen, aufgegeben habe, weil ich dich respektiere."

„Danke. Zur Kenntnis genommen."

„Und ich vertraue darauf, dass du vernünftig bist und mir zuhörst, ohne dich angegriffen zu fühlen."

Was bedeutete, dass das – was immer es auch war – wahrscheinlich nichts Gutes verhieß. „Vielleicht. Erzähl mir einfach, worum es geht."

„Ich dachte, vielleicht könntest du für mich arbeiten. Im *Jasper's*, meine ich."

Wow. Sprachlos starrte sie ihn an und versuchte, die Information in ihrem Kopf zu erfassen. Er wollte, dass sie im *Jasper's* arbeitete? Sie war schon nach einer Schicht in einem einfachen Familienrestaurant todmüde. In einer florierenden Sportbar zu arbeiten, wäre sicher noch wesentlich anstrengender. Sie hätte Glück, wenn sie nicht schon nach der Hälfte der ersten Schicht zusammenbrechen würde.

„Allerdings nicht als Kellnerin", fuhr er fort. „Ich dachte, du könntest im Büro arbeiten. Die Bücher machen und so, all das Zeug, von dem du noch nicht einmal ahnst, wie sehr ich es hasse. Wir würden dir einen gepolsterten Stuhl besorgen mit einem dieser Gesundheitskissen und so. Gerüchte besagen, dass du am College Betriebswirtschaft studiert hast."

„Am Community-College. Und ich habe meinen Abschluss nicht gemacht."

„Nein, aber du kennst das ganze Zeug. Und, um ehrlich zu sein, wenn ich jemanden von außerhalb einstellen würde, dann wäre es wahrscheinlich nur ein Teilzeitjob. Aber wenn du lernst, die Bestände zu verwalten, dann können wir ihn erweitern, und du kommst auf die Stunden, die du haben willst. Dazu kommt, dass du die meiste Zeit nicht rumlaufen musst."

Es klang wundervoll. In einem bequemen Stuhl mit einer Rückenstütze zu sitzen. Niemand, der sich beschwerte, wenn das Personal keine Gedanken lesen konnte. Kein Lächeln mehr und keine falsche Freundlichkeit, um den Trinkgeldbecher zu füllen.

Aber für Kevin arbeiten? Sie mietete bereits eine Wohnung von ihm. Es war schon unsicher genug, dass der Mann, mit dem sie zweimal so eine Art One-Night-Stand gehabt hatte, für ein Dach über ihrem Kopf sorgte. Auch noch ihr Gehalt von ihm zu bekommen bedeutete einen ganz neuen Level von Abhängigkeit.

Sein Lächeln verschwand. „Du sagst nichts."

„Ich denke nach." Es war so verlockend, aber die Konsequenzen, wenn es nicht funktionierte, konnten katastrophal sein. Niemand würde eine schwangere Frau einstellen.

„Siehst du, das ist der Grund, warum ich dich austricksen wollte."

„Das war kein besonders guter Plan." Sie seufzte, derart hin und her gerissen, dass sie nicht wusste, wo sie anfangen sollte. „Aber einen Job zu erfinden, sodass …"

„Oh Mann. Er ist nicht erfunden. Ich hasse es, die Bücher zu führen, und der einzige Grund, warum ich noch niemanden dafür eingestellt habe, ist, dass das Ausschreiben der Stelle und die Bewerbungsgespräche und jemanden einzustellen noch mehr nerven als die Büroarbeit selbst. Es ist ein ganz regulärer Job. Versprochen."

Es klang perfekt. Oder fast perfekt, denn das Risiko, ihren jetzigen Job zu kündigen, um für den Mann zu arbeiten, dessen Baby sie erwartete und dessen Wohnung sie gemietet hatte, konnte nicht ignoriert werden.

Sie riskierte es, ihm in die Augen zu sehen, um dort neben dem üblichen verspielten Funkeln auch Ernsthaftigkeit vorzufinden. Und da war sie und flehte sie quasi an, ihm eine Chance zu geben. Dem Job eine Chance zu geben.

Ohne Kristallkugel hatte sie keine Ahnung, wie die Dinge sich entwickeln würden – weder mit dem Baby noch in Bezug auf ihre Beziehung. Aber sie brauchte keine Hellseherin zu sein, um zu wissen, dass – egal, wie sie in einem Monat oder in drei Monaten oder in vier Jahren miteinander zurechtkommen würden – Kevin niemals von ihr fortgehen würde. Egal, wie genervt er von ihr sein würde, er würde sich um sie und das Baby kümmern.

„Ich werde es machen", sagte sie, bevor sie es sich selbst wieder ausreden konnte.

Er lächelte, als er sich in gespielter Überraschung die Hand auf sein Herz legte. „Einfach so?"

„Möchtest du, dass ich zuerst mit dir diskutiere?"

„Zur Hölle, nein, aber ich habe mir dieses Gespräch etwas anders vorgestellt. Du wärst verletzt, weil du glaubst, ich würde denken, du könntest deinen Job nicht schaffen, und dann wärst du genervt und würdest mich beschuldigen, weil ich versuchen würde, dein Boss zu sein, und dann ..."

„Und dann ...?"

„Und dann hatte ich mir vorgestellt, könnten wir Versöhnungssex haben. Und dann den Wir-taufen-den-neuen-

Bürostuhl-Sex und dann vielleicht den Wir-taufen-den-alten-Büroschreibtisch-Sex, denn soweit ich mich erinnern kann, ist er nie eingeweiht worden. Und …"

„Stopp!" Sie hob die Hand und lachte über seinen übertrieben unschuldigen Gesichtsausdruck. „Wie bist du von mir, die beleidigt und genervt ist, beim Sex gelandet?"

Er zuckte mit den Schultern. „Es ist wie das sechste Level vom Kevin-Bacon-Spiel, nur dass ich in einer niedrigeren Liga bin. Genervt? Versöhnungssex. Neue Büromöbel? Einweihungssex. Supermarkt? Schlagsahne-Sex."

„Die Toilette schrubben?"

„Mich-anschleichen-und-dich-über-den-Toilettentisch-legen-Sex."

Oder Sex unter der Dusche. Dampfender, duftender, schlüpfriger Sex.

„Okay, jetzt wird es schwieriger – schwangere Lady."

„Oh, das ist einfach."

„Er streckte die Hand nach ihr aus und strich ihr eine Haarsträhne hinter das Ohr. Sie erschauerte. „Daran denke ich oft. Vielleicht eine Rückenmassage, aus der langsamer und hingebungsvoller Sex wird. Ich flach auf dem Rücken, und du reitest auf mir, sodass das Baby nicht gedrückt wird."

Als Hitze durch ihren Körper strömte und ein Kitzeln und lustvollen Schmerz auslöste, verfluchte sie sich selbst für die Vorlage, die sie ihm gegeben hatte. „Tut mir leid, aber ich habe klare Regeln, was den Sex mit meinem Boss betrifft."

„Verdammt." Er sah tatsächlich enttäuscht aus. „Mit meiner eigenen Schlinge gefangen."

„Weißt du überhaupt, was das heißt?"

„Nein, ich glaube, das weiß keiner, aber Joe sagt es immer."

„Bedauerst du es jetzt, mir einen Job angeboten zu haben, Boss?“

„Nein.“ Er seufzte dramatisch. „Ich glaube immer noch, dass wir es schaffen können. Im-Getränkelager-eingeschlossen-und-sich-ausziehen-müssen-um-einander-zu-wärmen-Sex.“

„Netter Versuch. Ich bin sicher, eine der vielen Frauen, die für dich Servietten küssen, wäre glücklich darüber, mit dir eingeschlossen zu werden.“

„Ich habe mit niemandem außer dir Sex gehabt seit der Nacht, als wir uns trafen.“

Sie hatte das gehofft, aber sie hatte einige Nächte gearbeitet, und es gab reichlich Frauen, die sich an ihn ranmachten. Im Stillen hatte sie gebetet, dass er nicht darauf eingegangen war. „Du hattest seit Oktober nur zweimal Sex?“

„Yep. Genau wie du.“

Während einem Teil von ihr ganz warm ums Herz wurde, weil Kevin nicht von ihrem Bett in das irgendeiner anderen Frau gehüpft war, bekam der andere Teil von ihr Angst. Sie wollte nicht, dass er auf etwas wartete, das sie ihm nicht geben konnte. „Wir haben keine Beziehung, Kevin, also kannst du schlafen, mit wem du möchtest.“

„Du hast mir vorher auch gesagt, dass wir keine Beziehung haben, und dann hatten wir trotzdem Sex. Ich hoffe irgendwie, dass wir dem Muster treu bleiben.“

„Das war ... wir waren uns einig, dass das nicht wieder passieren würde.“

„Nein, du hast gesagt, es würde nicht wieder passieren, und ich habe nicht mit dir diskutiert – nicht laut jedenfalls –, weil du verdammt schnell kratzbürstig werden kannst.“

Kratzbürstig? Er sollte mal versuchen, sich tagsüber wie die unerotischste Frau auf diesem Planeten zu fühlen und nachts unter Sexträumen zu leiden. Da wäre er auch ziemlich zickig.

„Wann soll ich kündigen?", fragte sie, in der Absicht, das Thema zu wechseln.

Für einen Augenblick glaubte sie, er ließe es nicht zu, aber dann zuckte er die Achseln. „Morgen. So wie die Wirtschaftslage ist, haben sie womöglich eine Mappe voll mit Bewerbungen. Sag ihnen einfach, dass du weg bist, sobald sie einen Ersatz gefunden haben."

Auch wenn sie nickte, hatte Beth das Gefühl, einen großen Fehler zu machen. Nicht weil sie Angst hatte, ohne Job dazustehen, wenn die Sache mit Kevin schiefging, sondern wegen Kevin selbst. Jetzt lebte sie nicht nur auf der anderen Seite des Flurs, sondern sie würde auch jeden Tag mit ihm zusammenarbeiten.

Das war eine Menge Kevin, der sie zu widerstehen hatte, und es gelang ihr schon jetzt kaum. Noch ein paar Träume wie die, die sie in der letzten Zeit geplagt hatten, und sie würde ihm vielleicht gar nicht mehr widerstehen können.

16. KAPITEL

April

Kevin war gerade dabei, einen Krug kühlen Biers vor seinen Bruder zu stellen, und ließ ihn beinahe fallen, als Beth vorbeiwatschelte.

Zahlreiche Frauen waren im Laufe der Zeit durch seine Bar gegangen. Gegangen. Geglitten. Getanzt. Gewankt. Einige hatten sogar versucht, auf den Tresen zu klettern und zu strippen. Wer hätte gedacht, dass ihn ausgerechnet die anmachen würde, die watschelte wie eine Ente?

Bis zu ihrem Stichtag waren es nur noch zwei Monate, und Beths Bauch war mittlerweile so rund wie ein Basketball. Seltsam, aber als seine Schwester und seine Schwägerin in dieser Phase gewesen waren, hatte er sie nicht halb so attraktiv gefunden.

Das mochte daran liegen, dass er Beth immer attraktiv fand, egal, wie sie aussah. Oder es lag daran, dass er in den letzten sechseinhalb Monaten nur zweimal Sex gehabt hatte, das letzte Mal im Februar. Aber wenn es nur ein Fall von vernachlässigter Libido gewesen wäre, dann hätten einige der Servietten-Angebote mit Sicherheit etwas mehr Aufruhr unter seiner Gürtellinie verursacht.

Noch nicht einmal der Spruch *Ich reite dich länger als acht Sekunden, Cowboy* hatte ihn in Versuchung geführt.

Aber der Anblick von Beth, wie sie von der Küche ins Büro watschelte, die Dienstpläne in der Hand, machte ihn an. Sehr sogar. Und als sie stehen blieb und ihm über die Schulter ein Lächeln zuwarf, wurde er in jeder Hinsicht munter.

Leider war sie noch immer auf dem Freundschaftstrip. Im Verlauf der Monate hatten sie bewiesen, dass sie darin ziemlich gut waren, solange er nicht zu viel forderte. Aber allmählich fing er an, die Nachbarn-die-zufällig-ein-Kind-miteinander-haben-werden-Geschichte zu hassen. Er wollte mehr.

Kevin lehnte sich über den Tresen, damit er flüstern konnte. „Beantworte mir mal eine Frage, Mikey. Hättest du Lisa geheiratet, wenn sie nicht schwanger geworden wäre?"

Bei diesem Themenwechsel – sie hatten gerade über das Frühjahrstraining der Red Sox gesprochen – nahm Mike erst einmal einen kräftigen Schluck aus seinem Glas. Dann zuckte er die Achseln. „Das lässt sich kaum beantworten, schließlich war sie schwanger, aber ich denke schon."

Denn wenn nicht, hätte es bedeutet, dass ihre gesamte Ehe auf einer ungeplanten Schwangerschaft basierte und nicht auf Liebe. „Denkst du jemals ..."

„Nein. Was auch immer es ist, nein."

Okay. Kevin wollte auch nicht sein ganzes Leben darüber nachdenken, wie seine Ehe zustande gekommen war.

Im Geiste schlug er sich vor die Stirn. Das war Beths Hintergedanke. Sie wollte sich nicht ihr ganzes Leben lang fragen, ob er auch ohne das Baby an ihr interessiert gewesen wäre. Er hatte erlebt, wie seine Schwägerin genau deshalb im letzten Jahr einen Zusammenbruch gehabt hatte, also warum war er davon ausgegangen, dass Beth nicht dieselben Zweifel hatte?

„Möchtest du wissen, was ich denke?", fragte Mike.

„Na klar." An diesem Punkt brauchte er jede Hilfe, die er bekommen konnte.

„Ich glaube, du solltest warten. Lisa und ich hatten uns schon eine Weile getroffen, und es war trotzdem schwer. Du hast Beth beim ersten Date geschwängert. Das reicht noch nicht einmal aus, um zu wissen, ob du sie magst, geschweige denn dafür, sie zu heiraten."

Nicht wirklich. Man mochte ihn verrückt nennen, aber er wusste, dass er sie mochte, seit er ihrem Exboss die Nase gebrochen hatte. Er wusste, dass er sie wirklich mochte, bevor Joes Hochzeit vorbei gewesen war. Und seitdem …

Er liebte den Gedanken, ein Kind mit Beth zu haben. Er liebte den Gedanken, Vater zu sein. Und er liebte den Gedanken, Beth jeden Tag zu sehen.

Aber liebte er Beth?

Wie, zum Teufel, sollte er das sicher wissen? Es war nicht so, als gäbe es ein Quiz, das er lösen könnte. Oder eine Checkliste oder ein Tortendiagramm oder irgendeinen anderen zuverlässigen Weg, das herauszufinden.

Er nahm einen großen Schluck aus der Wasserflasche, aus der er während der Arbeit trank, und knibbelte dann an dem Etikett herum. „Aber worauf soll ich warten?"

„Warte, bis das Baby schreit, ein scheißendes, permanent hungriges Knäuel, und Beth seit Monaten nicht richtig geschlafen und seit drei Tagen keine Zeit für die Dusche gehabt hat und sie dir dann – egal, was du sagst – den Kopf abreißt. Wenn du dann immer noch glaubst, sie sei die schönste Frau auf der Welt, und es keinen Ort gibt, an dem du lieber sein möchtest, dann ist es vielleicht wahre Liebe."

Das klang real und furchtbar und wundervoll. „Hast du so gefühlt?"

„Zur Hölle, Kev, ich war viel jünger als du. Jung und dumm. Ich habe eine Weile gebraucht, um das auf die Reihe zu kriegen, aber es gab keinen Tag, an dem ich wirklich gehen wollte."

„Ich kann mir nicht vorstellen, Beth jemals zu verlassen."

Mike prostete ihm mit seinem Bierkrug zu. „Es war noch nicht schwierig."

„Wir hatten einige Auseinandersetzungen."

„Du hast doch keine Ahnung. Glaub mir."

Kevin war nicht dumm. Ihm war klar, dass ein Neugeborenes für sie beide harte Arbeit sein würde.

Aber Beth könnte sich auf ihn verlassen, wenn sie müde war. Sie würde auch mal durchschlafen können, weil er seine Schichten beim Füttern und Windelwechseln des „scheißenden und permanent hungrigen Knäuels" übernehmen würde. Vielleicht könnte er die Frühstücksschicht machen, sodass sie duschen konnte.

Das war allerdings nicht so einfach mit einem Hausflur zwischen ihnen. Alles wäre viel einfacher, wenn …

„Sieh dir deinen verträumten Blick an", sagte Mike und lachte.

„Trottel. Auf welche Art auch immer du annimmst, dass deine Baby-Erfahrung einfacher sein wird als meine – du liegst ja so was von falsch."

Er und Beth waren zum Beispiel keine ängstlichen, unerfahrenen Teenager mehr. Sie waren Erwachsene mit Lebenserfahrung und klarem Menschenverstand und bildeten ein gutes Team. „Wir werden das gut in den Griff bekommen."

„Klar werdet ihr das." Mike reichte ihm seinen Krug zum Auffüllen.

„Genug von den Frauengesprächen. Ich bin hier, um mir das Spiel anzusehen."

Paulie ließ die Finger über Sams nackte Brust gleiten und ignorierte den Western, der ihn dazu bewegt hatte, sein permanentes Zappen zu unterbrechen. Sie waren zu früh ins Bett gefallen, also hatte er nach einem stürmischen Anfall von überwältigendem Sex und ausreichend Streicheleinheiten, um ihm Ärger zu ersparen, den Fernseher eingeschaltet.

Sie schloss die Augen und ignorierte den ablaufenden „High Noon“ im Fernsehen. Sam würde nicht aufstehen und nach Hause fahren, also konnte sie entspannt in seinen Armen einschlafen. Sie würde am Morgen genauso aufwachen wie schon am Morgen zuvor und am Morgen vor diesem. Es war ein angenehmer Ablauf, und Sam hatte schon seit einigen Wochen keine Nacht mehr in der Bed-and-Breakfast-Pension verbracht.

Sie schlief schon beinahe, als er die Seifenblase platzen ließ. Sie hätte es an der Art merken müssen, wie sein Körper nach dem Liebesakt angespannt geblieben war, anstatt sich zu entspannen. Und auch daran, wie Sam sich die ganze Zeit räusperte, ohne etwas zu sagen.

„Also, nächste Woche findet Marthas Frühlingsabenteuer-Benefizveranstaltung statt“, erklärte er in sehr beiläufigem Tonfall, der die Alarmglocken in ihrem Kopf klingeln ließ. „Ich hatte gehofft, dass du mich vielleicht begleitest.“

Sie wusste, dass das Thema irgendwann aufkommen würde, aber sie hatte gehofft, dass es bis dahin noch eine Weile dauern würde. „Ich muss arbeiten.“

„Ich wette, du könntest die Schichten tauschen, wenn es dir wichtig wäre.“

„Es ist mir aber nicht wichtig.“ Sie rollte sich zurück auf ihre Seite des Betts und starrte an die Decke. „Das ist der Punkt.“

Sie dachte, damit sei es vielleicht erledigt, aber er seufzte und schaltete den Fernseher aus. Aus dem Augenwinkel sah sie, wie er sich herumrollte, um sie anzusehen, aber sie hielt ihren Blick an die Decke geheftet.

„Ist das zu viel verlangt? Eine Benefizveranstaltung?“

Natürlich war das zu viel verlangt, denn wenn sie hinginge, würde er sie wieder fragen. Und wieder und wieder. Bevor sie sich's versah, war sie wieder Paulette Atherton, die im grellen Scheinwerfer der Missbilligung ihrer Eltern grillte.

„Ich habe dir gesagt, dass ich diese Person nicht mehr bin." Sie sprach ruhig, aber innerlich schrie sie die Worte heraus. Wie hatte sie so dumm sein können, zu glauben, dass es eine Chance dafür gab, dass dies funktionierte? Das war seine Welt. Natürlich würde er dorthin zurückkehren und versuchen, sie mit sich zu schleifen.

„Ein nettes Kleid anzuziehen und mit mir einem Anlass beizuwohnen ändert nichts daran, wer du bist. Und es ist nur ein Abend. Was sollte das ausmachen?"

Es machte ihr etwas aus, deshalb. Vielleicht war es anders, wenn man der einzige Sohn von Eltern war, die nette Menschen zu sein schienen, denn er hatte sich offenbar niemals unter dem bewertenden Blick seiner Eltern unzulänglich gefühlt.

Als sie nichts sagte, stieß er sie mit dem Knie an. „Okay, du bist noch nicht so weit. Verlier nicht gleich die Fassung deswegen."

„Wenn du hier rumhängen und darauf warten willst, bis ich bereit bin, wieder nach Boston zu gehen, dann solltest du es dir sehr, sehr gemütlich machen."

Er rückte näher und stützte sich auf seinen Ellbogen, sodass er auf sie hinabsehen konnte, was ihr die Sicht auf die Decke verwehrte. Das ließ ihr keine andere Wahl, als ihn anzuschauen. „Paulie, mach keine größere Sache daraus, als es ist."

„Es ist eine große Sache, denn es zeigt mir, dass du mir nicht zugehört hast."

„Ich höre zu. Es ist eins der spaßigeren und lockeren Ereignisse unter meinen gesellschaftlichen Verpflichtungen, also habe ich dich eingeladen. Du willst nicht hingehen. Kein Ding." Er beugte sich hinunter und liebkoste sie hinter dem Ohr. „Es ist nicht das erste Mal, dass du mich zurückgewiesen hast, weißt du."

„Vielleicht ist es auch nicht das letzte Mal." Sie drehte den Kopf, damit er besser ihren Hals erreichen konnte.

Langsam ließ er die Lippen über ihren Nacken und weiter zu ihren Brüsten gleiten. „Das Risiko geh ich ein."

Beth wusste, dass etwas im Busch war, als Paulie mit einem schwarzen Pullover und Ballerinas zu ihrer Jeans auftauchte, statt die übliche Sportjacke und Turnschuhe zu tragen. Es sah auch so aus, als sei sie sparsam mit dem Eyeliner umgegangen.

„Für ein einfaches Mittagessen hast du dich ziemlich hübsch gemacht."

Paulie blickte an sich hinunter. „Ich bin wohl kaum overdressed. Ich, ähm, treffe nachher noch Sam."

Sie war so eine schlechte Lügnerin. „Wenn wir irgendwo hingehen, wo jemand Fotos machen könnte oder so, würdest du es mir sagen, oder? Weil du meine beste Freundin bist."

„Ich sage dir gar nichts, denn Mrs Kowalski ist unerbittlich. Ein wenig Lipgloss könnte nicht schaden."

„Gib mir fünf Minuten."

„Nicht zu viel", rief Paulie hinter ihr her, „oder die Leute könnten sich fragen, warum du dich so aufgerüscht hast, nur um mit mir zu Mittag zu essen."

Zehn Minuten später gelang es Beth, sich in Paulies Miata zu quetschen. „Du wirst einen Kran brauchen, um mich wieder rauszuziehen."

„Ja, ich habe darüber nachgedacht, das Auto mit Kevin zu tauschen, aber da würdest du einen Kran brauchen, um überhaupt erst mal in seinen Jeep reinzukommen. Egal wie, das wird nicht schön." Sie stieg selbst ein und ließ den Wagen an. „Du bist die einzige Person ohne Auto, die ich kenne."

„Es ist nur noch eine Frage der Zeit, bis ich eine Woche alte Cheerios zwischen den Sitzen meines Minivans rausfische. Ich genieße meine Freiheit, solange ich es noch kann."

Einige Minuten später fuhren sie bei einem wunderschönen Restaurant vor, das für seinen Veranstaltungsraum bekannt war, und Beth gelang es, sich aus dem Wagen zu hieven, ohne allzu viel Aufwand zu betreiben.

„Du siehst besser überrascht aus", zischte ihr Paulie zu, bevor sie hineingingen, „oder Mrs K. macht mich fertig."

Sie musste nichts vortäuschen. Auch wenn sie von dem Moment an, als Paulie in ihrem Appartement aufgetaucht war, den Verdacht hatte, dass heute der Tag der Baby-Party war, hatte sie nicht erwartet, dass es so … viel war. Ballons und Fähnchen und Banner.

Und ihre Eltern. Die Freudentränen in den Augen ihrer Mutter gaben Beth den Rest, und als sie die Arme um sie schlang, schluchzte sie hemmungslos. Sie hatte ihre Mutter vermisst. Wie sehr, das wurde ihr erst jetzt klar.

„Sieh dir diesen Bauch an", rief Shelly, und Beth lachte und weinte gleichzeitig.

Schließlich ließ ihre Mutter sie los und machte Platz für ihren Vater. Dann waren die Kowalskis dran. Erstaunt registrierte sie, dass alle Männer da waren – Kevins Brüder, sein Schwager und sein Vater –, nicht nur die Frauen. Sogar seine Neffen.

Nachdem Stephanie sie umarmt hatte, musste Beth sich vorbeugen, damit das Mädchen eine Tiara auf ihren Kopf setzen konnte.

Dann stand Kevin neben ihr und legte seinen Arm um ihre sehr füllige Hüfte.

„Überraschung!“ Er grinste und küsste ihre Wange.

Sie erspähte Darcy, Randy und ein paar der Köche bei der Bowle. „Wer kümmert sich um die Bar?“

Er zuckte die Schultern. „Wir öffnen heute später. Unsere Freunde wollen unser Baby feiern, also, zum Teufel damit, oder nicht?“

„Zum Teufel damit“, stimmte sie begeistert zu. Sie sah, wie Bobby quer durch den Raum beinahe auf sie zurannte, und lachte. „Hier kommt er.“

Der zurzeit jüngste Kowalski legte die Hände auf ihren Bauch. „Hey, Cousin! Warum gibt es eine Baby-Party? Damit sich das Baby nicht langweilt!“

Sie lachten alle, und dann wurde Beth zu einem Stuhl geführt, der mit rosafarbenen und blauen Fähnchen und mit aufblasbaren Babyfläschchen geschmückt war. Sie fühlte sich unglaublich besonders auf dem Thron und musste sich nicht zum Lächeln zwingen, als die Blitze der Kameras sie blendeten.

Dann begann die Geschenke-Parade: große Geschenke, kleine Geschenke und alle Größen dazwischen. Von Socken bis zu einem erstklassigen Kinderwagen, von Windeln bis zu einem Autositz – der Stapel der Dinge, die sie für das Baby nicht mehr kaufen musste, wurde beinahe so groß wie Kevin. Es blieben keine Wünsche offen. Sport-T-Shirts und Spiele. Red Sox, Celtics, Bruins, Patriots und die Revolution – es gab ein Kleidungsstück für jedes Team.

Die Feier lief im wahren Kowalski-Stil ab: Essen, Lachen und noch mehr Essen. Und auch wenn sie es niemals geglaubt hätte, Artie und Shelly Hansen schienen genau hineinzupassen. Welche Geschichten auch immer Leo und ihr Vater austauschten, sie lachten gemeinsam, und ihre Mutter war überglücklich dabei, die Babygeschenke mit Kevins Mom zu durchstöbern.

Als die Kellner eine dreistöckige Torte mit einem süßen Paar Babystiefelchen als Krönung hineinrollten, beugte sich Kevin so weit zu ihr hinüber, dass seine Lippen fast ihr Ohr berührten. „Ich habe ausdrücklich Schokoladenkuchen bestellt, da ich ja weiß, wie gern du ihn magst."

Die Temperatur in dem Veranstaltungsraum stieg sprunghaft an, und Beth erschauerte.

„Es ist eine Weile her, dass du welchen hattest." Er legte ihr die Hand auf den Rücken. „Du musst ja großes Verlangen danach haben, an dieser süßen, klebrigen Kuvertüre zu lecken."

Oh, das hatte sie. Mit einer Intensität, die ihr fast den Atem nahm. Als der Kuchen schließlich aufgestellt war und ihre Freunde und Familie sich umdrehten, um ihre Reaktion zu sehen, tat sie das einzig Mögliche, das ihr die Erniedrigung ersparte, sich in Kevins Arme zu werfen.

Sie knuffte ihn in die Seite.

„Umpf." Lächelnd trat er einen Schritt zurück.

Der Kuchen war köstlich, aber mit jedem Bissen auf ihrer Zunge wurde ihr Blick magisch von Kevin angezogen, der demonstrativ genüsslich die Kuvertüre von seiner Gabel leckte. Mit jedem Lecken und Kreisen seiner Zunge wurde der Knoten in ihrer Brust größer, aber die Anwesenheit ihrer Freunde und Familie hielt sie davon ab, etwas Dummes zu tun – zum Beispiel sich rittlings auf seinen Schoß zu setzen und die Glasur von seinen Lippen abzulecken. Mal abgesehen davon, dass sie nicht sicher war, überhaupt noch in der Lage zu sein, sich rittlings auf ihn zu setzen.

Aber ihre Mütter sahen zu, und das Letzte, was sie wollte, war, dass sie sich Gedanken über ihre Beziehung zu Kevin machten. Platonisch. Das Wort wollte sie in ihren Köpfen festigen. Nicht Hochzeit oder Braut. Als die Jungs anfingen, die Geschenke in Kevins Jeep und alle sonst noch verfügbaren Transportfahrzeuge zu laden, löste sich der Knoten etwas, also gönnte sie sich als zukünftige Mutter noch ein zweites Stück Kuchen.

Paulie ließ sich in den Sessel neben ihr fallen.

„Das wird dir noch leidtun, wenn das Baby von einem Zuckerrausch erfasst wird und deine Blase massiert."

Genüsslich leckte Beth die Buttercreme-Glasur von der Gabel. „Ist mir egal."

Paulie griff sich einen Teller mit einem von einem der Kinder halb aufgegessenen Stück. „Mir auch."

„Du hast dein Versprechen gehalten. Glaube nicht, dass ich das nicht bemerkt habe."

Paulie zuckte mit den Schultern. „Ich habe versprochen, dir nichts zur Baby-Party zu schenken, aber ich kann dem Baby noch etwas schenken."

Beth konnte sich nicht erinnern, ein Baby-Geschenk mit Paulies Namen daran gesehen zu haben. Was auch immer es war, es war in jedem Fall zu viel nach den ganzen Schwangerschaftsklamotten.

„Ich habe in meinem Appartement etwas Schreibkram für dich, weil ich für den kleinen Zwerg einen College-Fond eingerichtet habe." Die genannte Summe raubte Beth den Atem.

Sie öffnete den Mund zum Protest, aber Paulie brachte sie zum Schweigen. „Ich weiß, dass es viel ist, aber du und Kev, ihr seid meine Familie. Das Kind ist Teil meiner Familie, und ich möchte sicher sein, dass er oder sie einen soliden Start ins Leben haben wird, egal, was passiert."

Beth schlang Paulie die Arme um den Nacken und versuchte, nicht zu weinen. „Vielen, vielen Dank."

„Gern geschehen." Sie lehnte sich zurück und wischte sich selbst verstohlen eine Träne aus dem Augenwinkel. „Genug Rührseligkeiten."

„Okay. Also, wie läuft es bei Sam und dir?“

„Ganz gut, denke ich. Wir haben sehr viel Zeit miteinander verbracht. Haben Spaß. Er wohnt jetzt quasi bei mir.“

„Das ist toll, Paulie.“

Sie runzelte die Stirn. „Im Moment, ja. Wir werden sehen, was passiert, wenn dieser Job vorbei ist und er zurück nach Boston gehen muss. Er hat mich gefragt, ob ich zu so einer Wohltätigkeitssache mitgehe, und ich habe Nein gesagt. Seitdem ist es etwas seltsam zwischen uns.“

„Aber er ist noch immer hier.“

„Na ja, der Sex ist gut.“

Beth stöhnte. „Ich brauche noch ein Stück Kuchen.“

„Erzähl mir nicht, dass du dich anstelle von Sex mit Süßkram befriedigst, obwohl du einen Kerl wie Kevin hast, der dich gerade so ansieht wie ein Verdurstender in der Wüste, der eine Oase entdeckt hat.“

Sie zwang sich, sich nicht umzudrehen und nach ihm zu sehen. „Wir sind nur Freunde.“

„Uh-huh. Sieht so aus, als würden sie die Baby-Party-Bingokarten austeilen. Mach dich bereit, herauszufinden, wie rücksichtslos diese Familie ist, wenn es um Spiele geht.“

„Ich weiß. Sie sind alle ziemlich gut darin, zu bekommen, was sie wollen.“

„Kevin nicht.“

Beth zuckte mit den Schultern und schluckte den Kloß in ihrem Hals hinunter. „Natürlich ist er das. Er will ein Baby, und er bekommt eins.“

„Er will dich.“

„Klar, weil das Ganze ein Service-Paket ist. Die Instant-Familie.“

Paulie schüttelte den Kopf und legte ihr eine Hand auf den Arm. „Sag mir, dass du das nicht wirklich glaubst.“

Sie wollte ihr sagen, dass sie nicht sicher war, was sie glaubte, aber Stephanie kam, gab ihnen beiden je eine Bingo-Karte, und das Spiel begann. Der Augenblick für Gespräche war vorüber. Aber der Gedanke blieb und setzte sich in ihrem Kopf fest.

17. KAPITEL

Heute ist hier tote Hose", sagte Paulie. „Ich nehme mir ein paar Stunden frei."

Kevin sah auf die Uhr und zuckte mit den Achseln. „Okay. Falls wir doch noch überrannt werden, rufe ich dich an, aber ich glaube nicht, dass das ein Problem sein wird. Oh, und bist du sicher, dass es dir nichts ausmacht, am Mittwochabend meine Schicht zu übernehmen?"

„Willst du mich auf den Arm nehmen? In der Bar zu stehen, während du an einem Geburtsvorbereitungskurs teilnimmst? Das wird der beste Abend meines Lebens."

Sie war weg, bevor er sie fragen konnte, was wirklich los war, denn normalerweise ging sie nicht, wenn es ruhig in der Bar war. In der Regel nahm sie sich dann einen Stuhl und setzte sich auf einen Plausch zu den Stammgästen.

Er fand es nur fünf Minuten später heraus, als Sam Logan hereinkam und sich auf seinen üblichen Platz setzte. Paulie schien den Kerl aus irgendeinem Grund zu meiden, und Kevin wollte wissen, warum. Nachdem er ihm ein Michelob gezapft hatte, brachte er es selbst an den Tisch, statt es Darcy zu geben.

„Wie läuft's?", erkundigte sich Sam beiläufig.

„Kann mich nicht beschweren. Und wenn ich es täte, würde niemand zuhören." Er stellte das Bier ab und nahm sich dann einen Stuhl.

Sam hob eine Augenbraue, sagte aber nichts. Sie hielten ein wenig Small Talk. Sport, das Wetter und solche Themen, aber sie waren nicht wirklich Freunde.

Dann fiel Kevin mit der Tür ins Haus. „Was läuft da zwischen dir und Paulie?"

„Wenn es dich etwas anginge, müsstest du wohl nicht fragen."

„Paulie ist wie eine Schwester für mich, und …“

„Ich liebe sie.“

„Oh, okay. Dann hat sich das mit der ‚Was sind deine Absichten‘-Frage erübrigt. Ist das der Grund, warum sie dir aus dem Weg geht?“

„Ich glaube, sie tut das, weil ich sie gebeten habe, mit mir auf so eine blöde Party zu gehen.“

„In Boston?“

„Yep, eine Wohltätigkeitsveranstaltung.“

Kevin lehnte sich in seinem Stuhl zurück und versuchte herauszufinden, was er als Nächstes tun könnte. Es war nicht so, als würde der Typ sie schlecht behandeln, indem er sie zu einer Party einlud. Und trotzdem hatte es sie unglücklich gemacht, und sie war eher bereit, den Kerl aus ihrem Leben zu werfen, als die Sache durchzustehen. Er glaubte nicht, dass sie das glücklicher machen würde.

Es gab eine feine Grenze, wenn es darum ging, seine Nase in fremde Angelegenheiten zu stecken oder sich um eine Freundin zu kümmern.

„Wusstest du, dass ihre Mutter ihr Haar färben ließ, als sie vier war, weil es zu rot war?“

„Ich kenne die Athertons persönlich, das überrascht mich nicht.“ Sam nahm einen Schluck von dem kalten Bier und legte die Hände um den Krug. „Ich habe sie nicht gebeten, ihren Job aufzugeben und eine Stepford-Frau zu werden. Ich habe sie zu der nettesten, formlosesten Party in meinem Terminplan eingeladen, und ich habe sie nicht gedrängt, als sie Nein sagte.“

Kevin nahm die Wasserflasche, die Darcy ihm brachte, dankend entgegen und knibbelte an dem Etikett herum. „Sie will nicht dorthin zurück.“

„Ich habe sie nicht gebeten, umzuziehen.“ Sam sackte auf seinem Stuhl zusammen und sah nicht mehr länger wie ein arrogantes Reiche-Leute-Söhnchen aus, sondern wie ein normaler Typ mit gebrochenem Herzen. „Ich kann sie nicht schon wieder verlieren."

Es lag Kevin auf der Zunge, dem Mann zu raten, Geduld zu haben, aber er brachte die Worte nicht heraus. Er hatte reichlich Erfahrung damit, geduldig zu sein, und es nervte gewaltig. Soweit er das beurteilen konnte, war das Ergebnis nichts als Frust.

Er hatte gesehen, welche Wirkung seine Versuchung mit dem Schokoladenkuchen bei der Baby-Party auf Beth gehabt hatte, aber wie immer hatte sie widerstanden, obwohl sie das Gleiche wollte wie er. Und nun waren sie wieder am Anfang. Nachbarn, die ein Baby erwarteten und von denen einer innerlich langsam kaputtging.

Sam starrte finster in sein Bier. „Ich nehme an, das ist der Punkt, an dem du mir irgendeinen Schwachsinn über Geduld erzählst und darüber, dass es schon wird, wenn es sein soll. Dann sage ich ‚gleichfalls'."

Kevin lachte und öffnete die Wasserflasche. „Wie sieht's bei den Red Sox aus?"

„Beckett hat gestern Abend einen guten Eindruck gemacht. Und Papelbon scheint gut in Form zu sein."

„Die Yankees sind auch top. Das sollte ein höllisches Match werden."

Wie es echte Kerle nun mal tun, verbrachten sie die nächste Stunde damit, über Sport zu reden, und taten beide so, als würden sie nicht unter der Tatsache leiden, dass sie keine Ahnung hatten, wie sie ihre Frauen glücklich machen sollten.

Wartebänke am Flughafen waren nicht die bequemste Sitzgelegenheit für eine schwangere Frau, aber Beth wollte jede Minute mit ihren Eltern verbringen, bevor sie nach Florida zurückflogen. Sie würden nach der Geburt des Babys wiederkommen, aber bis dahin würde sie sie vermissen.

Als ihr Vater sich auf die Suche nach Kaffee machte, wurde der Gesichtsausdruck ihrer Mutter ernst, und sie legte eine Hand auf Beths Knie. „Schatz, Kevin scheint ein sehr netter junger Mann zu sein."

„Er ist nett. Einer der nettesten Männer, die ich je getroffen habe", gab Beth zurück.

Mary hat mir erzählt, dass er eine Beziehung mit dir haben möchte, du aber darauf bestehst, nur Freunde zu bleiben."

„Es ist kompliziert."

„Das ist die Liebe üblicherweise."

Diese Aussage traf sie wie ein Schlag, und obwohl sie ihre Mutter vermissen würde, wäre sie am liebsten aufgestanden und gegangen. „Da ist keine Liebe, Mom. Wir hatten einen One-Night-Stand. Um Himmels willen, er sammelt die Telefonnummern von Frauen auf Cocktailservietten. Ich hätte ihn nie wiedergesehen, wenn ich nicht schwanger geworden wäre. Wir hatten miteinander abgeschlossen, und ein kaputtes Kondom ändert nichts daran. Wir haben keine gemeinsame Zukunft, uns verbindet nur das Baby."

Ihre Mutter drückte ihr die Hand, sagte aber nichts. Wahrscheinlich kannte sie Beth gut genug, um zu wissen, dass es da mehr gab.

Und das gab es. „Ich wollte nach Albuquerque gehen. Das war mein nächster Plan, doch dann traf ich Kevin und war dumm genug, mit ihm zu schlafen, und jetzt ist alles anders. Mein ganzes Leben ist durcheinander, und ich bin für immer an ihn gebunden, denn er wird ein großartiger Vater sein. Er überwältigt mich, und ich weiß nicht, was ich tun soll. Ich kann nicht klar denken, wenn ich in seiner Nähe bin, aber was wir tun, wird so große Auswirkungen auf das Leben des Kindes haben. Ich will mein Leben einfach nicht damit verbringen, mich zu fragen, ob Kevin mich wollte oder ob ich einfach nur die erste Frau war, die ihm ein Kind geschenkt hat."

Sein Herz auszuschütten war anstrengend, und als Beths Mutter ihr den Kopf streichelte, wehrte sie sich nicht. Seit Langem fühlte sie sich nicht bevormundet, sondern umsorgt. „Du warst immer sehr unabhängig und stur. Du warst erst vier Jahre alt, als du mir sagtest, dass ich dich nicht mehr ins Bett bringen muss, weil du das jetzt allein könntest. Ich habe dir nie klarmachen können, dass es nicht darum ging, ob du es allein kannst, sondern darum, diese Minuten des Tages mit dir zu verbringen. Du hast mich nicht an dich herangelassen."

„Wenn ich Kevin noch näher an mich heranlassen würde, würde ich mich in ihn verlieben, und dann gäbe es kein Zurück mehr."

„Ich glaube, dass ihr beide schon ein wenig verliebt seid."

Beth schloss die Augen, um die aufkommenden Tränen zu unterdrücken.

„Es ist okay, wie es gerade ist. Wir sind Freunde, und solange es so bleibt, wie es ist, werden wir es auch weiter sein. Aber wenn wir glauben, wir seien verliebt, und heiraten, was passiert dann, wenn ihm eines Tages klar wird, dass er mehr in die Idee von einer Familie verliebt war als in mich? Oder was, wenn mir klar wird, dass ich nur geglaubt habe, ihn zu lieben, weil er so ein toller Kerl ist, und ich nicht darauf vertraut habe, es ohne ihn zu schaffen?"

„Dann hast du es wenigstens versucht."

„Und wenn wir scheitern, wird es hässlich. Liebe endet niemals schön, und ich will nicht, dass wir uns hassen. Ich will das dem Baby nicht antun. Ich will, dass seine Eltern Freunde sind."

Als sie die Augen öffnete, sah sie ihren Vater, der versuchte, zwei Pappbecher mit Kaffee und eine Wasserflasche zu balancieren. Er war nicht gerade ein guter Kellner. Schnell wischte sie sich übers Gesicht, weil sie nicht aufgebracht aussehen wollte.

„Nimm dir Zeit, wenn du sie brauchst", sagte ihre Mutter. „Aber verschließe dich nicht vollkommen vor ihm."

„Das kann ich nicht", murmelte sie. „Er wird das nicht zulassen."

Ihr Vater teilte die Getränke aus, und Beth nahm einen großen Schluck Wasser, um damit den Kloß in ihrem Hals endgültig herunterzuspülen. Sie war müde, und die Bank war unbequem. Außerdem hatte sie kaum geschlafen, seit Kevin, dieser Bastard, Anzügliches über Schokoladenkuchen und das Ablecken von klebriger Kuvertüre in ihr Ohr geflüstert hatte. Das war natürlich volle Absicht gewesen, um sie ins Bett zu bekommen.

Stattdessen war sie nur in Aufruhr versetzt worden, jedoch ohne die Absicht zu haben, wieder mit ihm zu schlafen, was die Anspannung nicht gerade verringerte. Rache war allerdings süß, denn da er zugesagt hatte, bei der Geburt anwesend zu sein, würde sie die Befriedigung genießen, ihn den Geburtsvorbereitungskurs durchleiden zu sehen. Wenn irgendetwas die Stimmung töten konnte, dann das. Hoffte sie zumindest.

Viel zu früh war es für ihre Eltern an der Zeit, durch die Sicherheitsschleuse zu gehen, und beide drückten sie lange. Nur mit großer Mühe gelang es ihr, die Tränen zurückzuhalten.

„Wir kommen wieder, wenn das Baby da ist", versicherte ihre Mutter. „Aber wenn du irgendwelche Probleme hast, dann ruf an."

„Ich bin okay, Mom. Du hast Kevins Familie kennengelernt. Auch wenn ich allein sein wollte, hätte ich keine Chance."

„Pass gut auf mein Enkelkind auf", sagte ihr Vater knapp und zog in weiser Voraussicht seine Frau mit sich fort, bevor beide Frauen in hysterisches Schluchzen ausbrechen konnten.

Als ihre Eltern außer Sichtweite waren, machte Beth kehrt und hielt zum Zwischenstopp auf der Damentoilette an, um zu weinen, bevor sie den überfüllten Flughafen von Manchester durch den Vordereingang verließ.

Kevin stand dort am Bordstein und lehnte an seinem Jeep. Er lächelte, als sie ihn sah. „Ich glaube nicht, dass du hier parken darfst", bemerkte sie kopfschüttelnd.

„Yep." Er öffnete die Wagentür für sie. „Der Typ fing an, mir das zu erklären, aber ich habe ihn mit Karten für die Red Sox eingewickelt. Scheint so, dass der sechzehnte Geburtstag seines Sohnes auf einen Abend fällt, an dem wir gegen die Yankees spielen."

„Trägst du einfach so Sporttickets mit dir herum?"

„Nur wenn ich denke, ich könnte sie brauchen." Er schloss ihre Tür und ging um den Wagen herum.

Als sie den Parkplatz verlassen hatten, blickte er zu ihr hinüber. „Ich dachte, es sei vielleicht hart, wenn deine Eltern abfliegen. Ich wollte dich nicht in so einem emotionalen Zustand irgendeinem fremden Taxifahrer überlassen."

„Warum musst du so nett sein?"

Er lächelte. „Du hast meine Mutter getroffen. Ich hatte zu viel Angst, es nicht zu sein."

Das machte es noch schwerer, ihm zu widerstehen. „Danke."

„Weißt du, was dich aufmuntern würde?"

Kuvertüre von seinem Bauch zu lecken, bevor sie heißen und schmutzigen Sex hatten?

„Eiscreme“, sagte er.

„Erdbeere?“ Nicht annähernd so gut, aber auf lange Sicht besser für sie.

Sein Grinsen war verschmitzt wie immer. „Nicht Schokolade?“

„Nicht Schokolade. Erdbeere.“

„Mit heißer Karamellsoße und Schlagsahne?“

Sie musste lachen. „Nein. Nur die gute alte Erdbeer-Eiscreme.“

Er sah so aus, als wollte er noch etwas sagen, aber dann lächelte er nur. „Ich kenne genau den richtigen Ort dafür.“

Kevin war am Ende. Es gab keine verdammte Möglichkeit, dass er jemals wieder ein normales Verhältnis zu einer weiblichen Vagina haben würde.

Mist. Er benutzte sogar das Wort Vagina. Sein Ruf als Mann war vollkommen und unwiderruflich vernichtet.

„Geht es dir gut?“ Es klang nicht so, als würde Beth auch nur versuchen, ihre Belustigung zu verbergen.

„Nein.“

„Möchtest du, dass ich fahre?“

Er schüttelte den Kopf und zwang sich, sich ein wenig zu entspannen. Autofahren war das Einzige, was ihn davon abhielt, vollkommen durchzudrehen.

Fötus. Baby. Vagina. Die Worte des Lehrers, der den Geburtsvorbereitungskurs leitete, hallten ihm in den Ohren wider.

Und Beth lachte ihn aus. „Du warst es, der darauf gedrängt hat, bei dem Kurs und der Geburt dabei zu sein.“

„Ich bin der Vater des Kindes“, stieß er zwischen zusammengebissenen Zähnen hervor. „Ich muss dabei sein.“

„Eigentlich wollte ich deine Mutter fragen.“

Das war die beste Idee, die er seit Langem gehört hatte.

Seine Mutter war eine Frau. Sie hatte vier eigene Kinder geboren, eine Tochter großgezogen, und sie hatte fünf Enkelkinder. Mit Sicherheit waren ihr die Vorgänge einer Geburt bestens bekannt.

Auch für Beth wäre das ein großer Schritt, denn sie würde akzeptieren, dass sie ein Teil seiner Familie war. Wer war er, dass er dem Fortschritt im Weg stehen wollte?

„Nein", hörte er sich selbst sagen. „Das ist meine Aufgabe. Ich hoffe nur, dass ich mich im richtigen Moment aufrecht halten kann."

Sie lachte lange und heftig genug, dass er schon mal begann, nach öffentlichen Toiletten Ausschau zu halten. Mit Glück würde sie es bis nach Hause schaffen, aber die Frau musste häufiger pinkeln als ein Kleinkind auf Reisen.

„Das war nur ein Film. Wie willst du die eigentliche Geburt überleben?"

„Betrunken?" Was er sich auch momentan sehr wünschte. „Lass uns das Thema wechseln."

„Okay. Hast du über Namen nachgedacht?"

„Du hast mir erzählt, dass es Unglück bringt, schon einen Namen auszusuchen."

„Das war vorher. Also, wenn es ein Mädchen ist, was würdest du davon halten, sie nach Paulie zu benennen? Ihr seid euch so nah, und sie war mir so eine gute Freundin."

„Sie hasst Paulette, aber Paulie Kowalski? Das klingt seltsam, und ich bin nicht sicher, ob ich zwei Paulies in meinem Leben in den Griff bekomme."

„Sie hat mir erzählt, dass ihr zweiter Vornahme Lillian sei, und sie hat ihn behalten, als sie ihren Namen änderte, weil es der Name ihrer Großmutter war. Er bedeutet ihr etwas."

„Lillian ist ein bisschen altmodisch, oder?"

„Ich dachte an Lily."

Lily. Das gefiel ihm. „Lily Ann anstelle von Lillian?"

„Lily Ann Kowalski. Das gefällt mir. Was, wenn es ein Junge wird?"

Nachdem er sich in den letzten Wochen gefragt hatte, wie er das Thema auf den Nachnamen des Kindes bringen konnte, war er sehr erleichtert, als sie den Namen Kowalski aussprach. Er war sich nicht sicher, ob sie nicht lieber wollte, dass das Kind ihren Nachnamen trug, da sie nicht verheiratet waren. Oder ob sie einen Doppelnamen wollte. Hansen-Kowalski, das gefiel ihm nicht. „Wie wäre es mit Carl Yastrzemski?"

„Carl Yastrzemski Kowalski? Was, zum Teufel, soll das denn für ein Name sein?"

„Ich kann nicht glauben, dass ich dich überhaupt in meine Bar gelassen habe." Wie war er an eine Frau geraten, die absolut keine Ahnung von Sport hatte? „Yez war der größte Left Fielder überhaupt. Eine Ikone der Red Sox."

„Ich nenne mein Kind nicht nach einem Sportler. Kein Tom Brady Kowalski, kein Derek Jeter oder was auch immer Kowalski."

„Um Himmels willen, Beth." Er kam fast von der Straße ab. „Jeter ist ein verdammter Yankees-Spieler. Ich würde noch nicht mal einen verhassten, hässlichen, dreibeinigen und einäugigen Hund Jeter nennen, geschweige denn meinen Sohn. Was auch immer passiert, sprich niemals mit irgendjemandem im *Jasper's* über Sport."

„Ich wollte nur etwas klarstellen."

„Okay, prima. Wenn es deine Absicht war, klarzustellen, dass du keine Ahnung von Sport hast. Aber wie wäre es mit den Namen unserer Väter? Wir könnten ihn nach ihnen nennen."

„Leo und Arthur?"

Na ja, vielleicht nicht. Wie ist der zweite Vorname deines Vaters?"

„Merton."

„Okay. Wie wäre es mit Ray? Ray Bourque Kowalski. Das hat einen guten Klang."

Aus dem Augenwinkel sah er den angewiderten Blick, den sie ihm zuwarf. „Sogar ich habe von Ray Bourque gehört, Kevin."

„Ich musste es einfach versuchen. Er ist eine Legende der Bruins."

„Ich hoffe, dir ist klar, dass ich jetzt für jeden Namen, den du vorschlägst, eine Recherche bei Google machen muss. Oder ich lasse es Paulie machen."

„Wir müssen uns etwas einfallen lassen. Wenn wir bei dem Paulie-Thema bleiben, wäre der Name Paul denkbar." Er drehte den Kopf gerade rechtzeitig, um zu sehen, wie sie die Nase rümpfte. „Oder auch nicht."

„Wir müssen das nicht heute entscheiden."

„Nur damit du es weißt, die Kinder haben eine Menge Vorschläge gemacht." Als sie stöhnte, musste er lachen. „Wenn man mal alle Sport- und Zeichentrickfiguren weglässt, wäre der Vorschlag der Jungs Scooter."

„Scooter Kowalski?" Ihr Kichern entschädigte ihn weitestgehend für den furchtbaren Geburtsfilm, den er hatte ansehen müssen.

„Und Stephanie besteht bei einem Jungen auf Jacob Edward und bei einem Mädchen auf Bella Stephanie. Das hat laut ihrer Mutter mit irgendwelchen Vampir-Werwolf-Büchern zu tun."

„Lass uns das ein andermal entscheiden."

Er zuckte die Achseln. „Irgendwie mag ich Scooter."

„Klar doch." Sie seufzte und rutschte in ihrem Sitz herum. „Ich habe Hunger. Und ich muss aufs Klo. Schon wieder."

Er lachte und schüttelte den Kopf. „Wir sind nur noch fünf Minuten von der Bar entfernt."

„Wings. Lecker." Ein paar Wochen zuvor war sie von *Jasper's*-Burgern zu Chicken Wings gewechselt, und ihr Appetit darauf war unstillbar.

Natürlich war es auch für seinen unstillbaren Appetit die Hölle, dabei zuzusehen, wie sie die Soße von ihren Fingern leckte, aber Hühnchen würde da nicht helfen.

Er sehnte sich nach ihr. Nicht nur im Bett, sondern ganz allgemein. Er wollte sein Leben mit ihr teilen. Als er das Thema zuletzt angeschnitten hatte, hatte sie ihn nur ausgelacht. Sie arbeiteten zusammen, verbrachten die meiste Freizeit miteinander und lebten nur ein paar Meter voneinander entfernt. Wie viel mehr wollte er denn noch?

Er wollte alles. Aber als sie nach einer Weile empfindlich auf dieses Thema reagierte, ließ er es fallen. Das Letzte, was er wollte, war, dass sie sich mit ihrem momentanen Arrangement unwohl fühlte.

Seine größte Angst war, dass sie weglaufen würde, wenn sie sich unter Druck gesetzt fühlte, einen Bus nach Florida nahm und ihn zurückließ.

Also behielt er seine Hände im Moment bei sich und spielte die Kumpel-Nachbar-Rolle des Typen, mit dem sie zufällig ein Kind bekam. Das war allerdings hart. Und wurde jeden Tag härter.

18. KAPITEL

Juni

Paulie stand im Badezimmer des schicken Bostoner Hotel-Badezimmers und starrte in den Spiegel. Paulette Atherton starrte zurück.

Sie hasste sie. Hasste das bieder hochgesteckte Haar und das sorgsam aufgetragene, dezente Make-up. Hasste das elegante Sommerkleid, das geradezu perfekt für einen Brunch im Countryclub war.

Ihre Eltern würden da sein. Sam hatte ihr mitgeteilt, dass sie sich einen Tisch teilen würden, weil es schon lange an der Zeit für eine Versöhnung war. Was er offenbar nicht verstand, war, dass es völlig unmöglich war, die Person, die sie war, mit der Person, die sie deren Meinung nach sein sollte, zu versöhnen.

Nach so langer Zeit, in der sie in ihrer eigenen Welt verdammt gut zurechtgekommen war, sollte sie nun einen vorsichtigen Schritt zurück in seine Welt machen. Er hatte eine Weile ziemlichen Druck auf sie ausgeübt, und dann, als ein schlichter Wohltätigkeitsbrunch anstand, hatte er sie in einem schwachen Moment erwischt. Das Ergebnis war, dass sie sich wieder in Paulette Atherton verwandelt hatte.

Sie verabscheute alles daran. Und sie war nicht dumm. Er würde sie dazu überreden, ihn immer öfter zu begleiten. Wenn der Job in New Hampshire erledigt war, würde es für ihn keinen Sinn mehr machen zu pendeln. Also würde er versuchen, sie dazu zu überreden, nach Boston zu ziehen. Schließlich würde sie beginnen, ihn so sehr zu hassen wie ihr Spiegelbild.

Genauso gut konnte sie jetzt alles mit einem Knall beenden, als darauf zu warten, dass sie noch viel tiefer in die Sache hineingeraten würde, als es ohnehin schon der Fall war. Es würde wehtun, aber es würde noch schlimmer werden, sobald das Wort Liebe gefallen war.

Paulie warf ihre Kulturtasche auf den Waschtisch und löste das Haar, um es dann hochzustecken. Dann nahm sie sich den Rest ihres Aussehens vor: ausladender Eyeliner, ihre ausgeblichene Lieblingsjeans, kaputte Turnschuhe und ein schwarzes Tanktop mit einer Jacke, die an den Ärmeln ausgefranst war.

Dies war die echte Paulie, und wenn Sam das nicht gefiel, konnte er sie mal kreuzweise.

Okay, das ist im Moment nicht gerade eine hilfreiche Vorstellung, überlegte sie und legte große Creolen an. Dann schüttete sie ihr schickes Portemonnaie aus, schob wie immer ihren Führerschein und die Kreditkarte in die Gesäßtasche und steckte ihre Schlüssel in die Vordertasche, und das genau in dem Augenblick, als der Wagen vorfuhr.

Die Gäste im Countryclub verstummten, als Paulie eintrat, aber darauf war sie vorbereitet. Genauso wie auf das stille Entsetzen, das die Farbe aus dem Gesicht ihrer Mutter verschwinden ließ, und auf die Art, wie ihr Vater missbilligend den Mund verzog. Ihre Eltern schienen nicht erfreut, wieder mit der Tochter vereint zu sein, die sie seit sechs Jahren nicht gesehen hatten.

Was sie allerdings überraschte, war der Ausdruck in Sams Gesicht. Er lächelte sie amüsiert an.

„Paulette Lillian Atherton, was glaubst du, was du hier tust?“, zischte ihre Mutter, als Paulie sich auf den leeren Stuhl setzte.

„Ich heiße jetzt Paulie Reed.“ Sie erwartete nicht, dass ihre Mutter das akzeptieren würde. „Das bin ich, ob du willst oder nicht.“

„Alle starren uns an.“

„Ach ja?“

Ihr Vater lehnte sich über den Tisch, um ihr zuzuflüstern: „Wie konntest du Sam das antun? Ihn derart vor seinen Freunden und Kollegen zu blamieren?"

„Richard, eigentlich fühle ich mich nicht im Geringsten durch Paulie blamiert. Es tut mir leid, dass ihr denkt, dass ich es sein sollte."

Paulie war ebenso sprachlos wie ihre Eltern. Ihr Vater log nicht. Der Saal war gefüllt mit Menschen, die in beruflicher oder persönlicher Hinsicht wichtig für Sam waren, aber ihn schien es nicht aufzuregen, dass seine Verabredung aussah wie ein Groupie aus den Achtzigern.

„Schau sie dir an", argumentierte ihre Mutter. „Ehrlich gesagt bin ich überrascht, dass man sie überhaupt hereingelassen hat."

Das hatte allerdings einiger Überredungskunst bedurft. Paulie hatte lügen müssen und behauptet, ihr Gepäck sei verschwunden und sie müsse die Kreditkarte ihres Vaters holen, um sich neue Kleidung kaufen zu können. Nur der Name Atherton und die Tatsache, dass man wohl nicht zum ersten Mal auf eine junge Dame traf, die Papas Kreditkarte brauchte, hatten ihr Zutritt verschafft.

Paulie wurde angestoßen und blickte zu Sam hinüber. „Es könnte schlimmer sein. Zum Beispiel wenn du einen Strickpulli tragen würdest."

„Du bist eine Schande", tadelte ihr Vater. „Und das bedauerlicherweise nicht zum ersten Mal."

Sam schob den Stuhl zurück, stand auf und reichte Paulie die Hand. „Richard, Mrs Atherton, wenn Sie uns entschuldigen würden, wir gehen jetzt."

Ihre Eltern kochten vor Wut, aber Sam legte eine Hand auf Paulies Rücken und lenkte sie durch die Tür und den Weg hinunter zum Parkplatz, wo er dem Parkservice sein Ticket gab.

„Es tut mir leid", flüsterte sie nach einigen Minuten. „Das hätte ich nicht bringen sollen."

„Sie hätten wenigstens so tun müssen, als wären sie froh, dich zu sehen."

„Wenn ich das getragen hätte, was ich zuerst angezogen hatte, hätten sie sich vielleicht die Mühe gemacht." Sein Wagen bog um die Ecke, und Sam trat zurück, um ihr die Tür zu öffnen. Sie wartete, bis er um den Wagen herumgegangen war und seine Tür geschlossen hatte. „Ich habe nicht darüber nachgedacht, was das für dich bedeuten würde. Das hätte ich tun sollen."

„Schon okay. Ich bin ein Logan, und niemand wird es riskieren, sich mit meiner Familie anzulegen – oder unserem Vermögen."

Er sagte das ohne Arroganz. Es klang eher wie eine Feststellung. Schweigend fuhren sie eine Weile, und Paulie sah die Landschaft an sich vorbeiziehen. Als Sam endlich vor ihrem Hotel anhielt, erwartete sie, dass er sie zur Tür bringen würde und ihr sagte, dass er sich irgendwann melden würde.

Stattdessen übergab er den Wagen an den Parkservice und ging mit ihr hinein. Immer noch schweigend stiegen sie zusammen in den Aufzug und betraten kurze Zeit später ihr luxuriöses Hotelzimmer.

Erst nachdem er die Tür hinter ihnen geschlossen hatte, begann er zu sprechen. „Du hast mir schon vorher gesagt, du wärst gern meine Frau, aber nicht Mrs Samuel Logan der Vierte. Ich denke, ich weiß jetzt, was du damit gemeint hast."

Sie war froh, denn sie glaubte nicht, dass sie es besser erklären konnte.

„Aber die Sache ist die", fuhr er fort, „ich habe nicht Paulette Atherton gebeten, meine Frau zu werden. Ich wusste damals nicht, dass es Paulie war, aber sie ist diejenige, die ich heiraten wollte."

„Du hast immer nur Paulette gesehen."

„Das stimmt nicht. Ich habe dich nie in Jeans und Sweatshirt gesehen, aber ich habe dich gesehen. So wie du wirklich bist."

Sie wollte ihm glauben, wollte glauben, dass der Mann, den sie liebte, ihr wahres Wesen gesehen hatte, aber das schien ihr nicht möglich zu sein. „Mein wahres Ich war sehr gut verborgen, Sam."

„Erinnerst du dich an die Wohltätigkeitsveranstaltung des Senators im Jachtclub?"

„Das ist genau, was ich meine. Ich habe an dem Tag die perfekte Stepford-Lady gegeben."

Er griff nach ihrem Sweatshirt und zog sie an sich. „Ich hatte etwas in meinem Wagen vergessen, also war ich draußen, als du angekommen bist. Du bist zu schnell gefahren, hattest das Verdeck runtergelassen und die Musik laut aufgedreht. Du hast den Text mitgegrölt, als wäre es dir völlig gleichgültig, wer dich hören konnte. Dann hast du dich im Rückspiegel betrachtet, dich hergerichtet, und als du perfekt aussahst, hast du deinem Spiegelbild den Mittelfinger gezeigt."

Sie erinnerte sich. „An dem Abend hast du mich nach einem ersten Date gefragt."

„Ich wollte dich. Die Tatsache, dass du so hübsch und adrett aussahst, war nur ein Bonus, denn das passt nun mal zu den Kreisen, in denen ich als Geschäftsmann verkehre. Aber ich wollte die Frau, die zu schnell gefahren war und zu laut gesungen hatte. Ich dachte, dass du wegen unserer Hochzeit und der ganzen öffentlichen Aufmerksamkeit unter Druck stehen würdest, und hoffte, das würde vorübergehen. Ich glaubte, nach der Hochzeit wärst du wieder ganz du selbst. Jetzt wünsche ich mir, ich hätte etwas gesagt, bevor es zu spät war."

„Aber so ist nun mal dein Leben."

„Ich würde es für dich aufgeben, aber das kann ich nicht. Zu viele Leute sind abhängig von mir. Aber das alles ist nur ein kleiner Teil des Lebens, das ich führe. Glaub mir, solange ich einen Scheck schicke, ist es denen völlig egal, ob ich da auftauche oder nicht, besonders da ich weg vom Markt bin."

In ihr keimte Hoffnung auf. „Bist du das denn? Weg vom Markt?"

„Ich war nicht mehr wirklich auf dem Markt seit diesem Tag im Jachtclub." Er ließ die Hände an ihrem Rücken hinuntergleiten. „Ich werde dich nicht anlügen, Paulie. Es würde mir viel bedeuten, wenn du dich gelegentlich mit mir in der Öffentlichkeit sehen lassen und dabei spektakulär aussehen würdest. Aber ich will das Leben mit dir, wie wir es in den letzten paar Monaten geführt haben. Ich werde pendeln, du wirst Bier ausschenken. Wir werden Sex haben ..."

„Das klingt nach einem guten Plan." Lächelnd schlang sie ihm die Arme um den Hals. „Ich kann das auch tun – ab und zu repräsentieren, meine ich. Ein wenig zumindest. Ich denke, es wird mir leichter fallen, wenn ich weiß, dass du es nicht von mir erwartest."

„Ich liebe dich, Paulie." Zärtlich verschloss er ihr den Mund mit einem Kuss.

Nur allzu willig erwiderte sie den Kuss, den ersten ohne Zweifel, Zurückhaltung und falsche Erwartungen. Dann lächelte sie ihn an. „Ich liebe dich auch. Ich habe damit niemals aufgehört."

Er ließ ihre Taille los und zog eine kleine Schachtel aus seiner Jackentasche. Ihre Augen füllten sich mit Tränen, und sie fragte sich, ob sie ihm sagen sollte, dass sie den Ring noch hatte, den er ihr damals gegeben hatte – den gewaltigen Diamanten, der in ihrer Schublade vergraben war.

Aber dann öffnete er den Deckel, und sie sah die beiden Goldringe. Sie waren kunstvoll graviert, aber trotzdem von schlichter Eleganz. „Diesmal etwas Schlichtes, dachte ich. Das passt vielleicht besser zu deinem Lebensstil als ein großer Klunker."

Schnell wischte sie sich die Tränen von ihren Wangen. „Sie sind wunderschön. Und so perfekt."

„Paulie Reed, willst du mich heiraten? Niemanden und nichts sonst – nur mich."

Sie nickte, und das Herz schlug ihr bis zum Hals. Sam küsste sie erneut, und es dauerte sehr lange, bis er sie wieder losließ.

Beth war es egal, was ihr Kalender sagte. Für sie war es höchste Zeit, dass die Schwangerschaft endlich vorüber war. Wenn das Baby nicht bald geboren werden würde – zur Hölle mit den noch verbleibenden einundzwanzig Tagen –, würde sie noch schwermütig werden.

Sie wollte ihre Füße wieder sehen können. Sie wollte auf dem Bauch schlafen und kein Sodbrennen mehr haben. Außerdem wollte sie sich nicht länger Sorgen machen, dass der Aufzug unter ihrem Gewicht drei Stockwerke in die Tiefe stürzte. Erschwerend kam außerdem hinzu, dass es erst Anfang Juni war und sie trotzdem unverhältnismäßig schwitzte.

Am meisten wünschte sie sich, dass die Leute aufhörten, sie zu umsorgen, zu kontrollieren und darauf zu bestehen, Dinge für sie zu erledigen. Sie wollte ihre Ruhe haben.

„Warte doch einige Stunden, und ich bring dich."

Sie starrte Kevin an und konnte nur mit Müh und Not

dem Impuls widerstehen, mit dem Fuß aufzustampfen. „Du musst mich nicht zum Laden bringen. Schwangere Frauen gehen andauernd einkaufen."

Er griff in die Tasche und holte seine Schlüssel heraus. „Dann nimm wenigstens den Jeep."

„Ich will nicht in deinen verdammten Jeep rein- und wieder rausklettern. Ich werde ein Taxi nehmen. Das machen schwangere Frauen übrigens auch andauernd."

Er verschränkte die Arme, und sie sah, wie er den Kiefer anspannte. „Das gefällt mir nicht."

„Ist mir egal."

„Beth."

„Kevin." Sie schüttelte den Kopf und war das Gespräch satt. „Ich bin nur aus Höflichkeit durch die Bar gekommen – um dich wissen zu lassen, dass ich gehe und wohin."

„Ich glaube nur nicht, dass es …"

„Ich habe an dem Tag, an dem ich hier eingezogen bin oder – genau genommen – als du mich hier einquartiert hast, klargestellt, dass du nicht mein Leben kontrollierst."

„Und ich habe vom ersten Tag an klargemacht, dass ich nicht dein Leben übernehme, bloß weil ich mich um dein Wohlergehen sorge. Es heißt nur, dass ich mich um dich sorge. Ich hätte das gleiche Gespräch mit Paulie, wenn sie nur noch drei Wochen von ihrem Stichtag entfernt wäre und allein durch die Gegend rennen wollte."

„Paulie würde dir sagen, dass du dich zum Teufel scheren sollst."

Er zuckte mit den Schultern „Vielleicht."

„Das würde sie, genauso wie ich." Sie wandte sich zum Gehen und bemerkte, dass die Hälfte der Stammgäste sie anstarrte.

„Beth, wenn du nicht möchtest, dass ich dich fahre, dann nimm Paulie mit."

Sie wäre herumgewirbelt, um ihn anzusehen, aber im Moment war sie nicht besonders anmutig auf den Beinen. Also rief sie nur über die Schulter: „Lass mich in Ruhe."

Das Taxi wartete um die Ecke, und Beth glitt, so schnell sie konnte, auf den Rücksitz, falls es Kevin in den Sinn kam, ihr zu folgen. Das tat er jedoch nicht, und als das Taxi anfuhr, lehnte sie sich in ihrem Sitz zurück und schloss die Augen.

Sie würde sich später bei ihm entschuldigen, und er wäre sehr verständnisvoll. Dann ginge das Ganze von vorne los. Sie wären wieder Freunde. Dann würde er ein bisschen drängen, dann noch ein bisschen mehr, und sie musste ihn zurückweisen. Sie hätte ein schlechtes Gewissen und würde es ihm erklären. Er würde es verstehen, und schon finge alles wieder von vorn an.

Das Ganze zerrte an ihren Nerven. Das Baby zerrte an ihren Nerven … wörtlich genommen. Sie wollte sich einfach wieder normal fühlen. Wenn sie nicht mehr hochschwanger war, würde Kevin sie nicht mehr bevormunden, und sie konnten aufhören zu streiten. Vielleicht würden sie dann herausfinden, was für eine Beziehung sie wirklich hatten – oder ob sie überhaupt eine hatten.

Vorausgesetzt, sie würden einander nicht vorher erwürgen.

Das Quietschen der Bremsen ließ sie die Augen gerade in dem Moment öffnen, als das Taxi in einem Regen aus Glas und kreischendem Metall zu explodieren schien. Sie hatte kaum noch Zeit, sich schützend die Arme vor den Bauch zu halten, bevor sie ohnmächtig wurde.

Kevin arbeitete hinter dem Tresen. Da er vier Neffen und eine Nichte hatte, wusste er, dass schwangere Frauen irrational sein konnten. Manchmal sogar hochgradig unangenehm. Und mit nur noch einundzwanzig Tagen bis zu ihrem Stichtag war Beth sehr schwanger.

Zwar war er noch immer in der Lage, sich die Schuhe zuzubinden und eine bequeme Schlafposition zu finden, aber auf Rosen gebettet war er im Augenblick auch nicht gerade. Und er hatte die Nase voll davon, dass er jedes Mal einen Tritt bekam, wenn er versuchte, ihr etwas Gutes zu tun.

Er war sich sicher, dass er recht hatte. Hochschwangere Frauen gingen vielleicht ständig einkaufen, sie nahmen vielleicht sogar Taxis. Der Unterschied zwischen all diesen Frauen und Beth war jedoch, dass sie nicht zu ihm gehörten.

Aber ihr zufolge gehörte sie auch nicht zu ihm, also was, zum Teufel, wusste er schon?

Das Telefon an der Wand klingelte, und da niemand sonst Anstalten machte, es abzunehmen, legte er eine Hand aufs Ohr, damit er etwas hören konnte. „Jasper's Bar & Grille."

„Hallo, Kevin. Hier ist Officer Jones."

Er drehte sich zu dem Wandkalender und überlegte, für welches Spiel der Officer jetzt Tickets haben wollte.

„Jonesy! Wie geht's?"

„Es hat einen Unfall gegeben."

Beth. Und einfach so vergaß Kevin, wie man atmete. Ihm zitterten die Knie, und er klammerte sich mit der freien Hand an den Tresen, um sich an etwas festzuhalten, das sich nicht drehte.

„Ein Bus hat eine rote Ampel überfahren und das Taxi gerammt, in dem sie saß."

Sie wurde von einem verdammten Bus gerammt? Kevin öffnete den Mund dreimal, bevor er heiser hervorbrachte: „Wie schlimm ist es?"

Bitte sag mir nicht: „Es tut mir leid, aber sie hat es nicht geschafft."

„Ich weiß es nicht. Sie ist auf dem Weg ins Krankenhaus,

und ich bin gerade in deine Straße eingebogen. In dreißig Sekunden bin ich am Vordereingang."

Kevin legte auf, rief Paulie etwas zu und lief hinaus auf den Bürgersteig, als Jonesy gerade mit Blaulicht und heulender Sirene vorfuhr. Schnell sprang er in den Streifenwagen.

„Hast du irgendetwas gehört?"

Jonesy schüttelte den Kopf. „Ich bin zu spät an der Unfallstelle angekommen, um bei der Verkehrsumleitung zu helfen, aber ich habe Beths Namen gehört und angeboten, dich zum Krankenhaus zu bringen."

„Das Taxi wurde von einem Bus gerammt?"

„Er fuhr nicht schnell, also ist es wahrscheinlich nicht so schlimm, wie du denkst, aber es hat ihre Seite des Wagens erwischt."

Kevin konnte darauf nicht antworten, weil sich ihm bei dem Gedanken daran die Kehle zuschnürte. Ihre Seite des Wagens. Beth musste okay sein. Und ihr Baby auch.

Er krümmte sich zusammen und legte sich die Arme um den Körper. Würde das Baby in Ordnung sein? Beth war weit genug, also würde das Baby es schaffen, wenn es jetzt schon zur Welt käme. Er war sich fast sicher.

Aber nicht so sicher, dass er durchatmen konnte.

Als Jonesy endlich vor dem Eingang der Notaufnahme anhielt, riss er die Tür auf und sprang aus dem Wagen. „Danke."

„Viel Glück, Kevin."

Er rannte durch die Doppeltür direkt zur Rezeption und konnte sich kaum zurückhalten, mit der Hand gegen das Glas zu hämmern, als die Schwester einen Augenblick brauchte, um zu öffnen. „Beth Hansen. Sie hatte einen Autounfall und …"

Sie hob die Hand, um ihn zu unterbrechen. „Gehören Sie zur Familie?"

„Ähm …“

„Es tut mir leid, aber Sie werden im Wartezimmer Platz nehmen müssen.“

Sie begann das Fenster zu schließen. „Warten Sie! Sie ist schwanger. Ich bin der Vater. Ich gehöre zur Familie des Babys.“

Ihr Blick wurde weicher, und sie nahm die Hand vom Fenster. „Sie können jetzt nicht hineingehen, aber ich weiß, dass der Herzschlag des Babys sehr stark ist.“

„Und Beth?“ Das Baby … Er liebte das Baby, aber im Moment war es nur ein Bündel aus Hoffnungen und Träumen, das gegen seine Hand trat, wenn er Beths Bauch berührte. Aber Beth war real, und er liebte sie.

Oh Gott, wie sehr er sie liebte.

„Sie versorgen sie gerade. Gibt es noch jemanden, der benachrichtigt werden sollte? Ihre Familie?“

Kevin hatte einen Kloß im Hals und brauchte einen Moment, bis er wieder sprechen konnte. „Ihre Eltern leben in Florida. Ich werde sie anrufen. Hier gibt es niemanden. Nur mich. Sie musste einige Unterlagen für das Baby ausfüllen, und ich bin dort als ihr Kontakt aufgeführt. Ich bin alles, was sie hat, und habe ihr versprochen, dass sie nicht mehr allein sein wird, also wenn sie mich einfach zu ihr lassen würden …“

„Die Ärzte sind jetzt bei ihr. Ich verspreche, dass jemand mit Ihnen sprechen wird, sobald es Neuigkeiten gibt.“

Es erschien ihm wie Stunden, die er auf den harten Stühlen saß, den Kopf auf die Hände gestützt. Blicklos starrte er auf den hässlichen Fliesenboden, bis er eine Hand auf seiner Schulter spürte. Er schreckte hoch, aber es war nur Terry.

Er hielt sie noch immer im Arm, als Mike und Lisa dazukamen, zum Glück ohne die Kinder. Ohne Zweifel würde bald der Rest der Familie eintrudeln, denn die Kowalskis mussten nichts allein durchstehen.

„Weißt du schon etwas Genaueres?", fragte Lisa und strich ihm fürsorglich über den Arm.

„Nein. Die Schwester hat gesagt, der Herzschlag des Kindes sei sehr stark, aber sie versorgen gerade Beth. Ich weiß nicht, was das heißt."

Joe und Keri tauchten fünf Minuten später auf und hatten ihre Eltern im Schlepptau, sodass sich das Umarmungs- und Informationsritual wiederholte. Dann setzte Kevin sich wieder hin und starrte weiter auf die Fliesen. Seine Mutter saß neben ihm und drückte ihm das Knie. „Ich habe Shelly und Artie angerufen. Sie sind auf dem Weg zum Flughafen und werden so schnell wie möglich hier sein, aber es herrscht gerade Unwetter dort. Ich habe für sie gebetet, seit Paulie angerufen hat."

„Danke, Mom."

„Ich dachte mir, dass ich es tun sollte, denn wir wissen ja, dass du darin nicht besonders gut bist."

Nein, aber er gab sein Bestes, mit jeder höheren Macht zu verhandeln, die zuhören sollte. Allerdings verzichtete er auf eine Anrede, denn er wollte dort oben niemanden verärgern, der vielleicht helfen konnte, und sich alle Optionen offenhalten.

An der Wand des Warteraums hing eine altmodische Uhr, und er lauschte dem Ticken, bis er fast wahnsinnig wurde. Seine Familie war keine Hilfe. Er wusste, dass sie es gut meinten, aber wenn eine so lebhafte Gruppe wie die Familie Kowalski so schweigend dasaß, dass man das Ticken der Uhr hören konnte, dann beängstigte einen das nur umso mehr.

Eine gefühlte Ewigkeit später betrat ein Arzt den Warteraum. Mit seiner Größe und den grauen Schläfen strahlte er Zuversicht aus, aber der ernste Zug um seine Mundwinkel bereitete Kevin Sorgen. Schnell stand er auf.

„Es tut mir leid", begann der Arzt, und Kevins Beine versagten ihren Dienst. Er wäre zu Boden gefallen, wenn Joe ihn nicht zurück auf seinen Stuhl gedrückt hätte. „Aber die Schwester hat Ihren Namen nicht verstanden."

Die Luft entwich aus Kevins Lungen, und alles, was er tun konnte, war, den Mann anzustarren.

Joe räusperte sich. „Wenn eine Familie darauf wartet, Neuigkeiten über einen geliebten Menschen zu hören, dann sollten Sie vielleicht nicht mit ‚Es tut mir leid' beginnen, Doktor."

Der Arzt sah bestürzt aus. „Natürlich. Entschuldigung."

„Mein Name ist Kevin. Kevin Kowalski. Wie geht es Beth?"

„Ihr Zustand ist stabil. Zum Glück hat sie keine ernsthaften Verletzungen davongetragen. Prellungen und Blutergüsse. Ein paar Schnitte vom Glas."

„Und das Baby?", erkundigte sich Kevin erleichtert.

„Die Vitalzeichen sind stabil. Wie es manchmal geschieht, hat der Schock den Geburtsvorgang ausgelöst, und da das Kind voll ausgebildet ist, lassen wir der Natur ihren Lauf. Wenn die Geburt vorbei ist, können wir Beth Schmerzmittel geben. Sind Sie der Vater? Wollen Sie bei der Geburt dabei sein?"

Oh verdammt. „Was?"

„Ja, das ist er", antwortete Mary.

„Dann müssen Sie mir folgen. Unter Umständen kann es jetzt ganz schnell gehen."

Für einen Moment verschwamm die Welt vor Kevins Augen, und dann wurde es dunkel um ihn herum.

19. KAPITEL

Auf dem Boden des Wartezimmers kam Kevin nach einer Weile wieder zu sich. Sein Kopf ruhte im Schoß seiner Mutter. Da sie nicht auf den kalten, dreckigen Fliesen sitzen sollte, rappelte er sich schnell auf.

Mike griff seinen Arm. „Lass dir Zeit, Scarlett."

„Du mich auch, Mike."

„Hey, es passiert nicht jeden Tag, dass ich einen meiner Brüder in Ohnmacht fallen sehe."

„Eine Ohnmacht impliziert eine gewisse weibliche Anmut. Das eben war eher wie ein Zement-Truck, der die Kurve verpasst und den Abhang runterkracht."

„Arschlöcher."

„Jungs", ging Mary dazwischen. „Genug."

Der Arzt räusperte sich. „Das ist nicht ungewöhnlich für junge Väter, besonders unter diesen Umständen. Wir werden Ihnen etwas Orangensaft besorgen, und danach werden Sie sich wie neu fühlen."

„Es geht mir gut. Ich will einfach nur Beth sehen."

„Bleiben Sie hier sitzen. Gleich wird eine Schwester kommen und Sie abholen."

„Ich bekomme ein Baby." Kevin setzte sich und lehnte den Rücken gegen die Wand. „Oh verdammt."

„Okay", ergriff Mary das Wort. „Ihr geht alle zu Beths Wohnung. Hat sie eine Tasche gepackt, Kevin?"

„Ich weiß nicht. Die Zweitschlüssel sind in meinem Büro im Tresor. Paulie wird euch den zu Beths Appartement geben."

„Theresa, Lisa und Keri, ihr schaut nach einer Tasche, und wenn sie keine gepackt hat, dann macht ihr das. Michael und Joseph, ihr bringt die Tasche und Kevins Jeep hierher zurück, während die Mädels dafür sorgen, dass die Wohnung bereit für die Rückkehr der jungen Mutter ist. Dein Vater und ich bleiben hier."

„Das könnte eine Weile dauern, Mom."

„Ich kenne mich aus mit Geburten, Schatz. Aber wenn du eine Pause brauchst oder wieder umkippst, dann möchte ich hier sein, damit Beth nicht allein ist."

Kevin drückte ihr die Hand und ignorierte den Seitenhieb auf seine Männlichkeit, da sie sich darum sorgte, dass Beth die Familie um sich hatte. „Wenn das Kind auf der Welt ist, dann mache ich ein paar Aufläufe und friere sie ein. Aber im Moment ist es alles, was wir tun können. Ich rufe euch an, wenn es Neuigkeiten gibt."

Alle strömten aus dem Warteraum, als eine Schwester mit Orangensaft und Keksen hereinkam. Unter der Aufsicht seiner Mutter verspeiste Kevin sie, und dann brachte die Schwester sie nach oben. Nach vielen Umarmungen und mütterlichen Tränen ließ er seine Eltern im Wartezimmer zurück und machte sich – endlich – auf den Weg zu Beth.

Sie sah klein, blass und ängstlich aus in dem Bett, hatte Kratzer und Blutergüsse auf Gesicht und Armen. Aber sie war wach und in Ordnung, und sie lächelte sogar, als sie ihn im Türrahmen erblickte.

„Kevin, du bist hier."

„Natürlich bin ich hier." Er zog sich einen Stuhl ans Bett heran, sodass er neben ihr sitzen und ihr die Hand halten konnte. „Ich war die ganze Zeit hier. Jonesy hat mich abgeholt, und meine ganze Familie ist gekommen. Ich bin ohnmächtig geworden, also musste ich Orangensaft und Kekse verdrücken, bevor ich hochkommen konnte. Aber jetzt bin ich hier."

„Eine Fahrt im Polizeiwagen und ein Imbiss. Klingt nach einem lustigen Ausflug."

Er lachte, aber nur einen Augenblick, denn sie atmete heftig ein, verstärkte den Griff so sehr, dass er glaubte, seine Knochen knacken zu hören. „Atme, Schatz. Es dauert nur ein paar Sekunden."

Die längsten Sekunden seines Lebens, aber er wusste, dass es nur schlimmer werden würde. Sehr viel schlimmer.

Als die Wehe vorbei war, hatte Beth Tränen in den Augen. „Ich habe noch nicht einmal die Laken für die Wiege gekauft. Ich wollte nicht, dass sie einstauben."

„Darüber musst du dir jetzt keine Gedanken machen."

Sie lächelte ihn schwach an. „Sag es nicht. Deine ganze Familie ist von hier aus zu meinem Appartement gefahren."

„Meine Eltern sind hiergeblieben, aber ansonsten … ja. Mom hat die Truppen koordiniert. Aber niemand will dich überfahren …"

„Kevin, hör auf. Es ist in Ordnung. Ich verstehe. Wenn ich nach Hause komme, wird alles bereit sein für das Baby. Die Wohnung wird blitzsauber sein, und so wie ich deine Mutter kenne, wird mein Kühlschrank gefüllt und meine Wäsche gewaschen sein. Aus keinem anderen Grund als aus Fürsorge – so ist deine Familie nun einmal."

„Meine Familie liebt dich." Und er wollte gerade hinzufügen, dass es nicht nur seine Familie war, die sie liebte, als eine neue Wehe sich ankündigte. Er konnte es ihr später sagen. Vielleicht wenn sie nicht vor Schmerzen schrie. Alles, was er jetzt tun konnte, war, ihre Hand zu halten, ihr beim Atmen zu helfen und zu warten.

Einmal während der ganzen Tortur schlüpfte seine Mutter ins Zimmer. Sie lächelte ihn an, während sie Beth die Haare aus dem verschwitzten Gesicht strich. „Der Sturm in Florida hat sich gelegt, und deine Eltern hoffen, bald an Bord gehen zu können. Sie möchten, dass ich dir sage, wie sehr sie dich lieben."

„Ein Teil von mir wünscht sich, dass sie noch rechtzeitig hier ankommen", antwortete Beth. „Aber ein anderer Teil von mir möchte wirklich nicht, dass es noch so lange dauert."

Mary lachte und wischte mit einem kalten Lappen über Beths Stirn. „Warum machst du nicht einen Augenblick Pause, Kevin? Hol dir einen Kaffee oder so."

Bevor er sagen konnte, dass er nirgendwo hingehen würde, krallte Beth die Nägel in sein Handgelenk „Nein, bitte geh nicht. Ich brauche dich hier."

„Ich gehe nicht fort." Er zog den Arm zurück, um sich aus ihrer Umklammerung zu lösen und stattdessen ihre Hand zu halten. Es fühlte sich gut an, dass sie ihn brauchte, auch wenn es unter diesen extremen Umständen war. „Es ist alles okay, Mom."

Sie blieb noch einige Minuten, dann küsste sie sie beide auf die Stirn und ging zurück in das Wartezimmer. Er wusste, dass sie alle anrufen und ihnen ein Update geben würde, nämlich dass es noch keine Neuigkeiten gab.

Behutsam tupfte er Beth die Stirn ab, gab ihr Eiswürfel zu lutschen und hielt ihre Hand. Er unterstützte sie bei der Atmung, trocknete ihre Tränen und versprach ihr immer wieder, dass es bald vorbei sein würde.

Sechs der längsten und aufreibendsten Stunden seines Lebens später hielt der Arzt ein schleimiges, schreiendes und sich windendes rotes Ding in die Höhe und sagte: „Es ist ein Mädchen!"

„Ein Mädchen", flüsterte Beth.

Sie nahmen das Baby für einen Augenblick fort und legten es dann auf Beths Brust. Die Kleine ähnelte einer erschrockenen, unglücklichen Tomate mit Armen und Beinen.

Kevin fand sie großartig. „Lily.“

Lily Ann Kowalski. Beth streichelte den beinahe kahlen Kopf ihrer Tochter und schenkte Kevin dann das schönste Lächeln, das er je gesehen hatte.

All die Frustrationen und Ängste der letzten Monate fielen von ihm ab, und er sonnte sich in der Wärme und Freude des perfektesten Augenblicks seines Lebens.

Als Beth die Augen öffnete, hatte sie Kopfschmerzen. Sie lag in einem Krankenzimmer, und Kevin schnarchte im Besucherstuhl. Plötzlich fiel ihr alles wieder ein: der Unfall und …

Das Baby. Als sie sich die Hand auf den Bauch presste, merkte sie, dass er wesentlich kleiner geworden war. Einen Moment hielt sie inne, dann erinnerte sie sich an die Schmerzen während der Geburt und an Kevin, der ihr die Hand gehalten und ihr das Haar zurückgestrichen hatte.

Sie musste ein Geräusch gemacht haben, denn Kevin schreckte auf. „Beth.“

„Lily?“

Das Lächeln, das sich in seinem Gesicht ausbreitete, sagte ihr alles, was sie wissen wollte. „Sie ist wunderschön.“

„Wo ist sie?“

Er setzte sich auf die Kante ihres Bettes. „Sie ist im Säuglingssaal und fragt sich wahrscheinlich, warum ein Haufen Leute, die wie ihr Vater aussehen, und zwei weitere Gestalten ihre Gesichter gegen die Scheibe pressen und sie anstarren.“

Ihre Eltern waren also noch rechtzeitig angekommen. „Geht es ihr gut?“

Kevin hob ihre Hand und küsste die Handfläche. „Sie ist perfekt. Laut, aber perfekt.“

Tränen vernebelten Beth die Sicht, und sie war dankbar, dass er ihre Hand nicht losgelassen hatte. Sie konnte etwas von seiner Kraft gebrauchen. „Ich fühle mich, als sei ich von einem Bus gerammt worden."

Er lachte so laut, dass die Schwestern hereinkamen und er ihre Hand loslassen und weichen musste. Aber er ging nicht weit fort. Von seinem Stuhl aus verfolgte er, wie Beth untersucht wurde.

Sie hatte starke Schmerzen, nicht nur von der Geburt, sondern auch von dem Unfall. In ihrem Kopf hämmerte es, und die gesamte rechte Körperhälfte tat ihr weh.

„Werden Sie zu Hause Hilfe haben?", fragte die ältere Krankenschwester. „Sie werden nicht vor morgen entlassen werden, aber es wird noch schwierig sein mit Ihren zusätzlichen Verletzungen, und wir müssen sicher sein, dass Sie ausreichend Unterstützung haben."

„Vertrauen Sie mir, sie wird Hilfe haben."

So wie sie seine Familie kannte, würde sie noch vor dem Wochenende um weniger Hilfe betteln. Vielleicht auch nicht, dachte sie, als sie versuchte, sich im Bett aufzusetzen, aber zurücksank. Sie konnte nicht mit dem Baby allein bleiben, solange sie sich ohne Schmerzmittel nicht bewegen konnte, also stellte sie sich auf mindestens eine Woche Gesellschaft ein. Mary hatte wahrscheinlich schon einen Plan am Kühlschrank befestigt.

Darüber würde sie sich später Gedanken machen. Jetzt wollte sie nur ihre Tochter im Arm halten. Nachdem sie sie im Bett aufgesetzt und mit Kissen gestützt hatten, brachten die Schwestern Lily zu ihr. Sie war in ein rosafarbenes Laken eingewickelt, und ihr kleines Gesicht sah im Schlaf fast ernst aus. Ihr süßer Mund verzog sich ein bisschen, als Beth ihr die Wange streichelte, aber sie wachte nicht auf.

Die Schwestern gingen und zogen die Tür hinter sich zu.

Als sie allein waren, packte sie Lily aus und verinnerlichte jede perfekte Kleinigkeit an ihr. Es war noch zu früh, um zu erkennen, welche Augenfarbe sie haben würde, aber die Kleine hatte die Grübchen ihres Vaters geerbt.

„Sie ist unglaublich."

Kevin stand neben dem Bett, und Beth hatte nicht einmal bemerkt, dass er sich bewegt hatte. „Du bist unglaublich."

„Du warst auch ziemlich beeindruckend. Ich war etwas besorgt nach deiner Reaktion auf den Film im Kurs."

Er setzte sich auf die Bettkante. „Es ist anders, wenn es sich um die Frau handelt, an der dir etwas liegt ..."

Bei diesen Worten schlug ihr Herz schneller. Er fühlte sich zu ihr hingezogen und wollte sich um sie kümmern, aber er hatte niemals auch nur angedeutet, dass er sie lieben könnte.

Während irgendetwas tief in ihrem Innern bei diesem Gedanken zu jubilieren begann, war der rationale Teil in ihr – der, seit sie schwanger war, fast komplett die Kontrolle über ihr Leben übernommen hatte – froh, dass er es nicht gesagt hatte. Wenn er es laut aussprechen würde, dann stünde sie vor der Frage, ob es nur die Euphorie über die Geburt ihrer Tochter war, die ihn zu dieser Aussage brachte, und sie war gerade nicht stark genug, um ihm zu widerstehen.

In einem Augenblick wie diesem irgendeine Entscheidung zu fällen wäre ein grundlegender Fehler, der sich nicht nur auf ihre Zukunft, sondern auch auf die ihrer Tochter auswirken würde.

„Wegen dieser Unterstützung zu Hause", sagte sie, um dem Gespräch eine andere Richtung zu geben. Es sei denn, er würde ihr mitteilen, dass er plante, zu ihr zu ziehen, bis sie wieder auf den Beinen war. Das würde ihr physisch helfen, aber für ihren Seelenfrieden nicht besonders gut sein.

„Mom, Lisa und Terry haben sich da etwas überlegt, denke ich. Deine Eltern wohnen bei meinen, es sei denn, deine Mom ist bei dir. Ich dachte mir, mit all dem … Zeug, das nach einer Schwangerschaft ansteht, wäre es dir angenehmer, eine Frau um dich zu haben."

Warum musste er immer so verdammt rücksichtsvoll sein? „Danke."

„Ich werde aber immer noch in der Nähe sein, wenn du mich brauchst." Er rieb sich die Augen, und für einen Augenblick konnte sie erkennen, wie erschöpft er war, bevor er sie erneut anlächelte.

„Du solltest nach Hause gehen", sagte sie. „Streck dich mal in einem richtigen Bett aus, und schlaf ein bisschen."

„Ich werde nirgendwo hingehen. Ich habe etwas in dem Sessel geschlafen, ich bin also okay."

„Im Sitzen in einem Sessel zu schlafen ist nicht wirklich erholsam, Kevin. Lily und mir steht per Knopfdruck ein ganzes Team von Krankenschwestern zur Verfügung. Meine Mutter wird auch hereinkommen wollen. Du musst nicht bleiben."

„Ich muss nicht, ich will aber." Ernst sah er sie an. „Ich bin noch nicht bereit, dich zu verlassen. Als Jonesy anrief und sagte, dass dein Taxi von einem Bus gerammt worden ist …"

„Jetzt geht es mir gut."

„Mir nicht." Er nahm ihre freie Hand in seine. „Als ich dachte … Na ja, nach dem Anruf ist mir etwas klar geworden."

Bitte tu es nicht, dachte sie. Sie wollte sicher sein, dass seine Worte nicht nur das Ergebnis der emotionalen Achterbahnfahrt waren, die sie gerade durchlitten.

„Ich liebe dich, Beth."

Hilflos und überwältigt schüttelte sie den Kopf, wusste nicht, was sie davon halten sollte.

„Und sag mir jetzt nicht, dass es nicht so ist."

„Ich hatte einen Unfall, und dann haben wir ein Baby bekommen, Kevin. Nach all diesen Ereignissen ist es nur natürlich, dass wir verwirrt sind und …"

„Hör auf." Er stand auf und ließ ihre Hand los. „Vergiss, dass ich etwas gesagt habe."

„Nein, lass uns darüber reden."

Enttäuscht schüttelte er den Kopf. „Ich bin zu müde, um hier zu stehen und mir anzuhören, dass meine Gefühle für dich nicht echt sind. Aber ich bin nicht so ein Arsch, dass ich mit dir streite, nachdem du gerade ein Kind zur Welt gebracht hast."

Wie aufs Stichwort begann Lily zu weinen.

Kevin beugte sich hinunter und küsste seine Tochter auf den Kopf. „Ich denke, du hast recht. Du wirst hier offensichtlich gut versorgt, deine Eltern wollen dich sehen, und ich brauche etwas Schlaf. Ruf mich an, wenn du etwas brauchst. Wenn nicht, dann sehe ich dich später."

Er ging hinaus, ohne sie noch einmal anzusehen, und Beth wurde panisch. Sie wollte ihn rufen, ihn bitten zurückzukommen, damit sie darüber reden konnten, aber Lily machte schmerzhaft deutlich, dass es ihr egal war, was zwischen ihren Eltern ablief. Sie hatte Hunger.

Beth läutete und bemerkte erst, dass sie weinte, als eine der Schwestern ihr ein Taschentuch reichte und versicherte, dass es normal sei, nach einer Geburt so aufgewühlt zu sein.

Unmittelbar vor Beths Zimmertür setzte Kevin sein bestes Lächeln auf – eine Fähigkeit, die er sich während der jahrelangen Arbeit als Barkeeper angeeignet hatte. Er würde seine beiden Frauen nach Hause bringen und wollte nicht, dass ihr kleiner Streit vom Vortag zwischen ihnen stand.

Nachdem er stundenlang wie ein Toter geschlafen hatte, war er lieber nicht zu Beth ins Krankenhaus gefahren, sondern hatte angerufen, um zu hören, wie es ihr ging, denn er befürchtete, dass sie bemerkte, wie sehr sie ihn verletzt hatte. Mit etwas mehr Abstand, so hoffte er, würde es ihm besser gelingen, ihr vorzutäuschen, dass er glücklich war.

Beth sah besser aus – erholter –, wie sie da so mit Lily im Schaukelstuhl saß und mit seiner Mutter sprach, die sich einen Stuhl herangezogen hatte. Ihre Mutter saß in einem Sessel auf der anderen Seite des Schaukelstuhls.

„Hey, Mom." Er küsste Mary auf die Wange und beugte sich dann zu Lily hinunter, um auch sie zu küssen, wobei ihm seine Nähe zu Beth sehr bewusst war. Als er sich wieder aufrichtete, spürte er ihren Atem auf seiner Wange. „Wie geht es meinen beiden besten Mädchen heute?"

Beth errötete, aber sie lächelte. „Bereit, nach Hause zu fahren."

„Sobald sie uns das Okay geben, bringe ich dich hier raus." Da es keine andere Sitzgelegenheit gab, nahm er auf der Ecke des Krankenbetts Platz. „Fährst du mit ihnen nach Hause, Mom?"

„Für eine Weile. Und wir wollen auch nicht, dass Shelly es übertreibt. Also werden die Mädchen und ich von Zeit zu Zeit vorbeischauen, um zu helfen."

„Ich fühle mich schon viel besser", protestierte Beth. „Ich will nicht, dass meinetwegen alle ihr Leben auf den Kopf stellen."

„Versuch es nicht mal." Tadelnd sah Kevin sie an. „Als ich heute Morgen um drei anrief, sagten sie mir, dass sie Lily in den Säuglingssaal gebracht haben, weil sie die Dosis deiner Schmerzmittel erhöhen mussten, damit du schlafen kannst."

Beth blickte hinunter auf das Baby, um ihn nicht ansehen zu müssen. „Ich fühle mich heute Morgen wirklich besser."

„Und du wirst dich auch weiterhin gut fühlen, weil du dich ausruhen wirst und dir von anderen helfen lässt, anstatt dich zu überfordern."

Er bemerkte, dass die Blicke ihrer Mütter zwischen ihnen hin und her gingen, während sie die Stirn runzelten. Vielleicht war das Vortäuschen seiner guten Stimmung doch nicht ganz so erfolgreich, wie er gedacht hatte. Zum Glück bewegte sich das pinkfarbene Bündel in Beths Armen und lenkte die Frauen ab.

„Endlich", rief Shelly. „Ich dachte schon, sie würde nie aufwachen."

Vier Stunden später hatten sie Lily in ihrem Autositz festgeschnallt, und Beth saß in einem Rollstuhl, bereit, endlich aufzubrechen. Es machte Kevin nervös, dass sie nach Hause fuhr, obwohl sie in der vergangenen Nacht noch solche Schmerzen gehabt hatte, dass sie nicht schlafen konnte. Doch sie schien guter Dinge zu sein und zögerte nicht, als es daranging, sich von den Schwestern zu verabschieden.

Mary folgte ihnen mit dem Wagen, und sie parkten auf einem Platz hinter der Bar, sodass sie ungesehen hineingehen konnten. Er lief die Treppe hinauf, indem er immer zwei Stufen auf einmal nahm, während seine Mutter mit dem Autositz, Shelly und Beth den Aufzug nahmen. So erreichte er das oberste Stockwerk kurz nach ihnen.

Wie erwartet war Beths Appartement blitzsauber und der Kühlschrank gut gefüllt. Die Wiege war fertig ausgestattet, und der Wickeltisch war bereit. Lily schlief tief und fest in ihrem Sitz, also stellte seine Mutter ihn direkt neben der Couch ab und legte ein kleines Laken über den Griff. Beth dankte ihr und ging mit Shellys Unterstützung ins Badezimmer.

Lächelnd stellte Kevin sich hinter seine Mutter und umarmte sie, während er sie auf die Wange küsste. „Danke, Mom."

Sie tätschelte ihm die Hand. „Sie gehört zur Familie, auch wenn sie eine Weile braucht, um sich daran zu gewöhnen."

„Glaubst du, das wird sie?"

„Ich glaube, dass sie es herausfinden wird, wenn sie erst mal zur Ruhe kommt. Sie hat eine Menge durchgemacht. Hab etwas Geduld mit ihr."

Er fand, er war jetzt schon verdammt lange sehr geduldig gewesen, aber was blieb ihm schon anderes übrig, als weiter abzuwarten? Man konnte die Frau, die man liebte, ja nicht einfach gegen eine andere austauschen.

„Alles, was du tun kannst, ist, darauf zu warten, dass sie so weit ist", erklärte sie, als würde sie seine Gedanken lesen. Er war sich ziemlich sicher, dass sie das nicht konnte, denn sonst hätte sie ihm während seiner Jugend permanent in den Hintern getreten.

„Ich habe gewartet, aber es führt nirgendwohin."

„Was kannst du sonst tun?"

Das Öffnen der Badezimmertür bewahrte ihn vor einer Antwort, und Shelly half ihrer Tochter auf die Couch, bevor sie wieder hineinging. Beth sah blass aus und wirkte erschöpft.

„Sie muss jetzt schlafen", ermahnte ihn seine Mutter.

„Ich würde Lily gern füttern."

„Bald. Lass sie sich erst eingewöhnen."

Ehe er sich's versah, stand er im Flur, und die Tür wurde sanft, aber bestimmt hinter ihm geschlossen. Die Hände zu Fäusten geballt, starrte er auf die Tür und wollte sie eintreten, damit er etwas Zeit mit seiner eigenen Tochter verbringen konnte.

Doch dann erinnerte er sich daran, wie erschöpft Beth ausgesehen hatte, und entspannte sich ein wenig. Sie brauchte Schlaf, und den würde sie nicht bekommen, solange er bei ihr war. Es würde später noch genügend Gelegenheiten geben, Lily zu füttern.

Also würde er warten. Schließlich schien sich darum mittlerweile sein ganzes Leben zu drehen.

20. KAPITEL

Beth hatte in der Vergangenheit schon häufiger geglaubt, müde zu sein. Im College hatte sie die Nächte durchgemacht, bis sie beschlossen hatte, dass das nicht ihr Ding war. Sie hatte Doppelschichten nach zu wenig Schlaf geschoben. Sich in den letzten Wochen ihrer Schwangerschaft in dem vergeblichen Versuch, eine bequeme Schlafposition zu finden, hin und her geworfen …

Doch all das war nichts im Vergleich zu dem, was sie jetzt durchmachte. Drei durchwachte Nächte mit einem Neugeborenen, und sie wusste nicht mehr, welcher Tag gerade war. Sie konnte sich nicht daran erinnern, ob sie an diesem Morgen frische Kleidung angezogen hatte, und war sich sicher, dass ihr die Energie fehlte, die Haarbürste bis zu ihrem Kopf zu heben.

„Hey“, sagte Lisa. „Ich werde uns eine Bestellung hochkommen lassen – Chicken Wings und Fritten. Dann können wir uns einen Film ansehen und vor dem Fernseher abhängen.“

„Ich muss schlafen, wenn das Baby schläft.“ Und das war – Gott sei Dank – gerade der Fall.

Lisa war über Nacht geblieben, und die Gesellschaft war nett, aber Beth hatte darauf bestanden, sich selbst um Lily zu kümmern. Die Frauen konnten nicht ewig bleiben, und dann würde sie auf sich allein gestellt sein. Mary und ihre Mutter hatten die Wohnung aufgeräumt und Staub gesaugt, aber sie hatten beide Beths Wunsch respektiert, sich nicht zu sehr von ihnen abhängig zu machen.

Als Lisa auftauchte, bereit, sich eine Weile von ihren vier Jungs zu erholen, waren Mary und Shelly ins Kowalski-Haus zurückgekehrt, um nach ihren Ehemännern zu sehen und sich ein bisschen zu entspannen.

„Ich weiß, dass man das sagt, aber wenn du nur schläfst und dich um Lily kümmerst, dann wird dich das runterziehen. Du musst die Möglichkeit haben, eine Weile wach zu sein, während sie schläft. Sozusagen als mentale Pause."

Im Moment war sie eher auf dem Weg zu einem Nervenzusammenbruch. „Leg los. Aber ich werde vielleicht einschlafen und an einer Fritte ersticken."

Vierzig Minuten später leckte sie sich aber tatsächlich Buffalo-Soße von ihren Fingern und lachte über eine alte Episode von „Friends".

Für ein paar Minuten fühlte sie sich tatsächlich wieder wie ein Mensch, und ihre Anspannung, die sie vorher noch nicht einmal bemerkte hatte, löste sich. Lisa hatte recht gehabt.

Die Erschöpfung vernebelte ihr noch immer das Gehirn, und ihr Körper schmerzte, aber sogar die wenigen Minuten der Normalität ließen sie wieder sie selbst sein.

Als die Episode zu Ende war, lächelte Lisa ihr aufmunternd zu. „Warum duschst du nicht? Du wirst dich danach besser fühlen."

„Lily wird aber …"

„Ich werde nicht hier sitzen und sie schreien lassen, Beth. Ich habe es geschafft, vier von ihnen bis zum Schulalter großzuziehen. Deine Schmerzen sind nicht mehr so schlimm, aber eine schöne lange und heiße Dusche wirkt Wunder."

„Ich sollte hier sein, wenn sie aufwacht."

Lisa atmete geräuschvoll aus und griff zur Fernbedienung. „Sieh mal, ich verstehe, dass du es gewohnt bist, auf dich allein gestellt zu sein, und dich nicht gerne von anderen Menschen abhängig machst. Das ist in Ordnung. Du wirst noch schnell genug wieder allein sein, aber jetzt bin ich hier. Du wirst jetzt eine Dusche nehmen, und wenn Lily aufwacht, werde ich ihr die Windeln wechseln, sie füttern und sie halten."

Beth öffnete den Mund, um zu diskutieren, aber alles, was herauskam, war: „Okay."

Der Widerwille und die Schuldgefühle wurden mit dem ersten Strahl heißen Wassers, der auf ihre schmerzenden Muskeln traf, in den Ausguss gespült. Einige der schlimmeren Schnitte brannten noch, aber die Blutergüsse hatten sich bereits zurückgebildet. Zweimal shampoonierte sie sich das Haar und benutzte mehr als sonst von ihrem Lieblingsduschgel, das sie kräftig aufschäumen ließ.

Beth blieb unter der Dusche, bis das Wasser allmählich kalt wurde, dann trocknete sie sich ab und zog eine frische Yogahose und ein pinkes T-Shirt an. Beides Schwangerschaftsklamotten, denn die Babypfunde fielen leider nicht wie ein Wunder bei der Geburt ab. Ihr war das egal, denn im Augenblick ging es vor allem darum, es möglichst bequem zu haben.

Statt das Haar zu einem Pferdeschwanz zusammenzubinden, bürstete sie es durch und ließ es offen. Sie entdeckte Schatten unter ihren Augen und Blutergüsse im Gesicht, aber Make-up wollte sie dann doch nicht auftragen. Für den Augenblick fühlte sie sich gut so, wie sie war.

Als sie das Badezimmer verließ, sah sie, dass Kevin auf der Couch saß und Lily fütterte.

Beim Anblick von Kevin, der ihre gemeinsame Tochter im Arm hielt, machte ihr Herz einen Sprung.

„Mike kam auf einen Burger und ein Bier vorbei. Mom hat die Jungs, also dachte ich, ich komme hoch und lasse Lisa mit ihm zu Mittag essen. Ich hoffe, es macht dir nichts aus."

„Oh nein, natürlich nicht." Es war das erste Mal, dass sie miteinander allein waren, seit Lily geboren worden war, und sie fühlte sich seltsam schüchtern.

Sie hatten so etwas unglaublich Intimes und Verbindendes miteinander erlebt. Und dann hatte er ihr gesagt, dass er sie liebte.

„Du siehst viel besser aus. Nach dem Unfall, meine ich, nicht weil du gerade aus der Dusche kommst."

„Vertrau mir, die Dusche hat nicht geschadet."

Sie beobachtete, wie er das Fläschchen auf den Couchtisch stellte und sich Lily über die Schulter legte. Vorsichtig klopfte er ihr auf den Rücken, bis sie ihr Bäuerchen gemacht hatte. Dann wiegte er seine Tochter erneut in den Armen.

Beth setzte sich im Schneidersitz auf das Ende der Couch. „Du kannst das sehr gut."

„Eine Nichte. Vier Neffen. Jede Menge Praxis." Er lächelte zu ihrer Tochter hinunter. „Aber es ist nicht dasselbe. Ich wusste das damals noch nicht, aber es ist nicht dasselbe, wenn es das eigene Kind ist."

Sie hatte vor ihrem eigenen Baby niemals ein anderes Kind gehalten oder gefüttert, aber sie sah in Lilys Augen, wenn sie ihr das Fläschchen gab, und glaubte zu verstehen, was er meinte. „Sie ist so süß, wenn sie trinkt. Oder schläft."

Stirnrunzelnd schaute er sie an. „Wo wir gerade darüber sprechen. Ich habe heute Morgen einen Anruf von Mom bekommen, und eben habe ich mit Lisa geredet. Warum lässt du dir nicht von ihnen helfen? Nicht mal deine Mutter darf nachts für dich aufstehen."

„Sie helfen mir doch. Sie vergewissern sich, dass ich esse, und sie räumen auf. Ich habe Glück, wenn ich meinen Kaffee austrinken kann, bevor die Tasse abgewaschen wird. Sie saugen Staub und … Es ist einfach zu viel."

„Lass sie auch mal nachts ein Fläschchen übernehmen. Oder zwei. Je mehr du sie machen lässt, desto schneller wirst du dich erholen. Dein Körper braucht Ruhe."

Und sie brauchte keinen weiteren Vortrag. „Wenn ich mich daran gewöhne, dass sie sich um alles kümmern, wird es nur schwerer, wenn ich wieder allein bin."

Als sie sah, wie er das Gesicht verzog, wusste sie, dass sie das Falsche gesagt hatte. „Du wirst nicht allein sein. Ich bin nur fünf Meter entfernt. Nummer zwei in deiner Kurzwahlliste."

Beth fühlte sich zu erfrischt und entspannt, um sich dieses Gefühl mit einer Diskussion zu verderben. „Ich werde versuchen, mich mehr von ihnen unterstützen zu lassen. Versprochen."

Seine Miene entspannte sich, und er widmete sich wieder ganz seiner Tochter.

Beths Herz machte erneut einen Satz, und sie lenkte die Aufmerksamkeit auf den Fernseher, den er wieder angestellt haben musste, als er sich hingesetzt hatte, um Lily zu füttern. Gerade lief eine romantische Komödie, und Beth versuchte, sich auf das Geplänkel einzulassen.

Sie genoss die Zweisamkeit und nutzte die Gelegenheit zu einer längeren mentalen Pause, wie Lisa es genannt hatte.

Aber ihre Augenlider waren schwer, und sosehr sie auch blinzelte, es wollte ihr nicht gelingen, die Augen offen zu halten.

„Schlaf, Beth." Kevins Stimme war tief und beruhigend. „Ich bin hier und bleibe, solange du dich ausruhst."

Lächelnd schloss sie die Augen, und nur Sekunden später war sie eingeschlafen.

„Ich bin nicht sicher, ob das eine gute Idee ist. Immerhin ist sie erst drei Wochen alt."

Kevin bog in die Einfahrt seiner Eltern und stellte den Motor aus. „Das Wetter ist schön, und du musst mal raus und frische Luft schnappen. Du hast deine Wohnung nicht verlassen, seit deine Eltern zurück nach Florida geflogen sind.“

Beth ignorierte ihn, was keine Überraschung war. Seine Idee, einen Ausflug mit dem Baby zu machen, gefiel ihr nicht, und sie zeigte das deutlich, indem sie ihre schlechte Stimmung an ihm ausließ. Er hatte Lilys Autositz abgeschnallt und in der Hand, bevor Beth überhaupt ausgestiegen war.

Glücklicherweise lächelte Beth, als seine Mutter die Tür öffnete, und umarmte sie. Sein Vater wurde ähnlich herzlich begrüßt, und Kevin fing an, sich zu ärgern. Vielleicht war Beths schlechte Stimmung nur ihm vorbehalten, obwohl er, verdammt noch mal, nichts getan hatte, womit er das verdiente.

Behutsam stellte er den Sitz mit der schlafenden Lily am Ende der Couch auf den Boden, wo ihre Mutter und Großmutter nicht von ihrer Seite wichen, und ging in die Küche, um sich ein Bier zu holen. Sein Vater folgte ihm und nahm sich auch eins.

„Wie läuft's, mein Sohn?“

Kevin wusste nicht, was er darauf antworten sollte. Wenn sein Vater wissen wollte, wie es Lily ging, dann war alles prima. Wenn er allerdings über seine Beziehung zu Beth sprach, dann lief es nicht so gut. „Okay, denke ich.“

„Sie war jetzt einige Tage allein. Wie klappt das für sie?“

„Sie sagt, es geht gut so, aber sie würde auch nichts sagen, wenn es anders wäre, also weiß ich es nicht. Sie ist müde, und ich nehme Lily mit rüber zu mir, wann immer ich kann, damit sie Dinge erledigen oder ein bisschen schlafen kann.“

Leo lehnte sich gegen den Küchentresen und sah Kevin über den Rand seiner Bierdose an. „Du siehst nicht besonders glücklich aus.“

Kevin runzelte die Stirn. „Ich wünschte, dass die Dinge

zwischen Beth und mir anders laufen würden, aber je mehr Druck ich mache, desto härter stößt sie mich weg."

Sie hörten, wie Marys Stimme lauter wurde, und damit war das Gespräch vorerst beendet. Einen Augenblick später betraten die drei wichtigsten Frauen in seinem Leben die Küche. Seine Mutter küsste ihn auf die Wange. Beth hatte Lily auf dem Arm und schenkte ihm ein kleines Lächeln. Vielleicht bildete er es sich nur ein, aber er glaubte, eine Entschuldigung darin zu erkennen.

Lily war wach und quietschte fröhlich vor sich hin, aber sie wollte noch kein Fläschchen haben. Er warf einen Blick in ihr Tuch und streichelte mit dem Finger über ihre Wange. Sie zuckte, und Beth lachte auf.

„Sie erkennt auf jeden Fall ihren Papa, auch wenn es nur eine ganz leichte Berührung ist."

Kevin hatte auf den Besuch bei seinen Eltern gedrängt, damit sie etwas Zeit mit Lily verbringen konnten und Beth einmal aus ihrem Appartement herauskam. Doch die Tatsache, dass er und Beth noch immer nicht zusammen waren, verletzte ihn.

Mary kam zu ihm. „Solange Lily zufrieden ist, möchte ich gern ein paar Fotos für das Familienalbum schießen. Setzt ihr zwei euch doch auf die Couch, während ich meine Kamera hole."

Beth verspannte sich sichtlich, und er legte ihr eine Hand auf den Rücken, bevor sie anfangen konnte zu diskutieren.

„Ich weiß schon, was du sagen wirst", flüsterte er. „Lass sie ein nettes Foto von dir und Lily machen und dann von mir und Lily. Und dann lass sie bitte ein Foto von uns dreien machen, damit sie glücklich sind."

Nickend setzte sie sich auf die Couch und wickelte Lily aus dem Tuch aus. Ein niedliches pinkes Kleid kam zum Vorschein. „Was, wenn eines Tages ..."

„Eines Tages, wenn ich eine Frau finde, die mich an ihrem Leben teilhaben lässt, anstatt mir immer und immer wieder die Tür vor der Nase zuzuschlagen, hätte Lily vielleicht gern ein gemeinsames Foto von ihren Eltern."

„Oh." An der Färbung ihrer Wangen erkannte er, dass er sie verletzt hatte. Aber sie konnte doch nicht wirklich erwarten, dass er sich ewig von ihr hinhalten ließ.

Mary kam mit der Kamera zurück, bevor Beth antworten konnte, falls sie es überhaupt vorhatte. Mithilfe seiner Eltern gelang das spontane Fotoshooting, und sie machten die drei Aufnahmen, die Kevin vorschlug. Er und Beth lächelten sogar. Danach machten sie noch ein paar Fotos von Lily mit jedem ihrer Großeltern und dann mit beiden zusammen, bevor sie rot anlief und mit ohrenbetäubendem Schreien ankündigte, dass es jetzt genug war.

„Die Lautstärke hat sie definitiv von deinem Vater", sagte Mary zu Kevin.

Während seine Mutter das Essen vorbereitete, wechselte Beth die Windeln und gab Lily das Fläschchen. So konnten sie relativ ruhig essen. Seine Eltern hatten einen Stubenwagen, und Lily war nahe genug an Kevins Stuhl und konnte ihn beobachten. Ihre Augen waren leuchtend blau, und wenn er sie angrinste, dann blinzelte sie.

Sie machten Small Talk während des Essens und plauderten über Lily und die Bar und Joes neuestes Buch. Darüber, wie es Lisa während der Sommerferien mit den Jungs erging. Und was sie gegen Brian und Bobby unternehmen würden, die den Spinat in Marys Garten sabotierten und behaupteten, dass es die Streifenhörnchen gewesen waren.

Es waren gewohnte Gespräche, und Kevin spürte, wie seine Anspannung nachließ und er wieder klarer denken konnte. Nur drei Wochen waren vergangen, seit Beth am selben Tag einen Autounfall und die Geburt ihres Kindes erlebt hatte. Während die Zeit ihm wie eine Ewigkeit erschienen war, waren die Tage an ihr, einer erschöpften jungen Mutter, wahrscheinlich nur so vorbeigerauscht. Zum hundertsten Mal rief Kevin sich in Erinnerung, dass er Geduld haben musste. Er hatte seine Gefühle für Beth sehr deutlich gemacht, und jetzt war es an ihm, darauf zu warten, dass sie sich über ihre Gefühle klar wurde.

Drei Wochen waren vergangen, seit Kevin ihr zum ersten Mal gesagt hatte, dass er sie liebte, und seitdem hatte er es nicht wiederholt.

Sie hasste es, das zu tun, aber ihr gingen die Lebensmittel aus, also bat sie Kevin darum, auf dem Rückweg vom Haus der Kowalskis beim Supermarkt vorbeizufahren. Jetzt zog sie den Einkaufswagen hinter sich her, auf dem Lilys Sitz befestigt war, und plapperte mit Lily. Wahrscheinlich wirkten sie wie eine ganz normale Familie und nicht wie Nachbarn, die zufällig ein Kind miteinander hatten.

Während sie versuchte, sich auf den Preis für Windeln zu konzentrieren, konnte sie nicht aufhören, darüber nachzudenken, ob Kevin es auch wirklich so gemeint hatte, als er gesagt hatte, dass er sie liebe.

Sie hatte ihm geantwortet, dass es nur eine spontane Reaktion auf den Unfall und die Geburt seiner Tochter war, aber sie hatte keine Ahnung, ob das die Wahrheit war. Er hatte es nicht wiederholt, was sie vermuten ließ, dass sie recht gehabt hatte.

Die fehlende Klarheit verunsicherte sie, also sprach sie nicht darüber. Und sie bemühte sich noch stärker, den Abstand zwischen ihnen aufrechtzuerhalten, für den Fall, dass seine Gefühle nur daraus resultierten, dass sie sein Kind zur Welt gebracht hatte.

Wie sie Mary kannte, würde sie jedoch in ein paar Tagen ein wunderschön gerahmtes Foto von Lily mit ihren beiden Eltern bekommen – eine fast perfekte Familie, die in die Kamera lächelte.

„Werden sie Kunststückchen aufführen?"

Kevins Stimme riss sie aus ihren Gedanken, und sie stellte fest, dass sie wohl schon seit Längerem auf die Windelpakete starrte.

„Entschuldigung." Sie griff eine Packung der Hausmarke in der nächsthöheren Größe, denn Lily wuchs wie verrückt, und warf sie in den Wagen.

Kevin nahm sie wieder heraus. „Bist du sicher, dass du diese willst? In einer Zeitschrift habe ich gelesen, dass die dort viel besser sind. Extra saugfähige Bereiche extra für Mädchen. Weich, dehnbar und elastisch. Gut für empfindliche Haut."

„Und es sind die teuersten." Sie nahm ihm die Markenwindeln aus der Hand.

Er schnappte sie zurück. „Wir können uns angemessene Windeln leisten."

„Wir? Die Hausmarke ist gut genug. Es reicht schon, dass ich eine bezahlte Elternzeit von dir akzeptiere. Ich werde dein Geld – oder meins – nicht auf schicke Windeln verschwenden, nur weil die Verpackung rosa ist statt weiß."

„Prima." Er schmiss die Packung zurück in den Wagen. „Ich will nur, dass Lily das Beste bekommt."

„Vertrau mir, sie wird nicht traumatisiert werden, nur weil ihre Windeln keine speziellen Absorptionszonen für Mädchen haben."

Schweigend fuhr er hinter ihr her, bis sie die Päckchen mit Hähnchenbruststücken durchsah. „Warum rufst du nicht einfach unten in der Bar an und lässt dir etwas hinaufbringen? Du musst jetzt nicht kochen."

Nicht zum ersten Mal wünschte sie sich, sie hätte ihn mit

leicht geöffnetem Fenster im Auto zurückgelassen. „Das *Jasper's* hat eine großartige Speisekarte, und das Essen ist köstlich, aber manchmal möchte ich einfach einen Salat mit gedünstetem Hühnchen."

„Ich bin sicher, wenn du fragst, können sie dir das machen."

Sie drehte sich um und stemmte die Hände in die Hüften. „Wenn du wirklich glaubst, dass ich dein Personal wegen Sonderbestellungen für mich von der Arbeit abhalte, dann kennst du mich wirklich überhaupt nicht."

„Okay, das wärst nicht du." Vorsichtig lächelte er sie an, nicht so wie sonst. „Vielleicht könnte ich dich bald einmal zum Dinner ausführen."

„Mein Gott, Kevin, ich bin sehr wohl in der Lage, mit einem Baby in der Wohnung einen Salat mit Hühnchen zuzubereiten."

„Das habe ich nicht gemeint." Das Lächeln verschwand, und er presste die Lippen aufeinander. „Ich habe dich nach einem Date gefragt. Mein Timing war nur schlecht, glaube ich."

Schlechtes Timing? Das konnte er laut sagen. „Ich habe ein drei Wochen altes Baby, Kevin, und ..."

„Wir. Wir haben ein drei Wochen altes Baby."

„Was der Grund dafür ist, warum Dating das Letzte sein sollte, woran wir denken. Abgesehen davon, dass ich dachte, du würdest dir eine Frau suchen, die dich an ihrem Leben teilhaben lässt und dir nicht die Tür vor der Nase zuschlägt ..."

Sie wandte sich wieder dem Hühnchen zu, damit er nicht bemerkte, wie sehr seine Worte sie berührten.

„Du bist eifersüchtig."

„Bin ich nicht."

„Oh doch. Du bist eifersüchtig auf eine Frau, die noch nicht mal existiert."

Errötend griff sie nach dem ersten Hühnchenpaket, das ihr unter die Finger kam. Sie legte es zu den Windeln, die nicht gut genug waren, in den Wagen und ging weiter. Vielleicht würde er sich mit Lily beschäftigen, wenn sie ihn ignorierte. Sie schlief, aber das schien ihn nie aufzuhalten. Allmählich begann sie zu glauben, dass die Kowalskis aus genetischen Gründen unfähig waren, still zu sein, wenn sie nicht schliefen. Und eine Kowalski zur Welt zu bringen hatte nichts an diesem Eindruck geändert.

Leider hatte Kevin keine Probleme, mit ihr Schritt zu halten, obwohl er den Wagen schob. „Wenn du eifersüchtig bist, dann ist es dir nicht egal.“

„Natürlich bist du mir nicht egal, du Idiot. Aber wir werden kein gemeinsames Date haben, und ich habe dir schon tausendmal erklärt, warum.“

„Also lass uns zurückgehen zu der Sache mit dem Schokoladenkuchen.“

Ihr Gesicht brannte wie Feuer, und sie ging zügig an den Salatdressings vorbei. Vielleicht würden die anderen Kunden nicht so viel Peinliches von dem Gespräch mitbekommen, wenn sie ihn in Bewegung hielt. „Lass uns das nicht tun.“

„Also, du bist auf Diät, aber du hast ein großes Stück Torte direkt vor deiner Nase. Du isst den Kuchen nicht, weil du glaubst, er sei schlecht für dich, was nicht stimmt, aber du möchtest auch nicht, dass ihn irgendjemand anderes isst.“

„Wenn eine andere den Schokoladenkuchen essen will, dann müsste ich sie wohl lassen, denn ich werde es nicht tun. Und es wäre schade, ihn in den Müll zu werfen.“

„Was, wenn niemand außer dir diesen Kuchen mögen würde, weil er nur für dich gemacht ist? Wenn ihn niemand isst, dann wird er alt werden und verderben.“

Sie stieß einen verächtlichen Laut aus. „Als würdest du ihn verderben lassen. Ich habe gehört, dass Frauen, die Cocktailservietten küssen, Schokoladentorte ganz besonders gern mögen."

„Und du bist doch eifersüchtig."

„Oh nein." Sie machte einen Bogen und nahm, ohne anzuhalten, eine Flasche Dressing vom Regal. „Du kannst deinen Kuchen anbieten, wem du willst."

Es gelang ihr, die Worte in einem flapsigen Tonfall herauszubringen, aber innerlich fühlte sie sich wie verdorbene Kuvertüre.

Der Gedanke an Kevin mit einer anderen Frau versetzte ihr einen Stich und schnürte ihr die Kehle zu, aber sie hatte Angst, ihm das zu sagen. Sie hatte niemals eine Freundschaft wie die mit Kevin gehabt und wollte sie nicht zerstören, wenn sie es riskierte, die Beziehung mit ihm zu intensivieren. Kevins Freundschaft zu verlieren würde sie nicht ertragen.

„Du wirst irgendwann nachgeben." Er hatte sich offenbar dafür entschieden, dreist zu sein, aber die Traurigkeit in seinen Augen ließ sie zusammenzucken.

Es wäre sicher das Beste für alle Beteiligten, wenn sie nicht wieder rückfällig werden würde.

21. KAPITEL

August

Beth hatte den Stapel der Bestellbögen auf ihrem Schreibtisch halb durchgearbeitet, als ihr bewusst wurde, dass sie überhaupt nicht richtig registrierte, was sie da gerade las. Wenn sie Lily dabeihatte, die am Ende des Schreibtischs in ihrer tragbaren Liege schlief, hatte sie einige Konzentrationsprobleme.

Sie hatte versucht, einen Teil der Arbeit von ihrer Wohnung aus zu erledigen, aber jetzt, da Lily zwei Monate alt war, wurde es Zeit, wieder in einen normalen Arbeitsrhythmus zurückzukehren. Zum Glück hatte Kevin ihrem Wunsch zugestimmt, ihre Tochter noch nicht zu einer Tagesmutter zu geben, also war das Büro um einige Dinge erweitert worden. Die tragbare Wiege, eine Schaukel und ihre Yogamatte. Es blieb nicht viel Platz, um sich zu bewegen, aber als vorübergehender Kompromiss würde es genügen.

Nachdem sie die Bestellformulare wieder aufeinandergestapelt hatte, begann Beth von Neuem und versuchte, sich diesmal besser zu konzentrieren. Lily schlief, also musste sie arbeiten. Nur so konnte es funktionieren. Sie schuldete es Kevin, der ihr überraschenderweise eine bezahlte Elternzeit gewährt hatte.

Wie sich herausstellte, war der Gedanke an Kevin auch nicht gerade zuträglich für ihre Konzentration, was Beth sehr unglücklich machte.

Sie wollte die Balance zwischen Elternschaft und Freundschaft, zu der sie in der Zwischenzeit gefunden hatten, nicht zerstören und versuchte, das Gefühlschaos zu ignorieren, das Kevins Anwesenheit in ihr auslöste.

Es fiel ihr zusehends schwerer, etwas zu unterdrücken,

von dem sie wusste, dass Kevin ihm mit Freude nachgeben würde. Noch immer sah er sie voller Verlangen an, war allerdings nicht mehr so aufdringlich wie noch vor der Geburt.

In den vergangenen zwei Monaten war er unglaublich süß gewesen, hatte jede freie Minute mit Lily verbracht und sichergestellt, dass Beth alles hatte, was sie brauchte, ohne sie unter Druck zu setzen. Er gab ihr das, was sie wollte.

Nein, wenn sie ehrlich war, war es nicht wirklich das, was sie wollte. Es war das, von dem sie glaubte, dass es das Beste für Lily war, und das war das Wichtigste.

Aber es gab immer noch Augenblicke, vor allem wenn sie eigentlich schlafen sollte, in denen sie sich fragte, wie es wohl als richtige Familie sein würde. Jeden Morgen neben Kevin aufzuwachen, statt sich von ihm zu verabschieden, wenn Lily ins Bett ging.

Aber es war zu riskant. Zu viel stand auf dem Spiel, wenn es nicht funktionierte. Es gab keinen Punkt in ihrer Beziehung – außer dem ersten Date –, in dem sich nicht alles um Lily drehte, und obwohl Beth nicht länger schwanger war, blieb das eine Tatsache. Sie wollte nicht nur wegen ihrer gemeinsamen Tochter geliebt werden, sondern um ihretwillen.

Als Paulie leise an die Tür klopfte und dann den Kopf hereinsteckte, war Beth froh über die Ablenkung.

„Komm rein, sie wird in ein paar Minuten sowieso aufwachen."

„Vorn wird die Sache ziemlich wild. Joe ist angekommen, und er schmeißt eine Runde nach der anderen. Das schien mir ein guter Zeitpunkt für eine Pause zu sein."

Für einen Typen mit einem ehemaligen Alkoholproblem schien das ziemlich seltsam, aber Joe war häufig im *Jasper's*, und er trank immer Soda. „Was ist der Anlass?"

„Vielleicht ist es nicht an mir, das zu erzählen, also tu überrascht, aber Keri ist endlich schwanger."

„Das ist ja wundervoll!" Kevins Erzählungen zufolge versuchten Joe und Keri schon seit ihrer Heirat ein Kind zu bekommen – seit fast einem Jahr also, denn Lily war an deren Hochzeitstag gezeugt worden.

„Ich freue mich für sie", sagte Paulie. „Sie werden großartige Eltern sein."

„Ich freue mich auch, besonders für Lily, denn das bedeutet, dass sie bald nicht mehr die unterste Stütze auf dem Totempfahl der Familie Kowalski sein wird."

„Und sie wird einen Spielkameraden bekommen, der ungefähr in ihrem Alter ist. Gute Nachrichten überall. – Wie geht es Sam?"

„Gut." Zufrieden lächelnd lehnte Paulie sich auf ihrem Stuhl zurück. „Er hat diese Woche einige Meetings in Boston, aber ich werde Kevin ein bisschen unter Druck setzen, damit er mir nächste Woche ein paar Tage freigibt, damit wir zur Küste rüberfahren und ein wenig herumfahren können."

„Es wäre die ideale Jahreszeit für eine Strandhochzeit."

Paulie lachte laut auf und schlug dann schnell die Hände vor den Mund, als sie an Lily dachte.

„Erst mal keine Hochzeit. Im Moment genießen wir einander nur, aber ich bin sicher, eines Tages holen wir das nach. Ich denke, wenn wir bereit sind, uns mit unseren Familien auseinanderzusetzen."

„Ich dachte, es liefe jetzt besser mit deinen Eltern."

„Klar. Vor allem weil ich sie ignorieren kann. Aber es gibt ein paar Regeln, um die auch Sam und ich nicht herumkommen. Wenn wir heiraten, dann wird das ein gesellschaftliches Ereignis. Es wird die Hölle für mich, also wollen wir ganz sicher sein, bevor wir uns das antun."

„Kein Entkommen, oder?"

„Wohl nicht."

Lily streckte sich in ihrem Bettchen, rümpfte die Nase und schmatzte leise. Beth seufzte. „Ich kann sie auch nach oben bringen. Ich war den ganzen Morgen so abgelenkt, dass ich nichts geschafft habe."

„Mach ihr ein Fläschchen fertig, und ich werde sie füttern. Geh nach vorn und sag Hallo zu Joe. Mach ein bisschen mit bei der Party."

Beth sollte das nicht tun, aber das Angebot war zu verlockend, um es zu ignorieren. Sie mochte Joe, und sein bodenständiges Wesen hatte ihr schon vor Längerem die Ehrfurcht vor seinem Erfolg genommen. Es wäre schön, ihm persönlich zu gratulieren und auch Glückwünsche an Keri ausrichten zu lassen.

Die Bar war zum Bersten voll, als sie nach vorn kam, und die Stimmung war gut. Natürlich wurde ihr Blick sofort von Kevin angezogen, der ein Bier zapfte und zusammen mit seinem Bruder lachte. Sie stand in einer Ecke und beobachtete ihn für ein paar Minuten, um ihre Nerven zu beruhigen.

Die Arbeit hinter dem Tresen ging ihm leicht von der Hand. Er war freundlich und lachte gern. Das *Jasper's* hatte eine tolle Atmosphäre und viele Stammkunden.

Gerade als sie aus dem Schatten heraustreten wollte, reichte eine vollbusige Brünette in einem Red-Sox-Shirt und äußerst knappen Shorts Kevin eine Serviette über den Tresen. Nach dem frisch aufgetragenen Lippenstift im Gesicht der Frau zu schließen, brauchte Beth nicht lange zu raten, was sich auf der Serviette befand.

Kevin betrachtete die Serviette und warf der Frau dann einen vielsagenden Blick zu, der Beth Magenschmerzen verursachte. Diesen Teil seiner Arbeit hasste sie am meisten, auch wenn Kevin ihr immer wieder versicherte, dass er an den Serviettenküsserinnen kein Interesse habe. Und weil es gut fürs Geschäft war, schenkte er der Frau ein breites Lächeln und einen Blick, der ihr das Gefühl gab, dass er sie vielleicht eines Tages anrufen würde.

Beth glaubte nicht wirklich, dass er das tun würde, aber es war unangenehm zu sehen, welchen Versuchungen er täglich ausgesetzt war. Vor allem weil sich einige Babypfunde an ihr eher als *Jasper's*-Burger-Pfunde herausstellten. Sie trug keine Schwangerschaftskleidung mehr, fühlte sich aber trotzdem ein wenig plump und dick. Und obwohl sie nicht bereit war, ihre Freundschaft mit Kevin für eine Beziehung zu gefährden, wollte sie auch nicht, dass ihn eine andere bekam.

Sie sprach einige Minuten mit Joe, und seine Freude über Keris Schwangerschaft wärmte ihr die Seele. Dann setzte sie sich einen Augenblick schweigend hin, während eine weitere Brünette Kevin eine Serviette reichte und sich die Routine wiederholte.

„Du bekommst hier heute eine ganz schöne Sammlung zusammen", sagte sie, als die Frau gegangen war.

„Das ist die fünfte, seit ich hier bin", erklärte Joe grinsend, und Kevin warf ihm einen strafenden Blick zu.

„Man erwähnt ein Baby, und die Frauen drehen durch." Kevin stellte Beth ein Wasser hin. „Ich sehe anscheinend besonders fruchtbar aus."

Joe stieß einen verächtlichen Laut aus. „Oder besonders verzweifelt."

Beth gefiel die Richtung nicht, die das Gespräch nahm, also war es an der Zeit, mit einzusteigen. „Es ist gut, dass du Lily nicht mit in die Bar nimmst. Wenn die Gäste sehen würden, was für ein schönes Baby du gemacht hast, müssten wir die Serviettenbestellungen verdoppeln."

Er lehnte sich über die Bar, sodass sein Gesicht direkt vor ihrem war. „So etwas Zauberhaftes wie Lily kann ich mit keiner Frau außer mit dir erschaffen."

„Oh." Sie merkte, wie ihr die Hitze über den Nacken in den Kopf stieg. Verdammt, und es lief so gut. Joe hob sein Soda wie zu einem Toast. „Der war gut, Kev."

„Ach, halt die Klappe, Joe." Kevin warf ihm einen bösen Blick zu. „Du hast doch dein Mädchen. Ich versuche hier, meins zu bekommen, wenn es dir nichts ausmacht."

Die Hitze in ihrem Gesicht breitete sich jetzt über ihren ganzen Körper aus, und sie verfluchte ihre Hormone, die für die Hitzewallungen verantwortlich sein mussten. „Ich sollte zu Lily gehen, damit Paulie wieder zur Arbeit kommen kann. Bestell Keri alles Gute von mir, Joe."

Sie floh, bevor Kevin noch mehr sagen konnte. Welchen Waffenstillstand er auch immer erklärt hatte, nachdem sie das Baby bekommen hatte, er war vorbei, und sie war wieder im Spiel. Seine Charme-Attacken, seine Ernsthaftigkeit und – Gott steh ihr bei – sein Sex-Appeal waren zurück.

Sie musste sich immer wieder daran erinnern, dass Lilys glückliche Kindheit auf dem Spiel stand.

„Sie gibt dir nicht die geringste Chance, oder?"

Kevin schüttelte den Kopf, als Beth durch die Hintertür verschwand. So konnte man es sagen. „Sie weiß schon, dass ich das Gesamtpaket haben möchte."

„Was ist eigentlich eure Absprache?"

Am Ende der Bar wurde ein leerer Krug gehoben, aber Randy kümmerte sich schon darum. „Sie möchte, dass wir Freunde sind."

„Freundschaftlicher, als zusammen zu arbeiten, annähernd zusammenzuleben und ein Kind zusammen zu haben?"

„Im Ernst. Sie ist davon überzeugt, dass ich nur wegen des Babys so scharf auf eine Beziehung bin. Und wenn wir nur deswegen zusammenkommen würden und es nicht klappen würde, dann wären wir keine Freunde mehr, und das wäre schlecht für Lily."

Joe zuckte die Achseln. „Ich verstehe, dass sie Angst hat, die Freundschaft zu ruinieren, aber für Beziehungen gibt es nie eine Garantie, egal, unter welchen Umständen sie beginnen. Und es ist ja nicht so, als hättet ihr euch eben erst getroffen. Ihr zwei kennt euch jetzt schon seit – wie lange – zehn Monaten?"

„Nein, sie hält mich jetzt seit zehn Monaten auf Abstand, und das nervt." Außer diesem einen Mal im Februar, das schon verdammt lange her war. So lange, dass ihn die Erinnerung daran nachts kaum noch warm hielt. „Zuerst hatte sie Angst davor, dass ich ihr Leben kontrolliere, und jetzt hat sie Angst, unsere Freundschaft zu ruinieren."

„Das ist aber eine Menge Angst."

„Ja, und ich befürchte, dass mir irgendwann die Eier explodieren." Zu spät fiel Kevin ein, dass sie nicht allein waren, aber zum Glück schien niemand sie zu beachten. Das war nicht unbedingt eine Information, die ein Kerl öffentlich machen wollte.

„Sie bringt mich um. Die ganze Sache macht mich fertig."

„Hast du ihr das gesagt? Wie du für sie empfindest, meine ich, und nicht, dass dir die Eier explodieren, denn das will niemand wissen – vor allem ich nicht."

„Sie weiß, was ich empfinde. Ich habe es ziemlich deutlich gemacht."

„Hast du das L-Wort benutzt?"

„Yep."

Joe hob eine Augenbraue. „Okay, das ist verdammt deutlich. Ich nehme an, sie hat es nicht erwidert."

„Nein, ich bekam die Erklärung, dass ich nur so empfinde, weil sie von einem Bus angefahren wurde und mein Baby bekommen hat. Zur Hölle, schon bevor das L-Wort ins Spiel kam, hatte sie Entschuldigungen für alles, was ich empfinden könnte. Dass ich mich nur für sie interessieren würde, weil sie schwanger sei, und so weiter."

„Und jetzt? Sie ist nicht mehr schwanger, hatte keinen neuen Unfall, und Lily ist zwei Monate alt."

Jetzt zuckte Kevin mit den Schultern. „Ich habe es nicht noch einmal gesagt."

„Warum nicht?"

Warum nicht? Weil die meisten Kerle es nicht lustig fanden, wenn ihre Gefühle mit der Erklärung, dass sie nicht echt seien, zurückgewiesen wurden.

„Mir war nicht danach, erneut einen Tritt in die Zwölf zu bekommen."

„Du hängst ein bisschen zu sehr an deinen Kronjuwelen, Kumpel."

„Ach, leck mich, Joe. Für dich ist das leicht zu sagen, denn du hast eine liebende Frau zu Hause."

„Und du glaubst, das war leicht? Dass sie mir wie von Zauberhand in die Arme gefallen ist?" Joe schüttelte den Kopf. „Ich habe auch ein paar Tritte unter die Gürtellinie einstecken müssen."

„Dann weißt du ja, dass es nicht so einfach ist, sich da rauszuwagen."

„Ja, das weiß ich." Er nahm einen großen Schluck von seinem Soda. „Ich denke, die Frage ist, ob sie das Risiko wert ist."

Die Antwort kam wie aus der Pistole geschossen. „Sie ist es wert."

„Dann denk mal darüber nach. Wenn du ihr seit dem Unfall und der Geburt nichts mehr über deine Gefühle gesagt hast, woher soll sie dann wissen, dass sie unrecht hat?“

Das war eine verdammt gute Frage und gab ihm etwas, worüber er nachdenken musste, während sein verrückter Bruder schon wieder aufstand und eine Runde für alle bestellte. Literweise Bier und eine Flut von Glückwünschen waren die Folge, ebenso wie einige neue Servietten, die er ungelesen in den Müll warf.

Die einzige Frau, die er wollte, hatte sehr deutlich gemacht, dass sie niemals eine Serviette für ihn küssen würde.

Um zwei Uhr dreißig in der Nacht presste Kevin Stirn und Handflächen gegen Beths Tür und hörte, wie seine zwei Monate alte Tochter schrie.

Lily hatte erstaunlich kräftige Lungen, und während die Stunden verstrichen, wurde ihm auch in seinem Appartement klar, dass sie nicht in der Stimmung war zu schlafen. Es gab kurze Momente, in denen sie ruhig war, aber dann ging das Heulen wieder los – wahrscheinlich wenn Beth beschloss, es sei jetzt sicher, sie wieder hinzulegen.

Er wollte, dass sie ihn um Hilfe bat, aber nach und nach wurde ihm klar, dass das nicht passieren würde. Beth bat ihn nur selten um Hilfe. Egal, was er tat oder wie oft er sie daran erinnerte, sie wollte einfach nicht kapieren, dass sie nicht allein war.

Diese verdammte, sture Frau.

Als Lilys Schreien lauter wurde – wohl weil Beth an der Tür vorbeiging –, gab er es auf, darüber nachzudenken, was er tun sollte, und klopfte.

Die Tür öffnete sich, und es kostete ihn all seine Selbstbeherrschung, nicht zurückzuweichen. Sogar bei der Geburt des Kindes hatte Beth besser ausgesehen als in diesem

Moment. Ihre Haar war zerzaust, und ihr Gesicht war vom Schlafmangel verquollen. Die Augen waren feucht und gerötet, und sie schniefte ständig, als sei sie permanent den Tränen nahe. Ihr Blick erinnerte an den eines gefangenen Kaninchens.

Und Mike hatte recht gehabt. Sie war immer noch die schönste Frau der Welt, und er, Kevin, wollte an keinem Ort lieber sein als hier.

„Ich weiß, sie ist sehr laut", sagte sie leise. „Es tut mir leid, wenn wir dich geweckt haben."

Als er die Arme ausstreckte und Lily nahm, sackte Beth förmlich vor Erleichterung in sich zusammen. „Warum hast du mich nicht angerufen, Beth?"

„Ich wollte dich nicht stören. Sie ... Ich habe alles getan. Sie ist gefüttert, hat frische Windeln, sie ist nicht wund, und es stecken auch keine Nadeln in ihr. Nichts. Sie will einfach nicht schlafen."

„Dann gehst du über den Flur, gibst sie mir und sagst, ich bin dran." Er drehte Lily um und rieb ihr in kleinen kreisenden Bewegungen den Rücken.

Seine kleine Prinzessin stieß einen lauten Rülpser aus, kuschelte sich dann an ihn und schloss die Augen.

Und Beth verlor endgültig die Fassung. Schluchzend brach sie auf einem Stuhl zusammen und verbarg ihr Gesicht in den Händen. „Ich habe sie immer wieder hochgenommen und massiert, wieder und wieder. Nicht einmal das kriege ich hin. Ich bin die schlechteste Mutter aller Zeiten."

Das war definitiv nicht der richtige Zeitpunkt, um sie auszulachen. „Beth, komm schon. Babys sind so. Als die Jungs noch klein waren, hat Lisa sie stundenlang herumgetragen und massiert, und sobald meine Mutter sie nahm, haben sie gerülpst wie die Weltmeister."

Sie schüttelte den Kopf, ohne ihn anzusehen. „Du sagst das nur, damit ich mich besser fühle."

„Das ist mein Ernst. Als Lisa weinte und beteuerte, sie sei die schlechteste Mutter, sagte Mom ihr, dass Menschen eben alle anders geformt seien und man bei jedem Baby eine andere Stelle drücken müsse. Wer weiß das schon. Wie auch immer, du musst schlafen."

„Ja." Sie zupfte ein paar Taschentücher aus der Box, balancierte auf der Stuhllehne und wischte sich das Gesicht ab. „Ich werde sie hinlegen, und dann gehe ich ins Bett."

„Keine Chance. Die Kleine wird in kurzer Zeit Hunger haben, und das Letzte, was du jetzt brauchst, ist es, in zwei Stunden wieder aufzustehen. Geh ins Bett. Ich passe auf sie auf."

Er wollte ihr noch vorschlagen, eine Dusche zu nehmen, bevor sie ins Bett ginge, aber er hatte Angst, dass sie im Stehen einschliefe und dann hinfallen, sich den Kopf stoßen und ertrinken würde. „Geh. Nun mach schon."

Er wusste, wie erschöpft sie war, als sie noch nicht einmal diskutierte oder behauptete, sie sei okay und könne das selbst regeln. Sie küsste einfach nur Lilys Stirn und stapfte davon in Richtung Bett.

Das stellte Kevin vor ein Problem. Er hatte keine Säuglingsmilch in seiner Wohnung, weil es viel einfacher war, sie von Beth zu holen, wenn er sie brauchte. Aber wenn er Lily hinlegte, um eine Tasche zu packen, dann würde sie wieder aufwachen und schreien, und Beth könnte nicht in Frieden schlafen.

Schließlich streckte er sich mit Lily auf der Couch aus und legte ein paar Kissen unter seinen Arm, damit er sich nicht im Schlaf herumdrehen und sie fallen lassen konnte. Dann schloss er die Augen.

Zum ersten Mal seit sehr langer Zeit war er zufrieden.

Unter demselben Dach wie Beth – mit seiner Tochter im Arm – konnte er schnell einschlafen. Er würde jeden Schlaf brauchen, den er bekommen konnte, um mit seinem kleinen Teufelsbraten mithalten zu können.

Und für das Gespräch, das er am folgenden Morgen mit Beth führen würde.

22. KAPITEL

Beth wurde von der Sonne geweckt, die durchs Fenster schien, und setzte sich auf. Ihr Herz pochte heftig.

Es war Morgen. Aber nicht so brutal früh, wie ihre Tochter sie normalerweise weckte, sondern schon acht Uhr.

Warum hatte Lily noch nicht geschrien?

Mit zitternden Händen schlug Beth die Decke zurück und kletterte aus dem Bett. Dann erinnerte sie sich an Kevin, ihren Zusammenbruch und daran, wie sie und Lily beide die ganze Zeit geweint hatten. Sie war so erleichtert gewesen, hatte ihm das Kind in den Arm gedrückt und war tränenüberströmt ins Bett gekrochen. Er musste wohl die Nacht in ihrer Wohnung verbracht haben, und so hatte sie zum ersten Mal seit der Geburt durchgeschlafen.

Nachdem sie die Panik überwunden hatte, zog sie sich den Morgenmantel über und schlich aus dem Zimmer. Falls Lily schlief, lag Kevin womöglich noch auf der Couch, und sie wollte ihn nicht wecken. Dann aber hörte sie seine Stimme und spähte um die Ecke in die Küche.

Zärtlich wiegte er ihre Tochter in den Armen. Die Kleine starrte ihn bewundernd an. „Ich tue mein Bestes, damit dein Leben ganz toll wird, aber das wird es trotzdem nicht immer sein. Hier mein Tipp: Wenn es mal ganz bitter kommt, musst du in der Küche tanzen. Das ist gut für die Seele."

Seufzend lehnte Beth den Kopf gegen die Wand und war wie Lily ganz verzaubert vom sanften Klang seiner Stimme.

„Du brauchst noch nicht mal Musik", fuhr er fort. „Du kannst einfach zu einer Melodie in deinem Kopf tanzen. Allerdings hoffentlich nicht zu diesem Country-und-Western-Scheiß, den deine Mutter immer hört. Oh … verdammt. Sag nicht Scheiße, Lily, Schatz. Und wenn doch, darfst du deiner Mom nicht verraten, dass du es von mir hast, okay? Erzähl ihr einfach, das war Onkel Mike."

Beth hätte wohl gekichert, aber ihre Gefühle überwältigten sie und schnürten ihr die Kehle zu. Mit diesen beiden Menschen in ihrem Leben hatte sie wirklich unfassbares Glück gehabt.

Leise schlich sie sich ins Bad, wo sie bewusst Lärm machte. Als sie dann in die Küche zurückkehrte, saß Lily in ihrem Wippstuhl, und Kevin stellte gerade zwei dampfende Tassen Kaffee auf den Tisch. Er lächelte sie an, und Lily strampelte mit den Füßen, bis ihr Stuhl kräftig wippte.

„Guten Morgen, Sonnenschein." Kevin schob ihr einen Stuhl zurecht.

„Danke ... für alles." Sie setzte sich hin und nahm den Becher. „Du hättest nicht bleiben müssen. Ich brauchte nur ein wenig Schlaf, das ist alles."

„Nein, du musstest unbedingt mal eine Nacht richtig durchschlafen. Und wir zwei hatten alles unter Kontrolle, nicht wahr, Lily, Schatz?"

Das Baby strampelte und spuckte ihm eine Himbeere entgegen.

„Hör nicht auf sie. Wir haben alles unter Kontrolle." Kevin trank einen Schluck Kaffee. „Ich sollte dir vielleicht noch sagen, dass eine Windel draußen im Flur liegt, weil ich die Befürchtung hatte, der Deckel des Mülleimers würde nicht dichthalten. Es war ... grauenhaft."

„Also hast du das Ding in den Hausflur gelegt?"

„Entweder dahin oder ins Gefrierfach."

„Hausflur klingt gut."

Sie schwiegen einige Minuten und beobachteten Lily, die mit den Beinen strampelte. Es war ein schöner, ganz besonderer Moment – fast so, als wären sie eine richtige Familie.

Und die könnten sie jederzeit werden. Ein Wort von Beth, und Kevin würde sie so schnell zum Standesamt schleifen, dass sie es kaum noch schaffte, sich vorher die Schuhe anzuziehen.

Tags zuvor hatte sie sich in ihrer Verzweiflung gefragt, warum sie das alles allein durchstehen musste. In der Wohnung gegenüber saß ein durch und durch netter Kerl, der sie wie Prinzessinnen behandeln würde.

Wenn sie doch nur nicht gleich am ersten Abend von ihm schwanger geworden wäre. Das hätte vielleicht alles geändert. Nun aber waren sie als Lilys Eltern aneinandergeschweißt. Sie hatten Sex miteinander, und sie waren Freunde. Aber eben vor allem Eltern. Liebten sie sich auch? Egal, was Kevin sagte, in dem Punkt konnte sie sich nun nie mehr sicher sein.

„Du siehst heute besser aus", stellte er fest.

„Ich fühle mich auch besser. Die letzten Nächte waren ziemlich hart." Als er den Mund öffnete, hob sie abwehrend die Hand. „Ja, ich hätte dich aus dem Bett holen sollen, ich weiß, ich weiß."

„Wir sind jetzt schon seit einer Weile zusammen – oder wie auch immer du es nennen möchtest. Beth, ich weiß nicht, was ich noch tun kann, um dir klarzumachen, dass du nicht alles allein regeln musst."

„Ich geb mir Mühe."

Er sah unendlich traurig aus. „Ein Jahr. Es ist fast ein ganzes Jahr vergangen, und manchmal habe ich das Gefühl, wir sind seitdem keinen Schritt weiter."

„Bitte, tu das jetzt nicht."

„Wann dann?"

„Wenn ich kein Wrack bin. Wenn ich mal einen Monat lang mehr als sechs Stunden Schlaf am Stück hatte. Ich weiß nicht, wann, aber bitte nicht jetzt."

„Und dann wird die Kleine Zähne bekommen, und danach ist irgendwas anderes."

„Tut mir leid, Kevin, mehr kann ich dir nicht anbieten."

„Vielleicht könnten wir meine Mom fragen, ob sie sich um Lily kümmert, und dann zusammen essen gehen."

„Es ist noch zu früh." Sie stand auf und ging zur Kaffeemaschine, damit sie ihn nicht ansehen musste.

„Wie wär's, wenn ich uns jetzt Frühstück mache?"

Kevin hatte das Gefühl, dass er bei Beth gegen eine Mauer prallte, die er nicht durchbrechen konnte. Sie steckten in einer Sackgasse.

„Ich kann so nicht weitermachen, Beth."

Sie ließ die Schultern sinken. „Wir haben vor langer Zeit entschieden, dass es am besten für Lily ist, wenn wir nicht mehr als Freunde sind."

„Wir sind Freunde. Aber ich liebe dich, Beth." So, jetzt hatte er es noch einmal ausgesprochen. „Ich will dein Freund sein und dein Mann. Ich will dich heiraten."

Ihr panischer Gesichtsausdruck verriet ihm, dass er darauf nicht die Antwort bekommen würde, die er sich erhoffte. Wenn sie ihn jetzt abwies, brauchte er Abstand zu ihr. Dann konnte er nicht länger so tun, als wären sie zusammen, und mit ihr Vater, Mutter, Kind spielen.

Er würde ein hübsches Haus für die beiden mieten und Beth Unterhalt zahlen. Da konnte Lily später wenigstens im Garten spielen. Seine Tochter würde ihn so oft wie möglich besuchen. Und wenn er sie und ihr kleines Köfferchen bei Beth abholte, konnten sie Small Talk machen.

Bei dieser Vorstellung brach ihm zwar fast das Herz, aber er konnte das Leben auf der anderen Seite des Flurs nicht länger ertragen. Erst jetzt begriff er, was mit dem Spruch „So nah und doch so fern" gemeint war.

„Ich habe genug von unserem Arrangement. Ich möchte mit meiner Tochter und der Frau, dich ich liebe, zusammenleben. Ich ertrage den Flur und die Türen zwischen uns nicht länger."

„Wenn ich nicht schwanger geworden wäre, hätte ich dich nie wiedergesehen. Das ertrage ich nicht. Ich will mich nicht mehr fragen müssen, ob uns außer Lily noch etwas miteinander verbindet. Sonst ende ich wie Lisa, die nie sicher sein kann, ob ihr Mann wirklich etwas für sie empfindet."

„Meine Gefühle für dich sind echt, Beth." Er wusste nicht, wie oft er ihr das noch erklären musste. „Wir haben wirklich bewiesen, dass wir wegen Lily nicht heiraten müssen. Sie wurde geboren. Sie hat einen Namen. Ihre Eltern sind Freunde. Wenn wir getrennte Wege gehen, verbringt sie abwechselnd Zeit mit uns beiden, genau wie all die anderen Kinder, deren Eltern nicht verheiratet oder geschieden sind."

Beth setzte sich wieder an den Tisch. „Was meinst du mit getrennte Wege gehen?"

„Ich habe dir gesagt, dass ich so nicht weitermachen kann. Außerdem wird Lily schneller groß werden, als wir uns das jetzt vorstellen können. Und dann soll sie nicht länger in einer Wohnung im zweiten Stock wohnen, wo sie nicht mal einen winzigen Rasen zum Spielen hat. Auf Dauer müsst ihr in ein Haus ziehen, und die Frage ist jetzt nur, ob ich dann mitkomme."

Beth wurde blass. „Siehst du? Ich wusste, dass das passieren würde. Unsere Beziehung bricht auseinander, und jetzt brauche ich eine neue Wohnung."

Nur weil Lily mit am Tisch saß, unterdrückte Kevin einen Wutanfall. „Tu das nicht, Beth. Stell es nicht so dar, als würde ich euch auf die Straße setzen. Ich will euch ein schönes Haus suchen, das du dir durch den Unterhalt auch leisten könntest."

„Das will ich aber nicht."

„Was denn dann?" Sie schüttelte nur den Kopf und starrte in ihre Tasse. „Du möchtest, dass die Dinge so weiterlaufen wie bisher, Beth, aber das kann ich nicht mehr. Es tut mir leid, aber ich will mehr."

„Ich glaube, ich habe im Moment nicht mehr zu geben. Aber trotzdem will ich nicht … ach, ich weiß es nicht."

Weil er keine Lust hatte, weiter mit dem Kopf gegen die Wand zu rennen, stand Kevin auf. Er gab Lily einen Kuss, dann drehte er sich zu Beth um, die so furchtbar aussah, wie er sich fühlte.

„Denk ein paar Tage darüber nach, und dann sehen wir weiter. Entweder sind wir ab jetzt richtig zusammen, oder wir gehen getrennte Wege und teilen uns das Sorgerecht für Lily. Sag mir Bescheid, wenn du dich entschieden hast."

Bevor er seine Meinung noch einmal ändern konnte, verließ er die Küche. Er hatte Angst, dass Beths trauriger Blick ihn dazu bringen würde, sie in den Arm zu nehmen und zu versprechen, dass alles okay war. Denn es war nicht okay. Absolut nicht.

Und falls sie beschloss, dass es vorbei war … würde er vielleicht nie wieder okay sein.

Wenn es mal wieder ganz bitter kommt, musst du in der Küche tanzen. Das ist gut für die Seele.

Mitten in der Nacht, als das Radio leise einen traurigen Countrysong spielte, tanzte Beth mit ihrer Tochter in der Küche. Es war ein Song über Liebe, Abschied und gebrochene Herzen. Beths Tränen tropften hinunter auf Lily, die sie im Arm hielt und sanft im Rhythmus wiegte.

Sie vermisste Kevin. Auch wenn er wie jede Nacht drüben in seiner Wohnung saß und vielleicht genau das Gleiche tat wie sie gerade, fühlte es sich plötzlich anders an. Er war nur auf der anderen Seite des Hausflurs, aber trotzdem so weit weg. Und anders als bei all den vorherigen Diskussionen über ihre Beziehung, war sie sich dieses Mal nicht sicher, ob er wiederkommen würde.

Das war viel schlimmer als alles, was sie sich immer ausgemalt hatte. Schlimmer als die Hindernisse, die sie nun seit fast einem Jahr von einer Beziehung mit Kevin abhielten. Sie hatte viel zu lange überlegt, was passieren würde, wenn sie ihn in ihr Leben ließ. Und jetzt schien sie ihn damit endgültig vergrault zu haben.

Doch auch wenn sie von nun an getrennte Wege gingen, konnte es funktionieren. Sie würden Freunde sein, und Lily musste nicht darunter leiden.

Aber ich werde darunter leiden, dachte Beth. Sie wollte Kevin zurückhaben.

Über Lilys Kopf hinweg sah sie ein weißes Viereck auf dem Küchentresen liegen. Es war eine Serviette aus dem *Jasper's*, und sie musste zum ersten Mal lächeln, seit Kevin die Wohnung verlassen hatte.

Zehn Minuten später nahm sie all ihren Mut zusammen und wählte Kevins Nummer. Er nahm beim zweiten Klingeln ab. „Was ist passiert?“, fragte er schlaftrunken.

„Lily geht's gut. Ich … könntest du für ein paar Minuten rüberkommen?“

„Bin schon da. Schließ die Tür auf.“

Zwei Sekunden später stand er nur mit einer Schlafanzughose bekleidet im Flur und hatte noch immer das Telefon am Ohr. Beth bekam ein schlechtes Gewissen, weil sie ihn mitten in der Nacht angerufen hatte. Er musste gedacht haben, dass etwas mit dem Baby nicht in Ordnung war, und gleich über den Flur gerannt sein.

„Was ist los, Beth?“ Er kam herein und schloss die Tür hinter sich.

„Nichts.“ Lily quietschte in Beths Armen und wollte zu ihrem Papa. „Wir haben …“

Sie verstummte, als Kevin das Telefon auf den Tisch legte, damit er seine Tochter nehmen und ihr die Wange streicheln konnte. Auf einmal kam Beth sich richtig blöd vor.

„Ihr habt was?“

Seufzend erzählte sie ihm die ganze Geschichte. „Lily und ich haben in der Küche getanzt, und wir … haben dich vermisst.“

„Ach, ehrlich?“ Kevin schien es gar nicht blöd zu finden, dass sie ihn deshalb angerufen hatte. Und er sah auch nicht wütend oder traurig aus. Eher hoffnungsvoll.

„Ja.“ Sie schluckte schwer. „Es fühlte sich falsch an ohne dich.“

„Jetzt bin ich hier.“ Er schlang ihr den freien Arm um die Taille und begann sich ein wenig zu wiegen.

Sie bewegte sich mit ihm im Takt. „Wir haben was für dich gemacht.“

„Wow. Tanzen und Kunsthandwerk. Ich hatte ja keine Ahnung, dass meine Mädels mitten in der Nacht so geschäftig sind.“

Seine Mädels. Beth wurde ganz warm ums Herz, und sie gab ihm die Serviette, bevor sie es sich anders überlegen konnte.

Sie hatte keinen knallroten Lippenstift, aber immerhin ein dunkles Gloss. Über dem *Jasper's*-Logo waren zwei Kussmünder zu sehen, ihrer und das kleine Mündchen von Lily. Darunter stand: „Wir lieben dich.“

Kevin starrte lange nur darauf und sagte nichts. Beth bekam es schon leicht mit der Angst zu tun, und Lily begann zu quietschen, als könnte sie die Anspannung ihrer Mutter spüren.

Dann schaute er sie an, und sein Blick verschlug Beth fast den Atem. „Wir?“

„Ich liebe dich.“ Es war viel leichter, als sie es sich vorgestellt hatte. Alle Bedenken, die Beth so lange zurückgehalten hatten, waren plötzlich verschwunden.

„Du hast für mich eine Serviette geküsst.“

„Dann muss es wohl wahr sein.“

„Nur damit das ganz klar ist: Ich will das ganze Paket. Erst Hochzeit und dann ein hübsches Haus am Stadtrand mit einem großen Garten.“

Sie schaute ihm in die Augen. „Genau das will ich auch.“

„Und eines Tages, wenn unser kleines Äffchen den richtigen Mann gefunden hat, will ich auf ihrer Hochzeit tanzen und dich so ansehen, wie mein Dad meine Mom noch immer anschaut.“

„Ja.“ Und auch das wünschte sie sich genauso sehr wie er.

Lächelnd zog er Beth an sich und küsste sie. „Tanz mit mir.“ Sie legte die Arme um Kevin und ihre Tochter und schmiegte den Kopf an seine Brust. „Für immer.“

EPILOG

Zwei Wochen später wurde auf einem Campingplatz in einer lauen Sommernacht aus Beth Hansen Mrs Kevin Kowalski. Sie trug dabei Shorts, ein relativ sauberes weißes Shirt, ein paar Marshmallows im Haar und mindestens ein halbes Dutzend Schichten Insektenspray auf der Haut.

Ihr Bouquet bestand aus Wildblumen, die Kevins Neffen im Wald für sie gepflückt hatten. Mary hatte ihr versichert, dass auch bestimmt kein giftiger Efeu dabei war. Lily schlief im Kinderwagen, die ganze Versammlung war von Moskitonetzen umgeben, und Kevin trug ein T-Shirt mit einem Smoking-Aufdruck, das seine Brüder ihm in letzter Minute noch geschenkt hatten.

Ihr Vater führte Beth den provisorisch mit Papierlaternen abgesteckten Gang entlang, während ihre Mutter schluchzte und ihre Brautjungfer Paulie wütend nach einem Moskito schlug.

Die gesamte Kowalski-Familie fuhr jedes Jahr zum Kartfahren und Schwimmen auf diesen Campingplatz. Dabei schliefen sie alle in komfortablen Wohnwagen, und es gab Bier, Bratwürstchen am Spieß und jede Menge Schlamm. Kevins und Beths glänzender neuer Wohnwagen – ein extravagantes Hochzeitsgeschenk von Joe und Keri – war ein Stück von den anderen entfernt jenseits der Brücke geparkt, weil es ja ihre Hochzeitsreise war.

Beth war sich nicht sicher gewesen, ob es eine gute Idee war, mit einem zwei Monate alten Baby zu campen. Kevin hingegen war der Meinung, dass es Lily egal war, wo sie gefüttert wurde, neue Windeln bekam und in den Schlaf gewiegt wurde. Außerdem sei sie eine Kowalski und müsse das abkönnen.

„Hiermit erkläre ich euch zu Mann und Frau", verkündete der Friedensrichter. „Sie dürfen die Braut jetzt küssen."

Beth schlang stürmisch die Arme um den Hals ihres frischgebackenen Ehemanns, der sie hochhob und leidenschaftlich küsste. Das Ganze wurde von Applaus, Wolfsgeheul und dem albernen Gackern der jüngeren männlichen Gäste begleitet. Lily begann zu quaken, denn sie mochte es gar nicht, wenn man sie bei ihrem Schönheitsschlaf störte.

Kevin setzte Beth ab, aber Paulie, die nicht campte, sondern mit Sam per Auto angereist war, nahm das Baby schon aus dem Kinderwagen. Beth wurde von ihrer Freundin noch schnell umarmt und geküsst, dann erst durfte sie Lily übernehmen.

„Auf jeden Fall wisst ihr, wie ihr jedes Jahr euren Hochzeitstag feiern werdet", sagte Paulie. „Beim alljährlichen Camping-Ausflug der Kowalski-Familie."

„Des Todes", sagten Kevin und Beth gleichzeitig, und alle lachten.

Dann gab es Essen und noch mehr Essen und dann den Kuchen. Oder eher die Kuchen, denn es gab drei davon, damit die ganze Familie, ihre Freunde und so ziemlich der gesamte Campingplatz etwas abbekamen.

Lily wurde gefüttert, bekam eine frische Windel, und nachdem sie einmal herumgereicht worden war, schlief sie schließlich auf Shellys Arm ein. Stephanie schloss ein paar Lautsprecher an ihren iPod an, und ein kitschiger Countrysong schallte über den Platz.

Kevin zog Beth in seine Arme, und sie tanzten zum ersten Mal als Mann und Frau. Sie legte den Kopf an seine Brust, und Tränen schimmerten in ihren Augen. Sie war sich nicht sicher, wie er auf diesen Song gekommen war, aber er war perfekt.

„Ich dachte schon, ich würde niemals mit meiner Frau tanzen."

„Du weißt schon, wie man ein Mädchen in Atem hält."

Langsam ließ er die Hände hinunter zu ihren Hüften gleiten – ein Versprechen auf eine leidenschaftliche Nacht. Beth hoffte, dass das Prickeln auf ihrer Haut der Aufregung des Augenblicks zu verdanken war und nicht dem Insektenspray, das langsam ihre Haut verätzte.

„Wird es dir eines Tages leidtun, dass du kein langes weißes Kleid und viele Blumen und den ganzen Kram hattest?"

„Niemals. Außerdem hatte ich Blumen. Ganz besondere sogar, die speziell für mich gepflückt wurden."

„Hm ... konntest du alle bestimmen, bevor du sie angefasst hast?"

„Nein, aber deine Mutter hat sie alle kontrolliert."

Sie lehnte sich gegen seine Brust, und er schmiegte die Wange an ihren Kopf. So tanzten sie weiter bis zum Ende des Songs. Als die letzten Töne verklangen, küsste er sie noch einmal.

„Auch wenn ich es selbst fast nicht glauben kann, bin ich jetzt froh, dass du mich so lange hast warten lassen. Uns hast warten lassen. Dieser Abend ist es wert."

Genauso empfand Beth es auch. „Ich liebe dich."

„Und weil du es auf eine Serviette geschrieben hast, muss es auch wirklich wahr sein."

Kevin hatte Wort gehalten und die Serviette von ihr und Lily gerahmt und über die Bar gehängt. Blieb zu hoffen, dass sich die Anzahl der übrigen Servietten dadurch drastisch reduzierte.

„Willst du jetzt dein Geschenk haben?", fragte er.

„Hier vor allen anderen?"

„Alle haben dabei geholfen. Joe hatte seinen Anteil daran

gerade beendet, als wir getanzt haben. Und jetzt wollen die Leute natürlich gern sehen, wie du es öffnest."

Beth ließ sich von ihm zu dem Tisch führen, der für die Geschenke aufgebaut war, und lachte, als Kevin ihr ein flaches Paket reichte, das in Zeitungspapier eingewickelt und mit fast einer ganzen Rolle Klebeband verschnürt war.

„Wir haben das Geschenkpapier entweder vergessen, oder es ist irgendwo in einem der Wohnwagen versteckt", erklärte Keri.

„Ich habe es eingepackt", verkündete Brian.

Bobby schubste ihn. „Und ich habe geholfen!"

„Es sieht wundervoll aus." Beth drehte das Paket in der Hand, bis sie eine Stelle ohne Klebeband entdeckte. Es war nicht einfach, aber es gelang ihr, das Paket auszupacken, ohne die Zähne zu Hilfe nehmen zu müssen. Als sie den Deckel anhob und das Packpapier entfernte, stockte ihr der Atem, und Tränen traten ihr in die Augen.

Es war eine Fotocollage wie die, die sie Kevin zu Weihnachten geschenkt hatte. Das Bild, das Mary von ihnen beiden mit Lily gemacht hatte, befand sich in der Mitte. Dann war da ein Weihnachtsfoto von Beth, wie sie mit den Jungs und Stephanie spielte. Und ein Foto von ihr und Paulie, wie sie lachend im *Jasper's* saßen, das Beth gar nicht kannte. Ein Bild von ihren Eltern mit Lily im Krankenhaus. Ein Gruppenfoto der ganzen Familie mit ihr in der Mitte, die Tiara auf dem Kopf, auf der Baby-Party. Und noch zwei von diesem Abend. Eines, das aufgenommen worden war, als sie und Kevin einander beim Eheversprechen in die Augen sahen, und eines von ihnen beiden bei ihrem ersten Tanz als Mann und Frau.

Das muss Joes Beitrag sein, dachte sie. Er hatte einen Laptop und einen kleinen Drucker dabei und die beiden letzten Fotos wohl schon fertig, als sie ihren Tanz beendeten.

Die besonderen Momente des letzten Jahres unter Glas festgehalten. Von ihrer Familie. „Es ist wunderschön."

Kevin zog sie an sich. „Die beiden Collagen werden toll aussehen, wenn sie in unserem neuen Haus nebeneinanderhängen."

Das existierte zwar noch nicht, aber Kevin war fest entschlossen, dass Lily ihr erstes Weihnachtsfest in einem richtigen Haus verbringen würde, mit einem Garten, in dem sie noch gar nicht spielen konnte. „Ja, das werden sie. Bis es so weit ist, hänge ich sie über deine … über unsere Couch."

Er küsste sie wieder, bis Bobby den romantischen Augenblick unterbrach. „Zeit für die Strumpfbandschleuder des Todes!"

Beth und Kevin lösten sich voneinander und lachten, als sie sahen, was für ein Spiel nun aufgebaut wurde.

Statt Hufeisen mussten sie Ringe nach den Stangen werfen, die wie Strumpfbänder angemalt waren. Die Kinder diskutierten schon darüber, wer in welches Team durfte, und die Männer kümmerten sich um die Getränke.

Meine Familie, dachte Beth wieder. Kein Bedauern mehr und auch keine Sehnsucht nach Albuquerque. Ja, sie hatte sogar ein Auge auf einen gebrauchten Minivan geworfen.

Das hier war ihr Zuhause mit den Menschen, denen sie wirklich viel bedeutete. Sie liebte sie alle, vor allem aber den großen Kerl, der gerade mit seinen Brüdern darüber diskutierte, in welchem Abstand die Stangen aufgestellt werden sollten.

„Ich liebe dich", flüsterte sie, als er in ihre Richtung sah.

Er grinste sie an. „Jetzt vielleicht noch, aber die Kinder sagen, wir müssen in gegnerischen Mannschaften spielen. Es gibt das Braut-Team und das Bräutigam-Team."

Beth lachte und ging zu ihm hinüber. Ihr Mann wusste es zwar noch nicht, aber sie würde ihm bei der Strumpfbandschleuder des Todes gleich eine empfindliche Niederlage beibringen! Dazu war sie jedenfalls fest entschlossen.

– ENDE –

Lesen Sie auch:

Shannon Stacey

Ganz oder Kowalski

Ab Dezember 2013 im Buchhandel

Band-Nr. 25713
8,99 € (D)
ISBN: 978-3-86278-844-6

1. KAPITEL

„Noch genauso hässlich wie eh und je."

Sean Kowalski zeigte dem Barkeeper den Finger und ließ seinen Seesack auf den Boden neben einen leeren Hocker fallen. „Das liegt in der Familie, Cousin."

Da sie beide fast ein Meter fünfundachtzig groß waren, konnten sie sich über den Bartresen hinweg kurz umarmen. Kevin klopfte ihm auf den Rücken. „Ich bin verdammt froh, dass du wieder zu Hause bist."

„Ich auch." Sean setzte sich auf den Barhocker und nahm einen kräftigen Schluck von dem schaumigen Bier, das Kevin vor ihm auf die Theke gestellt hatte. „Tut mir leid, dass ich deine Hochzeit verpasst habe. Und Joes auch."

„Du musstest dich in Afghanistan beschießen lassen. Wir nehmen es dir also nicht übel, dass du gefehlt hast. Jedenfalls nicht besonders."

„Ich kann immer noch nicht glauben, dass ihr beide es geschafft habt, Frauen zu finden, die eure Mrs Kowalski sein wollen. Was stimmt nicht mit ihnen?"

Kevin warf ihm ein breites Grinsen zu. „Es liegt an den Grübchen. Frauen können ihnen einfach nicht widerstehen. Ein Jammer für dich, dass wir sie von Ma geerbt haben und du nur die blauen Augen von Dads Seite bekommen hast."

„Ich kann mich nicht beklagen. Wie geht es deinen Eltern?"

„Gut. Sie freuen sich darauf, dich zu sehen. Ma hat für heute Abend eine Lasagne gemacht."

Sean lächelte und tätschelte sich den Bauch. „Ich habe keine Mittagspause eingelegt. Also ist jede Menge Platz in meinem Magen. Es gibt vieles, das ich an meiner Mutter –

Gott hab sie selig – vermisse. Aber ihre Kochkünste gehören nicht dazu. Tante Mary dagegen? Verdammt, die Frau kann richtig kochen."

Kevin nickte. Er verschwand kurz, um sich ein Wasser zu holen. „Also, du hast keine Arbeit. Du musst Ma um Essen anbetteln und dir von mir ein Appartement schnorren. Die Army hätte eigentlich einen Mann aus dir machen sollen, keinen nutzlosen Waschlappen."

„Zwölf Jahre haben gereicht. Ich weiß zwar nicht, was ich jetzt machen möchte. Aber ich bin sicher, dass ich das nicht mehr machen will."

„Hast du keine Lust, nach Maine zurückzukehren und deinem Bruder zu helfen, die Lodge zu leiten?"

Sean zuckte mit den Schultern. Selbstverständlich war das Thema zur Sprache gekommen – vor allem, als er seinen Brüdern und seiner Schwester erzählt hatte, dass er eine Zeit lang beim Familienzweig in New Hampshire bleiben wolle. Doch er hatte keine Lust, den Rest seines Lebens auf der Northern Star Lodge zu verbringen. Schon als Kind hatte er es gehasst, dass Fremde sich in seinem Zuhause eingenistet hatten. Dieses Gefühl hatte er nie abgelegt. Er war nicht dazu geboren, Gastwirt zu sein.

„Das ist Plan B", erwiderte er.

Kevin nahm einen Schluck aus der Wasserflasche und schraubte sie anschließend wieder zu. „Du weißt, dass ich nur Spaß mache. Du kannst natürlich so lange hierbleiben, wie du willst."

„Danke, das weiß ich zu schätzen. Sobald ich von Tante Marys Essen genug habe, gehe ich vielleicht nach Hause zurück oder … Keine Ahnung." Das war einer der Gründe für seinen Entschluss gewesen, die Army zu verlassen. Er musste am nächsten Tag nirgends sein. Oder am Tag darauf.

Eine große vollbusige Frau mit roten Haaren trat aus

einem Hinterzimmer. Kevin winkte sie zu ihnen heran. „Das ist mein Cousin Sean. Sean, das ist Paulie Reed – meine Chefbarkeeperin, die Assistentin der Geschäftsführung und meine rechte Hand."

„Freut mich, Sie kennenzulernen", sagte Sean und schüttelte ihr die Hand.

Paulie hatte einen zupackenden Griff. „Ich habe schon viel von Ihnen gehört. Willkommen zu Hause. Mein Verlobter Sam und ich wohnen in dem Appartement unter Ihnen. Falls Sie irgendetwas brauchen, schreien Sie einfach."

„Das werde ich machen." Er sah ihr hinterher. Sie hatte einen unglaublichen Hüftschwung. Doch ob es nun an der Erwähnung ihres Verlobten lag oder an der Tatsache, dass sie nicht sein Typ war – der Hüftschwung ließ ihn vollkommen kalt. *„Jasper's Bar & Grille,* ja? Interessanter Name."

„Der Laden hieß schon so, und ich bin zu geizig, ein neues Schild zu kaufen. Trink dein Bier aus. Ich bringe dich schnell nach oben."

Sean trank das restliche Bier aus und schnappte sich seinen Seesack. Er folgte seinem Cousin zu einem Flur im hinteren Teil. Nachdem sie zwei Treppen hinaufgestiegen waren, kamen sie zu dem Appartement, das Kevin ihm für die Dauer seines Besuchs zur Verfügung stellte. Es war eine ordentliche, saubere Wohnung mit einer großen Ledercouch und einem riesigen Fernseher. Vollkommen in Ordnung, was ihn betraf.

„Das wär's dann", sagte Kevin, sobald er ihm alles gezeigt und ihm die Schlüssel übergeben hatte. „Du hast alle unsere Telefon- und Handynummern. Außerdem ist Paulie für gewöhnlich in der Bar, falls du irgendetwas brauchst."

Sean schüttelte ihm die Hand. „Wir sehen uns dann beim Abendessen. Ich freue mich, Beth und eure kleine Tochter kennenzulernen."

„Lily ist ein Kracher. Vor einer Woche war ihr erster Geburtstag. Und sie liebt es, ihre Cousinen und Cousins zu terrorisieren." Er zog seine Brieftasche hervor. Als er sie aufklappte, kam ein Bild von einem quirlig wirkenden kleinen Mädchen zum Vorschein. Auf dem Kopf hatte die Kleine einen lustigen Zopf. Ihre blauen Augen strahlten, und sie hatte süße Grübchen und ein verschmitztes Lächeln.

„Eines Tages wird sie mal eine Menge Herzen brechen", meinte Sean. Das hatte er jedenfalls andere Männer sagen hören, wenn sie Bilder von den Töchtern anderer Männer betrachtet hatten.

„Dann breche ich ein paar Arme. Joes Tochter Brianna sieht Lily ähnlich. Allerdings hat sie keine Grübchen. Sie ist jetzt viereinhalb Monate alt und höllisch laut." Kevin ging zur Tür. „Ich habe Beth versprochen, um drei zu Hause zu sein. Erst dann kann sie vorbereiten, was wir mit zu Ma nehmen wollen, ohne ständig über Lily zu stolpern. Die Kleine bleibt einfach nicht mehr da, wo man sie abstellt … Wir sehen uns dann gegen achtzehn Uhr."

Als er verschwunden war, ließ Sean sich aufs Sofa fallen und schloss die Augen. Es war schön, zu Hause zu sein – auch wenn das Zuhause nur eine geliehene Wohnung war. Zum ersten Mal seit zwölf Jahren konnte er gehen, wohin er wollte. Er konnte tun, was auch immer er wollte. Die Army hatte ihm einen guten Start ins Leben ermöglicht, und er bereute die Jahre, in denen er gedient hatte, überhaupt nicht. Aber er war jetzt so weit, wieder selbstständig leben zu wollen.

Und der erste Tagesordnungspunkt als selbstständiger Mann? Ein Schläfchen.

Als es an der Tür klopfte, schreckte er aus dem leichten Schlaf auf, in den er gerade erst geglitten war. Eigentlich erwartete er niemanden. Soweit er wusste, waren die einzigen Menschen, die ihn besuchen könnten, seine Verwandten. Und die traf er später bei seiner Tante und seinem Onkel. Trotzdem rechnete er damit, einen seiner Cousins zu erblicken, als er die Tür öffnete.

Er irrte sich. Seine unerwartete Besucherin war ganz sicher *nicht* mit ihm verwandt. Und das war gut so, denn sein Körper reagierte, als würde er zum ersten Mal einer hübschen Frau gegenüberstehen. Die Dame vor seiner Tür hatte eine wilde Mähne dunkler Locken in verschiedenen Farbtönen – es wirkte beinahe wie die Maserung von glänzendem Kirschholz. Ob man sie als brünett oder rothaarig bezeichnen konnte, hing wahrscheinlich auch vom Licht ab. Ihre Augen waren noch dunkler. Sie hatten die Farbe von starkem schwarzem Kaffee. Sie war von großer, schlanker Gestalt und hatte genau die richtige Menge an weiblichen Kurven.

Es war ein Körper, der ihn dazu brachte, zu reagieren – anders als der der sexy Barkeeperin. Diese Frau war nicht ganz so vollbusig. Und wenn er bedachte, wie sie auf ihren Körper zu achten schien, glaubte er, dass sie im Bett bestimmt gut zu ihm passen würde.

Okay. In Sachen Sex hatte er offensichtlich Nachholbedarf, wenn er bereits anfing, davon zu träumen, mit einer vollkommen Fremden zu schlafen, die nur zufällig an seine Tür klopfte.

„Kann ich Ihnen behilflich sein?“, fragte er, als sie nur dastand und ihn wortlos anblickte.

Sie zupfte an dem ausgefransten Bündchen ihres Sweatshirts herum, auf dem in kunstvollen Lettern *Landschafts- und Gartengestaltung von Emma* stand. „Sind Sie Sean Kowalski?“

„Jep.“

„Ich bin Emma Shaw … Ihre falsche Verlobte."

„Wie bitte?"

Emma Shaw wusste, wie man sich einen falschen Mann aussuchte. Der waschechte Sean Kowalski war groß und hatte sonnengebräunte, starke Arme, über denen der blaue Stoff seines T-Shirts spannte. Seine dunkelblonden Haare, die er offenbar sehr kurz getragen hatte, wuchsen allmählich wieder. Ein Bartschatten schimmerte auf seinem ausgeprägten Kiefer, so als hätte er ein paar Tage lang vergessen, sich zu rasieren. Und auch wenn er sie im Moment misstrauisch ansah, waren seine Augen von dem hübschesten Blau, das sie je gesehen hatte. Gut, vielleicht war es nicht *nur* Misstrauen, das in seinem Blick stand. Der Ausdruck zeigte auch, dass er fürchtete, sie könnte eine Verrückte sein, die eigenmächtig ihre Medikamente abgesetzt hatte. Eine Verrückte, die jeden Moment anfangen würde, in fremden Zungen zu reden. Oder die ihm die handgefertigte Sean-Puppe zeigen würde, die sie gemacht hatte, um damit zu schlafen.

„Hey, Lady, ich hatte nie eine Verlobte – weder eine falsche noch eine andere", sagte er mit so ruhiger, tiefer Stimme, dass ihre Knie weich wurden. „Und es ist schon eine ganze Weile her, dass ich einen Filmriss hatte. Falls ich Sie also gebeten haben sollte, mich zu heiraten, würde ich mich mit ziemlicher Sicherheit noch an Ihr Gesicht erinnern."

Das wäre schwierig gewesen. „Wir sind uns tatsächlich nie begegnet."

Er hörte auf, sie anzublinzeln, und schnaubte amüsiert. „Lassen Sie mich raten – das ist ein Scherz meiner Cousins, die es lustig finden, mich so willkommen zu heißen, oder? Gut, also … Ha, ha. Jetzt entschuldigen Sie mich, ich habe noch zu tun."

Er wollte die Tür schließen, doch sie schlug mit der Hand dagegen. „Ich bin eine Freundin von Lisa. Sie ist wohl Ihre angeheiratete Cousine."

„Mikes Frau?" Er machte die Tür wieder auf, als Emma nickte. „Vielleicht sollten wir woanders anfangen. Zum Beispiel am Anfang."

Sie holte tief Luft und stieß sie langsam wieder aus. „Seit meinem vierten Lebensjahr hat meine Großmutter sich um mich gekümmert."

„Vielleicht doch nicht ganz *so* weit am Anfang …"

„Sie hat sich vor ein paar Jahren mit einigen Freunden zusammen in Florida zur Ruhe gesetzt. Ich habe mich um das Haus gekümmert, in dem ich aufgewachsen bin. Aber die ganze Zeit über hat Gram sich Sorgen um mich gemacht. Irgendwann hat sie sogar davon zu sprechen begonnen, wieder zurückzuziehen – damit ich nicht so allein bin. Da habe ich ihr erzählt, ich hätte einen Freund. Kurz danach habe ich ihr erzählt, er wäre bei mir eingezogen. Und weil ich natürlich nur mit einem supertollen Typ zusammen sein würde, hat er mich nach einer Weile gefragt, ob ich ihn heiraten würde. Selbstverständlich habe ich Ja gesagt."

„Und wie passe ich jetzt in diese Geschichte?"

„Ich war mit Lisa essen. Sie hatte erwähnt, dass sie Ihnen ein Carepaket geschickt hat. Ihr Name ist mir durch den Kopf geschossen, als meine Großmutter mich am selben Abend nach dem Namen meines Freundes gefragt hat."

Er schüttelte den Kopf. „Nur, dass ich es richtig verstehe: Sie haben Ihrer Großmutter erzählt, dass ein Kerl, den Sie nie getroffen haben, Ihr Freund ist?"

„Ich wollte nur, dass sie sich keine Sorgen mehr macht."

„Vielleicht macht sie sich zu Recht Sorgen um Sie."

Autsch. „Ich bin nicht verrückt." Er verschränkte die Arme

vor der Brust und blickte sie an. „Sie haben sich einen Freund ausgedacht."

„Sie sind nicht ausgedacht. Nur nicht informiert."

Er lächelte nicht einmal. „Was wollen Sie von mir?"

Und nun kam der verrückte Teil – also, der *noch* verrücktere Teil. „Gram kommt zu Besuch. Sie möchte nach dem Haus sehen … und sie möchte Sie kennenlernen."

Während sie sprach, achtete Emma darauf, dass sie weit genug von der Tür entfernt war, falls er vorhatte, ihr dieselbe vor der Nase zuzuschlagen. Sie zumindest hätte das getan, wenn ein Fremder bei ihr aufgetaucht wäre und ihr weiszumachen versucht hätte, sie hätten eine tiefe, bedeutsame Beziehung miteinander.

„Und … Was jetzt? Soll ich mit Ihnen beiden zusammen zu Abend essen? Soll ich ein paar Stunden lang so tun, als wäre ich Ihr Verlobter?"

„Sie bleibt einen Monat."

Jetzt lachte er. Es war ein tiefes, ansteckendes Lachen, das in ihr den Wunsch weckte, mit einzustimmen – auch wenn er über sie lachte. Eigentlich konnte sie es ihm nicht verübeln. Selbst ihre beste Freundin Lisa hatte gelacht. Vielleicht, weil sie geglaubt hatte, es wäre ein Witz. Und zu der Zeit hatte sie es tatsächlich nicht ernst gemeint. Doch da der Besuch ihrer Großmutter nun näher und näher rückte und sie noch immer nicht den Mut aufbringen konnte, ihr zu gestehen, dass sie keinen Verlobten hatte, kam ihr die Idee gar nicht mehr so absonderlich vor.

Sean war offenbar nicht ihrer Meinung. Er lachte so lange, dass sie nervös von einem Bein aufs andere trat, ehe er sich räusperte. „Da ich mir sicher bin, dass Sie nicht in dem Glauben hergekommen sind, ich würde bei Ihnen einziehen und einen Monat lang so tun, als wäre ich Ihr Verlobter, frage ich mich, was Sie wollen."

„Eigentlich bin ich hierhergekommen, um Sie zu fragen, ob Sie bei mir einziehen und einen Monat lang so tun würden, als wären Sie mein Verlobter.“ Nein, es klang nicht viel vernünftiger als bei der Probe vor ihrem Spiegel.

„Warum sollte ich das tun?“

Gute Frage. „Weil Sie nichts anderes vorhaben. Ich würde Sie auch bezahlen. Und Sie sind ein netter Kerl?“

„Lady, Sie wissen nichts über mich.“

„Ich weiß, dass Sie gerade aus der Army ausgeschieden sind und dass Sie noch keine Wohnung haben. Ich weiß, dass Sie noch keinen Job haben. Und ich weiß, dass Sie ein echt netter Kerl sind.“

„Ich weiß, dass irgendjemand aus meiner Familie ein loses Mundwerk hat.“

„Lisa ist so stolz auf Sie. Sie spricht viel über Sie.“

Er seufzte und strich sich übers Haar. „Hören Sie, ich bin kein Schauspieler, den Sie engagieren können. Wenn Sie Ihrer Großmutter nicht die Wahrheit sagen möchten, sollten Sie ihr einfach erzählen, dass Sie sich von Ihrem … also von mir getrennt haben.“

Sie wollte widersprechen – er sollte verstehen, dass sie nur ihre Großmutter glücklich machen wollte. Doch es war von vornherein ein wenig aussichtsreicher Versuch gewesen, sie konnte nicht um jeden Preis daran festhalten.

„Na ja“, sagte sie schließlich, und ihre Stimme zitterte nur ein wenig. „Danke für Ihre Zeit. Und: Willkommen zu Hause.“

„Danke. Passen Sie auf sich auf.“

Selbst nachdem er in der Wohnung verschwunden war und die Tür geschlossen hatte, gelang es Emma, nicht in Tränen auszubrechen.

Es bedeutete nicht das Ende der Welt. Sie würde Gram erklären, dass sie sich getrennt hätten, und das wäre das Ende.

Es wäre allerdings nicht das Ende der Besorgnis. Wenn überhaupt, würde Gram sich noch mehr um sie ängstigen. Sie würde sich nicht nur Sorgen machen, weil Emma allein war und sich um das Haus und das Geschäft kümmern musste. Nun würde sie sich auch noch sorgen, weil ihre Enkelin wegen der geplatzten Verlobung ein gebrochenes Herz hatte. Selbst wenn Gram wieder nach Florida zurückkehren würde, wäre sie weiterhin beunruhigt. Und genau das hatte Emma eigentlich verhindern wollen.

Emma überquerte die Straße und warf zufällig einen Blick nach oben, als sie in ihren Wagen kletterte. Sean Kowalski stand am Fenster seines Appartements und beobachtete sie. Sie zwang sich, ihm ein freundliches Lächeln zuzuwerfen, und winkte kurz, bevor sie die Tür zuzog und den Schlüssel ins Zündschloss steckte.

Ein Jammer, dachte sie, und das nicht nur wegen Gram. Sean Kowalski war ein Mann, mit dem jede Frau gern eine vorgetäuschte Verlobung hätte – wenn auch nur für einen Monat.

Deutsche Erstveröffentlichung

Shannon Stacey

Mein Ex, seine Familie, die Wildnis und ich

Entweder ein Exklusivinterview mit Joe Kowalski oder … Den Rest kann Keri sich denken. Ihre steile Karriere beim angesagten „Spotlight Magazine“ würde in einer rasanten Talfahrt enden. Da scheint Joe das kleinere Übel zu sein. Auch wenn es ihr schwerfällt, ausgerechnet ihren Ex-Lover – mittlerweile ein berühmter Autor – um ein Interview zu bitten. Überraschenderweise ist Joe, der sonst Presserummel meidet wie die Pest, nicht abgeneigt. Er stellt jedoch recht eigenwillige Bedingungen: Nur wenn Keri mit ihm zum Campen fährt, beantwortet er ihre Fragen …

Band-Nr. 25621
8,99 € (D)
ISBN: 978-3-86278-463-9
eBook: 978-3-86278-527-8
320 Seiten

Kristan Higgins

Ich habe mich verträumt

Er ist groß, gut aussehend, erfolgreich, liebevoll, einfühlsam – und existiert nur in ihrer Fantasie. Weil Grace es leid ist, sich ständig Bemerkungen über ihren Singlestatus anzuhören, erfindet sie kurzerhand einen Verehrer. Dumm nur, dass sich die Geschichte schnell herumspricht – und auch ihrem neuen Nachbarn Cal zu Ohren kommt. Der erstaunlich viel Ähnlichkeit mit ihrem Traummann hat …

Band-Nr. 25668
8,99 € (D)
ISBN: 978-3-86278-724-1
eBook: 978-3-86278-774-6
400 Seiten

Deutsche Erstveröffentlichung

Deutsche Erstveröffentlichung

Claire Garber

Die Liebe ist ein Dieb und der Pirat der Träume

Im Namen der Liebe geben wir Lebensziele auf, vernachlässigen Freundinnen und nehmen zu – und was bleibt, wenn die Liebe dann gestorben ist? Dieser Frage geht Redakteurin Kate Winters alias Piratin Kate in ihrer vielbeachteten Rubrik der Zeitschrift „True Love“ nach. Aber bis Kate erkennt, dass man wahre Liebe finden kann, sind viele Anschläge auf ihrer Computer-Tastatur und noch mehr Küsse von ihrem Jugendfreund Peter Parker nötig …

Band-Nr. 25658
8,99 € (D)
ISBN: 978-3-86278-707-4
416 Seiten

Sheila Roberts

Schokolade für dich

Samantha's „Sweet Dreams Chocolates“ steht vor der Pleite. Weder mit geballtem Charme noch mit ihren süßen Kreationen kann sie den Bankdirektor Blake Preston verführen. Jedenfalls nicht zu einem Kredit. Trotzdem gibt sie nicht auf. Ein großes Schokoladen-Festival soll Geld in die leeren Kassen bringen. Erstaunlicherweise wird sie bei der Planung von Blake tatkräftig unterstützt. Logisch, dass man sich dadurch näherkommt. Aber niemals würde Sam sich in einen Banker verlieben – auch wenn er noch so sexy ist …

Band-Nr. 25653
8,99 € (D)
ISBN: 978-3-86278-509-4
eBook: 978-3-86278-594-0
400 Seiten

Deutsche Erstveröffentlichung

„... ein heißes Märchen darüber, was alles innerhalb eines Augenblickes passieren kann und was wir selber tun können, um unser Leben zu verändern."

Romantic Times Book Reviews

Band-Nr. 25645
7,99 € (D)
ISBN: 978-3-86278-500-1
eBook: 978-3-86278-575-5
336 Seiten

Victoria Dahl
... dann klappt's auch mit der Liebe

Erotische Lektüre macht Lori Appetit – auf den knackigen Architekten Quinn Jennings. Aber der hat nur seine Baupläne im Kopf ...

Lori Love hat viele Autos, aber nur ein Laster: erotische Romane, die die Automechanikerin geradezu verschlingt. So viel Liebe, Lust und Leidenschaft macht auf Dauer Appetit. Zum Beispiel auf Quinn Jennings, ein Architekt mit Leib und Seele. Aber was für ein Leib! Unglaublich knackig und sexy. Genau der richtige Mann – leider nur für heiße Nächte. Denn mit Liebe hat Quinn nichts im Sinn. Erst als Lori Drohanrufe bekommt und um ihr Leben fürchtet, entwickelt er ungeahnte Beschützerinstinkte. Der coole Architekt zeigt plötzlich erstaunlich viel Gefühl ...